本教材系以下项目建设成果，获得相应资助：
重庆工商大学本科自编教材建设立项（教务[2020]15号）
重庆工商大学文学与新闻学院专业改造升级和内涵建设项目
重庆工商大学高层次人才引进科研项目《"新文科"视域下中国文学与文化研究》（批准号195502）

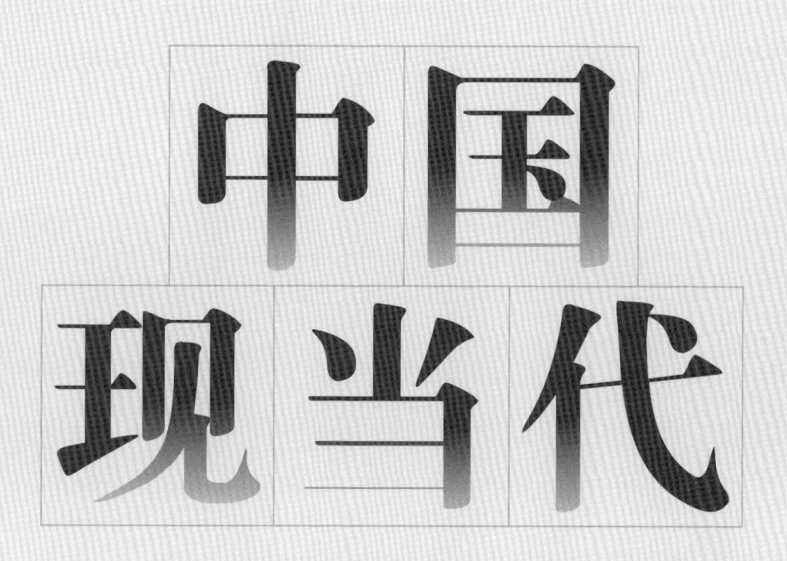

中国现当代

文学名篇选读新编

郑升　曾妍　平瑶 ◎ 主　编
王清海　关琳琳　欧婧　李松 ◎ 副主编

四川大学出版社

图书在版编目（CIP）数据

中国现当代文学名篇选读新编 / 郑升，曾妍，平瑶主编． -- 成都：四川大学出版社，2025.1. -- ISBN 978-7-5690-7533-5

Ⅰ．I206.6

中国国家版本馆CIP数据核字第2025M0E117号

| 书　　名：中国现当代文学名篇选读新编 |
| Zhongguo Xiandangdai Wenxue Mingpian Xuandu Xinbian |
| 主　　编：郑　升　曾　妍　平　瑶 |
| 丛 书 名：高等教育文科类"十四五"系列规划教材 |

丛书策划：张宏辉　欧风偃
选题策划：王　冰
责任编辑：王　冰
责任校对：吴近宇
装帧设计：墨创文化
责任印制：李金兰

出版发行：四川大学出版社有限责任公司
　　　　　地址：成都市一环路南一段24号（610065）
　　　　　电话：（028）85408311（发行部）、85400276（总编室）
　　　　　电子邮箱：scupress@vip.163.com
　　　　　网址：https://press.scu.edu.cn
印前制作：四川胜翔数码印务设计有限公司
印刷装订：四川省平轩印务有限公司

成品尺寸：170 mm×240 mm
印　　张：19.625
插　　页：2
字　　数：316千字

版　　次：2025年6月 第1版
印　　次：2025年6月 第1次印刷
定　　价：78.00元

本社图书如有印装质量问题，请联系发行部调换

版权所有 ◆ 侵权必究

前 言
PREFACE

大地与星空

  当同学们、读者朋友们打开本书时，也许会有如下疑问：这是一本什么样的教材？为何要编写这样一本教材？作为"新编"，"新"在哪里？让我们从题名"中国现当代文学名篇选读新编"说起。

  其一，"中国现当代文学"。文学是人类文明发展的重要标志，"观乎人文，以化成天下""文学史其实是心灵史、精神史和思想史"等经典论断，揭示了古今中外对于文学的共性认知与价值判断，而"中国现当代文学"则是其中的一个特殊存在。其"特殊"在于中国文学长河中没有哪一个阶段像中国现当代文学这样诞生于、成长于、发展于一个何其剧变、沉重与荣光的时空，即使放眼整个世界文学发展历程也罕有比肩者。百余年来的中国现当代文学是从深重的时代危机和民族劫难中起步的。一路走来，一方面是文学内部的风起云涌、巨变迭起："诗界革命""文界革命""小说界革命""白话文运动""《新青年》创刊""文学革命""革命文学""左翼文学""京派与海派""延安文艺""朦胧诗""80年代文学热""90年代人文精神大讨论"，以及伤痕文学、寻根文学、改革文学、先锋文学等思潮、流派或现象。另一方面是文学外部的波澜壮阔、沉浮变迁：辛亥革命、五四运动、中共一大、红军长征、抗日战争、解放战争、上山下乡、改革开放、市场经济、乡村振兴、民族复兴、工业革命、信息革命、城镇化、现代化、全球化、数字化，以及两次世界大战、个性主义、自由主义、现代主义、民族主义、中国特色社会主义等剧变与思潮，密集、迅捷而又深刻。

所有这一切，都让中国现当代文学演进的背景与过程空前丰富、多样与深广。中国现当代文学以文学的方式记录、表现、诠释了时代的样貌和精神，具有重要的认识价值、历史价值、文化价值和审美意义。更为重要的是，一部中国现当代文学史也隐含了一代代先驱者、探索者在时代剧变中的人生际遇、心灵振荡、思想变迁，特别是在面对中华民族如何从"亡国灭种"的危机中走出来，如何从"国民劣根性"的束缚中解放出来，如何从几千年未有之大变局中走出来，直至站起来、富起来和强起来的共同使命时的种种感悟、选择与实践。其中，关于启蒙与革命、科学与民主、人性与国民性、乡村与都市、爱情与婚姻、生存与生命、家庭与家族、个体与国家、传统与现代、中学与西学的种种文学式探索与表达，都直接或者间接与我们的当下、未来密切相关。

其二，"名篇选读"。现有本科教育的语境和条件下，文学史的呈现与学习主要依托于教材和课堂，而教材和课堂总会受到主观、客观因素的制约，无法还原一切的文学历史，但作品（文本），尤其是那些经典作品，则因其"人学""时代镜像""第一手文献""母语书写""多义性""阐释性"等属性而常读常新，成为文学史知识最为关键的载体，作品及对作品的学习因此便具有了极为重要的意义，不了解、不熟悉经典作品的文学史教学、中文教育则是空中楼阁、无源之水。而"大学语文"等通识教育课程的相关作品选往往是古今中外兼收，在有限的课时及教材规模限制下必然不够完整或过于简略。因此，编撰专门的、有针对性的中国现当代文学作品选就是必要的，特别是经典作品选。

"操千曲而后晓声，观千剑而后识器"（《文心雕龙》），"名篇选读"意味着"镜子""范式""经典化"，历史上的文学名篇或引领潮流，或家喻户晓，或感动一代又一代读者，或温润一辈又一辈国人的心灵，或留下许多的伤痛与遗憾……凡此种种，均值得回眸。这里的"名篇选读"主要着眼于作家的重要作品：或是在某个阶段产生重要影响，或是开一代风气之先，或是代表着文学书写新的实验。"作品选本"历来是中国文学经典化和文学教育的重要方式，从《诗经》《古诗十九首》《乐府诗集》《昭明文选》《古文观止》《唐诗三百首》《宋词三百首》，到现代以来《中国新文学大系》《中国现代文学作品选》《中国当代文学作品选》等选本，影响了一代代读者，由此，感知、理解和体认文学史便有了载体与通道。

其三，"新编"之"新"。一在体例，二在选目。诚然，国内有不少优秀的同类作品选，比如赵家璧主编的《中国新文学大系》，何言宏主编的《二十一世纪中国文学大系》，钱谷融、钱理群、孙绍振、洪子诚、陈思和、朱栋霖、丁帆、孙郁、程光炜等学者编撰的作品选，以及各类《大学语文》作品选。但上述作品选有一个共同问题：或没有针对非中文专业学生学习需要，或不是针对 32 课时来编写，或作品选、导读、拓展与练习等体例没有统筹。而本教材则依"文学四分法"，由小说、诗歌、散文和戏剧组成。四类文体共计 30 篇，以便于教学，其他名篇佳作则以"存目编年"的形式列入泛读，供学有余力的同学和读者朋友进一步参阅。在每一个部分，本教材都将文体概述、作品精读、作者简介、作品导读、拓展延伸、思考练习诸体例结合，并在各部分首页附有泛读编年存目的二维码，兼顾了基础性、专业性、应用性和研究性。

本书的"文体概述"部分侧重对重要现象、问题的描述勾勒，也有建设性或线索性的扩充与裁断，以期整体性呈现现当代文学之样貌、脉络和背景。泛读编年存目基于新时代大学生前知识、前理解的积累特点，秉持守正与创新兼顾、微观与宏观并重的编写理念，采取"编年"的方式呈现名篇佳作。选篇涵盖经典名家名作，名家另一面或另一种风格的要作与新作，在专业领域内已有影响的新人新作，以及在某一区域、某个时期产生了积极影响，并参与了文学史演进的节点性、试验性作家作品。"编年"是中国学术研究的重要传统，本书以此方式存目"泛读"，希冀以历史传承与动态建构的双重视野系统展现百年中国现当代文学的发展图景。

"天行健，君子以自强不息。地势坤，君子以厚德载物。"(《周易》)"世上有两件东西最能震撼心灵：一件是内心崇高的道德标准；另一件是我们头顶的灿烂星空。"(康德语)"人应当诗意地栖居"(海德格尔语)……古往今来，先哲们不约而同强调了"大地""星空"之于人以及人类的价值意义。时常走进或者留意"大地"与"星空"，意味着可以充实涵养自我，约束世俗欲望，提升灵魂境界，把握好前行的方向与

3

尺度，既不过于庸俗局狭，也不至于凌空蹈虚。文学是语言（母语）的艺术，是知识、体验、情感与思想的结晶，这意味着文学以及文学史、作品选直接或间接与"大地""星空"相关联，与"乡愁""回家"相关联。同时，"文学何以为文学""佳作何以为佳作"的读者之问，也可在名篇选读里找到某种积极的理解。这，应当是我们现在以"名篇选读"的方式回望经典、回望历史、回望中国现当代文学百年历程的另一层意旨。

"文变染乎世情，兴废系于时序。"（《文心雕龙》）"我们现在应该提倡的新文学，简单的说一句，是'人的文学'……因为人类的运命是同一的，所以我要顾虑我的运命，便同时须顾虑人类共同的命运。"（周作人语）是的，文艺总是与人心、世风、时代和社会密切关联。回望与展望文学，也许不能回答和解决人世间的所有疑惑与困境，但至少可以发现、唤醒或者坚守一种称之为真善美的东西，称之为思想、精神和情感的东西，以便我们在简单、复杂、柔和、坚硬、黑暗、孤独或光明的人生行程中，更好地走在坚实的大地之上，并能不时仰望星空。

郑　升

2025 年 4 月 23 日

目 录
CONTENTS

小说部分 ·· 001
  小说概述 ·· 001
  精读 ·· 005
    狂人日记 ·································· 鲁　迅 005
    子夜（节选） ······························ 茅　盾 015
    家（节选） ································ 巴　金 036
    骆驼祥子（节选） ·························· 老　舍 050
    边城（节选） ······························ 沈从文 060
    哦，香雪 ·································· 铁　凝 069
    平凡的世界（节选） ························ 路　遥 082
    活着（节选） ······························ 余　华 089

诗歌部分 ·· 099
  诗歌概述 ·· 099
  精读 ·· 104
    凤凰涅槃 ·································· 郭沫若 104
    雪花的快乐 ································ 徐志摩 117
    帷　幔 ···································· 冯　至 121
    回　答 ···································· 北　岛 131
    镜　中 ···································· 张　枣 136
    当我死时 ·································· 余光中 140
    爱的史书 ·································· 昌　耀 144

尚义街六号 …………………………………… 于　坚 150

散文部分 ……………………………………………… 157
散文概述 …………………………………………… 157
精读 ………………………………………………… 163
　　影的告别 ……………………………………… 鲁　迅 163
　　给我的孩子们 ………………………………… 丰子恺 167
　　"三八"节有感 ………………………………… 丁　玲 172
　　雅　舍 ………………………………………… 梁实秋 178
　　再忆萧珊 ……………………………………… 巴　金 184
　　我与地坛 ……………………………………… 史铁生 188
　　苏东坡突围 …………………………………… 余秋雨 206
　　寒风吹彻 ……………………………………… 刘亮程 221

戏剧部分 ……………………………………………… 229
戏剧概述 …………………………………………… 229
精读 ………………………………………………… 233
　　一只马蜂 ……………………………………… 丁西林 233
　　雷雨（节选） ………………………………… 曹　禺 252
　　上海屋檐下（节选） ………………………… 夏　衍 273
　　茶馆（节选） ………………………………… 老　舍 282
　　桑树坪纪事 ………………… 陈子度　杨　健　朱晓平 300
　　暗恋桃花源 …………………………………… 赖声川 303

后　记 ………………………………………………… 306

小说部分

扫一扫
看泛读编年存目

小说概述

现代小说是中国现当代文学重要的组成部分。梁启超倡导的"小说界革命"从观念、理论层面重新界定了小说的功能、价值；鲁迅的《狂人日记》是中国现代小说的开山之作，起步即典范，从内容到形式的特异性、复杂性和深刻性，开创了中国小说的新范式。《呐喊》《彷徨》两部小说集继续保持这样的特异性和创造力，"几乎一篇有一篇的新形式"（茅盾语），并始终聚焦国民与自我生存境遇、精神现状和深层次问题，进一步奠定和推动了中国现代小说在起始阶段即向与西方经典小说比肩的方向和高度快速迈进。"中国现代小说在鲁迅手中开始，又在鲁迅手中成熟，这在历史上是一种并不多见的现象。"（严家炎语）此外，以冰心、庐隐、叶圣陶、许地山作品为代表的"问题小说"，许杰、王鲁彦、台静农等作家的"乡土小说"，郁达夫、叶灵凤的"自我小说"，也是20世纪20年代小说的重要组成部分。其中，叶圣陶的《隔膜》《线下》《潘先生在难中》《倪焕之》等作品在小说体式和语言的规范性方面做出了积极贡献。郁达夫的《沉沦》引起巨大反响，其犀利生动的自叙传体式、鲜明深刻的"零余者"形象、细腻哀婉的情感、散文化的结构与清新文笔，促进和丰富了此时期中国小说现代性的建构。

到了20世纪30年代，现代小说在创作上继续深耕和提升。如何在底蕴深厚、群峰林立的中西文学与文化资源中确立"中国的""现代的""自己的"文学特色？面对本土都市化、工业化、商业化与西方殖民化交织的复杂背景，以及国共对抗、日军侵华激化的社会矛盾，文学应如何作为？以上问题成为此时期作家普遍关注的焦点。于是，出现了左翼文学、抗战文艺、延安文艺、京派文学和海派文学，阶级、革命、都市、乡村、抗战、流离、民族成为时代关键词。就小说而言，除《故事新编》这一再次彰显鲁迅非凡创作力的杰作外，社会结构剖析、动态心理刻画、史诗性质的中长篇小说创作备受作家们重视。茅盾的"《蚀》三部曲""农村三部曲"和《子夜》《林家铺子》均引起巨大反响，特别是《子夜》，创造了"都市小说""社会剖析小说"的新模式，在长篇小说的思想性、艺术性、史诗性方面做出了开创性贡献。巴金以《家》为代表的"激流三部曲"聚焦旧式家庭及其儿女们在时代转型期的命运沉浮，折射出青年成长的曲折。所涉婚姻、家庭、家族及自由问题，以及"巴金式"的青春、热情、浪漫与感伤，引发了一代代读者的共鸣。老舍是现代文学史上公认的语言大师，其《骆驼祥子》《离婚》《月牙儿》《断魂枪》等名篇具有浓郁的北京地域文化色彩，代表着现代文学发展的另一种道路和风格，即雅俗共赏、表现与批判兼备并具有多民族特色的全新市民文学，老舍由此而被称作"是现代文学史上最杰出的市民诗人"（唐弢语）。沈从文是现代文学史长河中最重要且独特的乡土文学作家之一，是一位文体实验大家和语言大师。他以"乡下人""20世纪最后一个浪漫派"自喻，长期致力于"湘西文学世界""建构人性希腊小庙"的文学书写，其《边城》式系列作品，凝聚了作者对自己切身体验过的湘西为代表的乡土文化，北京、上海为代表的都市文化各自得失的观察、回忆和忧思，秀美、清新、本真、朴实和热情、寂寞、隐痛、悲伤交织，奠定了现代小说田园牧歌式的美学风格，形成了与众不同的现代乡土文学新范式。

至20世纪40年代，中国现代文学发展进入深化、新变和高峰阶段，有的作家和文体形成成熟的、具有范本意义的作品，有的在思维、文体与语言方面的探索性写作试验取得突破，有的在文学的民族化、民间化、大众化方面做出开创性贡献，而创造"纯净的语体"，反思和吸取多种文化资源，实现白话向文学语言的转变，追求创作风格多样化，成为此时期文学的显著标识。现代小说的嬗变趋向多元，并在抗日战争、解放战争的大背景下出现了国统区讽刺、反思和家庭小说，沦陷区通俗、先锋混合型小说，解放区新乡土、新英雄小说等小说类型。其中，老舍的《四世同堂》展现了北平（今北京）市民阶层国破家亡的苦难以及国民劣根性，也彰显了民族危难之时个体的骨气，作品细微而又宏大，与巴金的《寒夜》、茅盾的《霜叶红似二月花》、路翎的《财主底儿女们》、端木蕻良的《大时代》等作品一起标志着长篇小说对于史诗性创作探索的新实绩；丁玲《太阳照在桑干河上》、周立波《暴风骤雨》、赵树理《小二黑结婚》、邵子南《地雷阵》、华山《鸡毛信》、孙犁《荷花淀》等作品聚焦重大历史主题与社会现象，激活和创新小说体式与语言形式，从不同角度着力刻画"新农民""新英雄""新女性"形象，或大气磅礴、或细致入微、或诗情画意地展现了新历史阶段的社会巨变和中国民众的现实生活与精神世界，促进和丰富了现代小说的主题、人物形象、表现形式与创作风格；张天翼《华威先生》、沙汀《淘金记》《在其香居茶馆里》、钱锺书《围城》为代表的讽刺小说在题材、主题、人物形象和文学语言方面的新变与前瞻性实践，拓宽了现代小说的讽刺艺术、话语体系和艺术思维；萧红的《呼兰河传》在"城与人"的叙说中打开一幅幅乡土民情风俗画卷，"它是一篇叙事诗，一幅多彩的风土画，一串凄婉的歌谣"（茅盾语），成为"诗化小说""散文化小说"的重要作品；张爱玲的《沉香屑·第一炉香》《金锁记》《倾城之恋》等深入探寻都市男女的日常人生和人性真实，别致、复杂而又苍凉，成为现代文学史上独树一帜、影响巨大的女性主义作品。

新中国成立以来，现代小说的发展与政治、与时代的变迁密切相关。"十七年"小说创作的主体导向是毛泽东《在延安文艺座谈会上的讲话》精神，革命历史、英雄事迹、新生活和农业农村成为主要题材，这个时期涌现了杜鹏程《保卫延安》，刘知侠《铁道游击队》，王蒙《组织部来了个年轻人》，曲波《林海雪原》，赵树理《锻炼锻炼》，柳青《创业史》，梁斌《红旗谱》，杨沫《青春之歌》，欧阳山《三家巷》，罗广斌、杨益言《红岩》等一批名作，备受读者喜爱。新时期以来，改革开放加速推进，时代与社会面貌日新月异，现代小说创作思潮迭起、流派纷呈、名作辈出，不断向纵深化、多样化拓展，涌现出以"伤痕文学""反思文学""改革文学""寻根文学""译介文学""先锋文学""女性文学""儿童文学""武侠小说""财经小说""新写实""新历史""新状态""网络小说""科幻小说"为代表的小说流派、现象与实践，与此同时，茅盾文学奖、鲁迅文学奖、全国优秀中短篇小说奖、全国优秀儿童文学奖、陈伯吹国际儿童文学奖等奖项，莫言获诺贝尔文学奖、刘慈欣获雨果奖等，以及"陕军东征""小说的影视改编""鲁迅文学院作家研修班""新概念作文大赛""20世纪中文小说100强（《亚洲周刊》）""新中国70年70部长篇小说典藏"，《人民文学》《收获》《当代》《十月》《花城》《大家》《天涯》《萌芽》等期刊组织的文学活动，共同构成了新时期以来中国现代小说的多元景观。

其中，卢新华《伤痕》，刘心武《班主任》，汪曾祺《受戒》，高晓声《陈奂生上城》，张洁《爱，是不能忘记的》，铁凝《哦，香雪》，谌容《人到中年》，古华《芙蓉镇》，梁晓声《这是一片神奇的土地》，史铁生《我的遥远的清平湾》，李存葆《高山下的花环》，蒋子龙《乔厂长上任记》，王蒙《坚硬的稀粥》，张承志《北方的河》，路遥《人生》《平凡的世界》，陈忠实《白鹿原》，贾平凹《浮躁》《秦腔》，莫言《透明的红萝卜》《红高粱》，阿城《棋王》，张炜《古船》《九月寓言》，韩少功《爸爸爸》《马桥词典》，刘震云《一地鸡毛》《一句顶一万句》，马原《冈底斯的诱惑》，格非《迷舟》，孙甘露《访问梦境》，王小波《黄金时代》，王安忆《长恨歌》，迟子建《额尔古纳河右岸》，余华《活着》《在细雨中呼喊》，苏童《1934年的逃亡》，阿来《尘埃落定》，韩寒《三重门》，刘慈欣《三体》，以及金庸、梁羽生、古龙、温瑞安的新武侠小说，白先勇《台北人》，张曼娟《海水正蓝》，西西《我城》，董启章《天工开物》等名篇佳作不胜枚举。

"今日欲改良群治，必自小说界革命始，欲新民，必自新小说始。"百余年前，梁启超先生的倡导赋予小说以崇高的使命。百余年来，中国现代小说作家们不断探索、建设和担负起小说的使命，代有传承，作品浩如烟海。本部分现选入8篇精读，其余名篇佳作（含港澳台地区）则以"存目编年"的方式在泛读中呈现，希冀通过一滴水不断走近、发现和感悟整个太阳的光辉。

精读

狂人日记

鲁 迅

　　某君昆仲，今隐其名，皆余昔日在中学校时良友；分隔多年，消息渐阙。日前偶闻其一大病；适归故乡，迂道往访，则仅晤一人，言病者其弟也。劳君远道来视，然已早愈，赴某地候补矣。因大笑，出示日记二册，谓可见当日病状，不妨献诸旧友。持归阅一过，知所患盖"迫害狂"之类。语颇错杂无伦次，又多荒唐之言；亦不著月日，惟墨色字体不一，知非一时所书。间亦有略具联络者，今撮录一篇，以供医家研究。记中语误，一字不易；惟人名虽皆村人，不为世间所知，无关大体，然亦悉易去。至于书名，则本人愈后所题，不复改也。七年四月二日识。

一

　　今天晚上，很好的月光。

　　我不见他，已是三十多年；今天见了，精神分外爽快。才知道以前的三十多年，全是发昏；然而须十分小心。不然，那赵家的狗，何以看我两眼呢？

　　我怕得有理。

二

　　今天全没月光，我知道不妙。早上小心出门，赵贵翁的眼色便怪：似乎怕我，似乎想害我。还有七八个人，交头接耳的议论我，又怕我看见。一路上的人，都是如此。其中最凶的一个人，张着嘴，对我笑了一笑；我便从头直冷到脚跟，晓得他们布置，都已妥当了。

　　我可不怕，仍旧走我的路。前面一伙小孩子，也在那里议论我；眼色也同赵贵翁一样，脸色也都铁青。我想我同小孩子有什么仇，他也这样。忍不住大声说，"你告诉我！"他们可就跑了。

我想：我同赵贵翁有什么仇，同路上的人又有什么仇；只有廿年以前，把古久先生的陈年流水簿子，踹了一脚，古久先生很不高兴。赵贵翁虽然不认识他，一定也听到风声，代抱不平；约定路上的人，同我作冤对。但是小孩子呢？那时候，他们还没有出世，何以今天也睁着怪眼睛，似乎怕我，似乎想害我。这真教我怕，教我纳罕而且伤心。

我明白了。这是他们娘老子教的！

三

晚上总是睡不着。凡事须得研究，才会明白。

他们——也有给知县打枷过的，也有给绅士掌过嘴的，也有衙役占了他妻子的，也有老子娘被债主逼死的；他们那时候的脸色，全没有昨天这么怕，也没有这么凶。

最奇怪的是昨天街上的那个女人，打他儿子，嘴里说道，"老子呀！我要咬你几口才出气！"他眼睛却看着我。我出了一惊，遮掩不住；那青面獠牙的一伙人，便都哄笑起来。陈老五赶上前，硬把我拖回家中了。

拖我回家，家里的人都装作不认识我；他们的眼色，也全同别人一样。进了书房，便反扣上门，宛然是关了一只鸡鸭。这一件事，越教我猜不出底细。

前几天，狼子村的佃户来告荒，对我大哥说，他们村里的一个大恶人，给大家打死了；几个人便挖出他的心肝来，用油煎炒了吃，可以壮壮胆子。我插了一句嘴，佃户和大哥便都看我几眼。今天才晓得他们的眼光，全同外面的那伙人一模一样。

想起来，我从顶上直冷到脚跟。

他们会吃人，就未必不会吃我。

你看那女人"咬你几口"的话，和一伙青面獠牙人的笑，和前天佃户的话，明明是暗号。我看出他话中全是毒，笑中全是刀。他们的牙齿，全是白厉厉的排着，这就是吃人的家伙。

照我自己想，虽然不是恶人，自从踹了古家的簿子，可就难说了。他们似乎别有心思，我全猜不出。况且他们一翻脸，便说人是恶人。我还记得大哥教我做论，无论怎样好人，翻他几句，他便打上几个圈；原谅坏人几句，他便说"翻天妙手，与众不同"。我那里猜得到他们的心思，究竟怎样；况且是要吃的时候。

凡事总须研究，才会明白。古来时常吃人，我也还记得，可是不甚清楚。我翻开历史一查，这历史没有年代，歪歪斜斜的每叶上都写着"仁义道德"几个字。我横竖睡不着，仔细看了半夜，才从字缝里看出字来，满本都写着两个字是"吃人"！

书上写着这许多字，佃户说了这许多话，却都笑吟吟的睁着怪眼睛看我。

我也是人，他们想要吃我了！

四

早上，我静坐了一会。陈老五送进饭来，一碗菜，一碗蒸鱼；这鱼的眼睛，白而且硬，张着嘴，同那一伙想吃人的人一样。吃了几筷，滑溜溜的不知是鱼是人，便把他兜肚连肠的吐出。

我说"老五，对大哥说，我闷得慌，想到园里走走。"老五不答应，走了；停一会，可就来开了门。

我也不动，研究他们如何摆布我；知道他们一定不肯放松。果然！我大哥引了一个老头子，慢慢走来；他满眼凶光，怕我看出，只是低头向着地，从眼镜横边暗暗看我。大哥说，"今天你仿佛很好。"我说"是的。"大哥说，"今天请何先生来，给你诊一诊。"我说"可以！"其实我岂不知道这老头子是刽子手扮的！无非借了看脉这名目，揣一揣肥瘠：因这功劳，也分一片肉吃。我也不怕；虽然不吃人，胆子却比他们还壮。伸出两个拳头，看他如何下手。老头子坐着，闭了眼睛，摸了好一会，呆了好一会；便张开他鬼眼睛说，"不要乱想。静静的养几天，就好了。"

不要乱想，静静的养！养肥了，他们是自然可以多吃；我有什么好处，怎么会"好了"？他们这群人，又想吃人，又是鬼鬼祟祟，想法子遮掩，不敢直捷下手，真要令我笑死。我忍不住，便放声大笑起来，十分快活。自己晓得这笑声里面，有的是义勇和正气。老头子和大哥，都失了色，被我这勇气正气镇压住了。

但是我有勇气，他们便越想吃我，沾光一点这勇气。老头子跨出门，走不多远，便低声对大哥说道，"赶紧吃罢！"大哥点点头。原来也有你！这一件大发见，虽似意外，也在意中：合伙吃我的人，便是我的哥哥！

吃人的是我哥哥！

我是吃人的人的兄弟！

我自己被人吃了，可仍然是吃人的人的兄弟！

五

这几天是退一步想：假使那老头子不是刽子手扮的，真是医生，也仍然是吃人的人。他们的祖师李时珍做的"本草什么"上，明明写着人肉可以煎吃；他还能说自己不吃人么？

至于我家大哥，也毫不冤枉他。他对我讲书的时候，亲口说过可以"易子而食"；又一回偶然议论起一个不好的人，他便说不但该杀，还当"食肉寝皮"。我那时年纪还小，心跳了好半天。前天狼子村佃户来说吃心肝的事，他也毫不奇怪，不住的点头。可见心思是同从前一样狠。既然可以"易子而食"，便什么都易得，什么人都吃得。我从前单听他讲道理，也胡涂过去；现在晓得他讲道理的时候，不但唇边还抹着人油，而且心里满装着吃人的意思。

六

黑漆漆的，不知是日是夜。赵家的狗又叫起来了。

狮子似的凶心，兔子的怯弱，狐狸的狡猾，……

七

我晓得他们的方法，直捷杀了，是不肯的，而且也不敢，怕有祸祟。所以他们大家连络，布满了罗网，逼我自戕。试看前几天街上男女的样子,和这几天我大哥的作为,便足可悟出八九分了。最好是解下腰带,挂在梁上,自己紧紧勒死;他们没有杀人的罪名,又偿了心愿,自然都欢天喜地的发出一种呜呜咽咽的笑声。否则惊吓忧愁死了,虽则略瘦,也还可以首肯几下。

他们是只会吃死肉的!——记得什么书上说,有一种东西,叫"海乙那"的,眼光和样子都很难看;时常吃死肉,连极大的骨头,都细细嚼烂,咽下肚子去,想起来也教人害怕。"海乙那"是狼的亲眷,狼是狗的本家。前天赵家的狗,看我几眼,可见他也同谋,早已接洽。老头子眼看着地,岂能瞒得我过。

最可怜的是我的大哥,他也是人,何以毫不害怕;而且合伙吃我呢?还是历来惯了,不以为非呢?还是丧了良心,明知故犯呢?

我诅咒吃人的人,先从他起头;要劝转吃人的人,也先从他下手。

八

其实这种道理,到了现在,他们也该早已懂得,……

忽然来了一个人;年纪不过二十左右,相貌是不很看得清楚,满面笑容,对了我点头,他的笑也不像真笑。我便问他,"吃人的事,对么?"他仍然笑着说,"不是荒年,怎么会吃人。"我立刻就晓得,他也是一伙,喜欢吃人的;便自勇气百倍,偏要问他。

"对么?"

"这等事问他什么。你真会……说笑话。……今天天气很好。"

天气是好,月色也很亮了。可是我要问你,"对么?"

他不以为然了。含含胡胡的答道,"不……"

"不对?他们何以竟吃?!"

"没有的事……"

"没有的事?狼子村现吃;还有书上都写着,通红斩新!"

他便变了脸,铁一般青。睁着眼说,"有许有的,这是从来如此……"

"从来如此,便对么?"

"我不同你讲这些道理;总之你不该说,你说便是你错!"

我直跳起来,张开眼,这人便不见了。全身出了一大片汗。他的年纪,比我大哥小得远,居然也是一伙;这一定是他娘老子先教的。还怕已经教给他儿子了;所以连小孩子,也都恶狠狠的看我。

九

自己想吃人,又怕被别人吃了,都用着疑心极深的眼光,面面相觑。……

去了这心思,放心做事走路吃饭睡觉,何等舒服。这只是一条门槛,一个关头。他们可是父子兄弟夫妇朋友师生仇敌和各不相识的人,都结成一伙,互相劝勉,互相牵掣,死也不肯跨过这一步。

十

大清早,去寻我大哥;他立在堂门外看天,我便走到他背后,拦住门,格外沉静,格外和气的对他说,

"大哥,我有话告诉你。"

"你说就是,"他赶紧回过脸来,点点头。

"我只有几句话,可是说不出来。大哥,大约当初野蛮的人,都吃过一点人。后来因为心思不同,有的不吃人了,一味要好,便变了人,变了真的人。有的却还吃,——也同虫子一样,有的变了鱼鸟猴子,一直变到人。有的不要好,至今还是虫子。这吃人的人比不吃人的人,何等惭愧。怕比虫子的惭愧猴子,还差得很远很远。

"易牙蒸了他儿子,给桀纣吃,还是一直从前的事。谁晓得从盘古开辟天地以后,一直吃到易牙的儿子;从易牙的儿子,一直吃到徐锡林;从徐锡林,又一直吃到狼子村捉住的人。去年城里杀了犯人,还有一个生痨病的人,用馒头蘸血舐。

"他们要吃我,你一个人,原也无法可想;然而又何必去入伙。吃人的人,什么事做不出;他们会吃我,也会吃你,一伙里面,也会自吃。但只要转一步,只要立刻改了,也就人人太平。虽然从来如此,我们今天也可以格外要好,说是不能!大哥,我相信你能说,前天佃户要减租,你说过不能。"

当初，他还只是冷笑，随后眼光便凶狠起来，一到说破他们的隐情，那就满脸都变成青色了。大门外立着一伙人，赵贵翁和他的狗，也在里面，都探头探脑的挨进来。有的是看不出面貌，似乎用布蒙着；有的是仍旧青面獠牙，抿着嘴笑。我认识他们是一伙，都是吃人的人。可是也晓得他们心思很不一样，一种是以为从来如此，应该吃的；一种是知道不该吃，可是仍然要吃，又怕别人说破他，所以听了我的话，越发气愤不过，可是抿着嘴冷笑。

这时候，大哥也忽然显出凶相，高声喝道，

"都出去！疯子有什么好看！"

这时候，我又懂得一件他们的巧妙了。他们岂但不肯改，而且早已布置；预备下一个疯子的名目罩上我。将来吃了，不但太平无事，怕还会有人见情。佃户说的大家吃了一个恶人，正是这方法。这是他们的老谱！

陈老五也气愤愤的直走进来。如何按得住我的口，我偏要对这伙人说，

"你们可以改了，从真心改起！要晓得将来容不得吃人的人，活在世上。"

"你们要不改，自己也会吃尽。即使生得多，也会给真的人除灭了，同猎人打完狼子一样！——同虫子一样！"

那一伙人，都被陈老五赶走了。大哥也不知那里去了。陈老五劝我回屋子里去。屋里面全是黑沉沉的。横梁和椽子都在头上发抖，抖了一会，就大起来，堆在我身上。

万分沉重，动弹不得；他的意思是要我死。我晓得他的沉重是假的，便挣扎出来，出了一身汗。可是偏要说，

"你们立刻改了，从真心改起！你们要晓得将来是容不得吃人的人，……"

十一

太阳也不出，门也不开，日日是两顿饭。

我捏起筷子，便想起我大哥；晓得妹子死掉的缘故，也全在他。那

时我妹子才五岁，可爱可怜的样子，还在眼前。母亲哭个不住，他却劝母亲不要哭；大约因为自己吃了，哭起来不免有点过意不去。如果还能过意不去，……

妹子是被大哥吃了，母亲知道没有，我可不得而知。

母亲想也知道；不过哭的时候，却并没有说明，大约也以为应当的了。记得我四五岁时，坐在堂前乘凉，大哥说爷娘生病，做儿子的须割下一片肉来，煮熟了请他吃，才算好人；母亲也没有说不行。一片吃得，整个的自然也吃得。但是那天的哭法，现在想起来，实在还教人伤心，这真是奇极的事！

十二

不能想了。

四千年来时时吃人的地方，今天才明白，我也在其中混了多年；大哥正管着家务，妹子恰恰死了，他未必不和在饭菜里，暗暗给我们吃。

我未必无意之中，不吃了我妹子的几片肉，现在也轮到我自己，……

有了四千年吃人履历的我，当初虽然不知道，现在明白，难见真的人！

十三

没有吃过人的孩子，或者还有？

救救孩子……

一九一八年四月。

《鲁迅全集》（第一卷），人民文学出版社 2005 年版

★作者简介

鲁迅（1881—1936），浙江绍兴人，原名周樟寿，后改名周树人，原字豫山，后改字豫才，中国新文学运动奠基人，新文化运动的旗手。曾赴日本仙台医科专门学校留学，后弃医从文，致力于"国民性"改造和民众的精神启蒙。鲁迅在文学创作、批评、翻译、研究等领域成就斐然，代表作有小说集《呐喊》《彷徨》《故事新编》，散文集《朝花夕拾》，散文诗集《野草》，杂文集《坟》《热风》《而已集》《且介亭杂文》等，并有多种译介作品和学术著作传世。

★作品导读

《狂人日记》首刊于1918年《新青年》第四卷第五号，后收入小说集《呐喊》，是中国第一部现代白话小说，也是作者此后创作乃至现代文学的"总序言"。小说讲述了一个患有精神病的"狂人"，因为狂言呓语而受到周围人的排挤、敌视。"狂人"认为周围的人都在"吃人"，自己也要被"人吃"，但更可怕的是，"狂人"发现自己也要"吃人"，曾在无意中就"吃"过自己的妹妹，也参与到他所为之憎恨、为之反抗的"吃人"行列之中。小说最后在"救救孩子"的痛苦呐喊中结束。"吃"与"被吃"、"我吃"与"他吃"共同建构了黑暗密闭、恐怖万分的礼教"吃人"世界。

作品写到"狂人"在不自觉中曾"吃"过自己的妹妹，发现自身的"恶"，表达了自我的反思，没有真正独立的个体个人也会在无意识中受到社会影响。文中还描述了"狂人"以外的正常人世界，"狂人"得罪过代表礼教的古久先生，赵贵翁因为"狂人"和古久先生的过节，"代抱不平"也同"狂人"作对，由此揭示了礼教虚伪的一面。作者批判的不仅是礼教，更是讽刺那些打着礼教名义而戕害人性的文化现象。

小说叙事上呈现新的特征，依靠心理活动组织内部结构。作品开头的文言序文和白话正文形成独特的艺术效果，彰显出鲁迅对语言空间及其内在文化隐喻的融通。文言序文中的"余"和白话正文中的"我"构成双重叙事和双重视点，让读者从真实自然地过渡到不真实，又在不真实中挖掘其背后真实的意义。

★ 拓展延伸

《狂人日记》以寓言的方式描述了"狂人"被"吃"和"吃"别人的情节，表达了对封建礼教的批判和自我反思，由此警醒正处于麻木愚昧之中的世人。作者发人深省的批判和自我审视对我们有什么样的启示呢？我们应当如何看待礼教传统，又应该如何认识个性和对待自己呢？

此外，鲁迅的《阿Q正传》《祝福》等作品陆续被搬上银幕，但同样作为经典的《狂人日记》至今还没有被改编为影视作品。这不仅说明了语言艺术和视听艺术存在差异，也让我们思考《狂人日记》相较鲁迅其他小说的独特性。就影视作品而言，如何用画面和镜头呈现《狂人日记》所强调的心理世界，是对改编者的巨大考验。《狂人日记》的影视改编是一个值得继续探讨的话题。

★ 思考练习

1. 从叙事的角度，分析《狂人日记》开篇文言文部分的作用。
2. 如果说《狂人日记》的主旨在于批判礼教，请结合鲁迅其他作品，谈谈其对传统文化的态度。

子夜（节选）

茅 盾

一

太阳刚刚下了地平线。软风一阵一阵地吹上人面，怪痒痒的。苏州河的浊水幻成了金绿色，轻轻地，悄悄地，向西流去。黄浦的夕潮不知怎的已经涨上了，现在沿这苏州河两岸的各色船只都浮得高高地，舱面比码头还高了约莫半尺。风吹来外滩公园里的音乐，却只有那炒豆似的铜鼓声最分明，也最叫人兴奋。暮霭挟着薄雾笼罩了外白渡桥的高耸的钢架，电车驶过时，这钢架下横空架挂的电车线时时爆发出几朵碧绿的火花。从桥上向东望，可以看见浦东的洋栈像巨大的怪兽，蹲在暝色中，闪着千百只小眼睛似的灯火。向西望，叫人猛一惊的，是高高地装在一所洋房顶上而且异常庞大的霓虹电管广告，射出火一样的赤光和青燐似的绿焰：Light，Heat，Power！

这时候——这天堂般五月的傍晚，有三辆一九三○年式的雪铁笼汽车像闪电一般驶过了外白渡桥，向西转弯，一直沿北苏州路去了。

过了北河南路口的上海总商会以西的一段，俗名唤作"铁马路"，是行驶内河的小火轮的汇集处。那三辆汽车到这里就减低了速率。第一辆车的汽车夫轻声地对坐在他旁边的穿一身黑拷绸衣裤的彪形大汉说：

"老关！是戴生昌罢？"

"可不是！怎么你倒忘了？您准是给那只烂污货迷昏了啦！"

老关也是轻声说，露出一口好像连铁梗都咬得断似的大牙齿。他是保镖的。此时汽车戛然而止，老关忙即跳下车去，摸摸腰间的勃郎宁，又向四下里瞥了一眼，就过去开了车门，威风凛凛地站在旁边。车厢里先探出一个头来，紫酱色的一张方脸，浓眉毛，圆眼睛，脸上有许多小疱。看见迎面那所小洋房的大门上正有"戴生昌轮船局"六个大字，这人也就跳下车来，一直走进去。老关紧跟在后面。

"云飞轮船快到了么？"

紫酱脸的人傲然问，声音宏亮而清晰。他大概有四十岁了，身材魁梧，举止威严，一望而知是颐指气使惯了的"大亨"。他的话还没完，坐在那里的轮船局办事员霍地一齐站了起来，内中有一个瘦长子堆起满脸的笑容抢上一步，恭恭敬敬回答：

"快了，快了！三老爷，请坐一会儿罢。——倒茶来。"

瘦长子一面说，一面就拉过一把椅子来放在三老爷的背后。三老爷脸上的肌肉一动，似乎是微笑，对那个瘦长子瞥了一眼，就望着门外。这时三老爷的车子已经开过去了，第二辆汽车补了缺，从车厢里下来一男一女，也进来了。男的是五短身材，微胖，满面和气的一张白脸。女的却高得多，也是方脸，和三老爷有几分相像，但颇白嫩光泽。两个都是四十开外的年纪了，但女的因为装饰入时，看来至多不过三十左右。男的先开口：

"荪甫，就在这里等候么？"

紫酱色脸的荪甫还没回答，轮船局的那个瘦长子早又陪笑说：

"不错，不错，姑老爷。已经听得拉过回声。我派了人在那里看着，专等船靠了码头，就进来报告。顶多再等五分钟，五分钟！"

"呀，福生，你还在这里么？好！做生意要有长性。老太爷向来就说你肯学好。你有几年不见老太爷罢？"

"上月回乡去，还到老太爷那里请安。——姑太太请坐罢。"

叫做福生的那个瘦长男子听得姑太太称赞他，快活得什么似的，一面急口回答，一面转身又拖了两把椅子来放在姑老爷和姑太太的背后，又是献茶，又是敬烟。他是荪甫三老爷家里一个老仆的儿子，从小就伶俐，所以荪甫的父亲——吴老太爷特嘱荪甫安插他到这戴生昌轮船局。但是荪甫他们三位且不先坐下，眼睛都看着门外。门口马路上也有一个彪形大汉站着，背向着门，不住地左顾右盼；这是姑老爷杜竹斋随身带的保镖。

杜姑太太轻声松一口气，先坐了，拿一块印花小丝巾，在嘴唇上抹了几下，回头对荪甫说：

"三弟，去年我和竹斋回乡去扫墓，也坐这云飞船。是一条快船。

单趟直放，不过半天多，就到了；就是颠得厉害。骨头痛。这次爸爸一定很辛苦的。他那半肢疯，半个身子简直不能动。竹斋，去年我们看见爸爸坐久了就说头晕——"

姑太太说到这里一顿，轻轻吁了一口气，眼圈儿也像有点红了。她正想接下去说，猛的一声汽笛从外面飞来。接着一个人跑进来喊道：

"云飞靠了码头了！"

姑太太也立刻站了起来，手扶着杜竹斋的肩膀。那时福生已经飞步抢出去，一面走，一面扭转脖子，朝后面说：

"三老爷，姑老爷，姑太太；不忙，等我先去招呼好了，再出来！"

轮船局里其他的办事人也开始忙乱；一片声唤脚夫。就有一架预先准备好的大藤椅由两个精壮的脚夫抬了出去。荪甫眼睛望着外边，嘴里说：

"二姊，回头你和老太爷同坐一八八九号，让四妹和我同车，竹斋带阿萱。"

姑太太点头，眼睛也望着外边，嘴唇翕翕地动：在那里念佛！竹斋含着雪茄，微微地笑着，看了荪甫一眼，似乎说"我们走罢"。恰好福生也进来了，十分为难似的皱着眉头：

"真不巧。有一只苏州班的拖船停在里挡——"

"不要紧。我们到码头上去看罢！"

荪甫截断了福生的话，就走出去了。保镖的老关赶快也跟上去。后面是杜竹斋和他的夫人，还有福生。本来站在门口的杜竹斋的保镖就作了最后的"殿军"。

云飞轮船果然泊在一条大拖船——所谓"公司船"的外边。那只大藤椅已经放在云飞船头，两个精壮的脚夫站在旁边。码头上冷静静地，没有什么闲杂人：轮船局里的两三个职员正在那里高声吆喝，轰走那些围近来的黄包车夫和小贩。荪甫他们三位走上了那"公司船"的甲板时，吴老太爷已经由云飞的茶房扶出来坐上藤椅子了。福生赶快跳过去，做手势，命令那两个脚夫抬起吴老太爷，慢慢地走到"公司船"上。于是儿子，女儿，女婿，都上前相见。虽然路上辛苦，老太爷的脸色并不难看，两圈红晕停在他的额角。可是他不作声，看看儿子，女儿，女婿，只点了一下头，便把眼睛闭上了。

这时候，和老太爷同来的四小姐蕙芳和七少爷阿萱也挤上那"公司船"。

"爸爸在路上好么？"

杜姑太太——吴二小姐，拉住了四小姐，轻声问。

"没有什么。只是老说头眩。"

"赶快上汽车罢！福生，你去招呼一八八九号的新车子先开来。"

荪甫不耐烦似的说。让两位小姐围在老太爷旁边，荪甫和竹斋，阿萱就先走到码头上。一八八九号的车子开到了，藤椅子也上了岸，吴老太爷也被扶进汽车里坐定了，二小姐——杜姑太太跟着便坐在老太爷旁边。本来还是闭着眼睛的吴老太爷被二小姐身上的香气一刺激，便睁开眼来看一下，颤着声音慢慢地说：

"芙芳，是你么？要蕙芳来！蕙芳！还有阿萱！"

荪甫在后面的车子里听得了，略皱一下眉头，但也不说什么。老太爷的脾气古怪而且执拗，荪甫和竹斋都知道。于是四小姐蕙芳和七少爷阿萱都进了老太爷的车子。二小姐芙芳舍不得离开父亲，便也挤在那里。两位小姐把老太爷夹在中间。马达声音响了，一八八九号汽车开路，已经动了，忽然吴老太爷又锐声叫了起来：

"《太上感应篇》！"

这是裂帛似的一声怪叫。在这一声叫喊中，吴老太爷的残余生命力似乎又复旺炽了；他的老眼闪闪地放光，额角上的淡红色转为深朱，虽然他的嘴唇簌簌地抖着。

一八八九号的汽车夫立刻把车煞住，惊惶地回过脸来。荪甫和竹斋的车子也跟着停止。大家都怔住了。四小姐却明白老太爷要的是什么。她看见福生站在近旁，就唤他道："福生，赶快到云飞的大餐间里拿那部《太上感应篇》来！是黄绫子的书套！"

吴老太爷自从骑马跌伤了腿，终至成为半肢疯以来，就虔奉《太上感应篇》，二十余年如一日；除了每年印赠而外，又曾恭楷手抄一部，是他坐卧不离的。

一会儿，福生捧着黄绫子书套的《感应篇》来了。吴老太爷接过来恭恭敬敬摆在膝头，就闭了眼睛，干瘪的嘴唇上浮出一丝放心了的微笑。

"开车！"

二小姐轻声喝，松了一口气，一仰脸把后颈靠在弹簧背垫上，也忍不住微笑。这时候，汽车愈走愈快，沿着北苏州路向东走，到了外白渡桥转弯朝南，那三辆车便像一阵狂风，每分钟半英里，一九三〇年式的新纪录。

坐在这样近代交通的利器上，驱驰于三百万人口的东方大都市上海的大街，而却捧了《太上感应篇》，心里专念着文昌帝君的"万恶淫为首，百善孝为先"的诰诫，这矛盾是很显然的了。而尤其使这矛盾尖锐化的，是吴老太爷的真正虔奉《太上感应篇》，完全不同于上海的借善骗钱的"善棍"。可是三十年前，吴老太爷却还是顶括括的"维新党"。祖若父两代侍郎，皇家的恩泽不可谓不厚，然而吴老太爷那时却是满腔子的"革命"思想。普遍于那时候的父与子的冲突，少年的吴老太爷也是一个主角。如果不是二十五年前习武骑马跌伤了腿，又不幸而渐渐成为半身不遂的毛病，更不幸而接着又赋悼亡，那么现在吴老太爷也许不至于整天捧着《太上感应篇》罢？然而自从伤腿以后，吴老太爷的英年浩气就好像是整个儿跌丢了；二十五年来，他就不曾跨出他的书斋半步！二十五年来，除了《太上感应篇》，他就不曾看过任何书报！二十五年来，他不曾经验过书斋以外的人生！第二代的"父与子的冲突"又在他自己和荪甫中间不可挽救地发生。而且如果说上一代的侍郎可算得又怪僻，又执拗，那么，吴老太爷正亦不弱于乃翁；书斋便是他的堡寨，《太上感应篇》便是他的护身法宝，他坚决的拒绝了和儿子妥协，亦既有十年之久了！

虽然此时他已经坐在一九三〇年式的汽车里，然而并不是他对儿子妥协。他早就说过，与其目击儿子那样的"离经叛道"的生活，倒不如死了好！他绝对不愿意到上海。荪甫向来也不坚持要老太爷来，此番因为土匪实在太嚣张，而且邻省的共产党红军也有燎原之势，让老太爷高卧家园，委实是不妥当。这也是儿子的孝心。吴老太爷根本就不相信什么土匪，什么红军，能够伤害他这虔奉文昌帝君的积善老子！但是坐卧都要人扶持，半步也不能动的他，有什么办法？他只好让他们从他的"堡寨"里抬出来，上了云飞轮船，终于又上了这"子不语"的怪物——汽车。正像二十五年前是这该诅咒的半身不遂使他不能到底做成"维新党"，使他不得不对老侍郎的"父"屈服，现在仍是这该诅咒的半身不遂使他又不能"积善"到底，使他不得不对新式企业家的"子"妥协了！他就是那么样始终演着悲剧！

但毕竟尚有《太上感应篇》这护身法宝在他手上，而况四小姐蕙芳，七少爷阿萱一对金童玉女，也在他身旁，似乎虽入"魔窟"，亦未必竟堕"德行"，所以吴老太爷闭目养了一会神以后，渐渐泰然怡然睁开眼睛来了。

汽车发疯似的向前飞跑。吴老太爷向前看。天哪！几百个亮着灯光的窗洞像几百只怪眼睛，高耸碧霄的摩天建筑，排山倒海般地扑到吴老太爷眼前，忽地又没有了；光秃秃的平地拔立的路灯杆，无穷无尽地，一杆接一杆地，向吴老太爷脸前打来，忽地又没有了；长蛇阵似的一串黑怪物，头上都有一对大眼睛放射出叫人目眩的强光，啵——啵——地吼着，闪电似的冲将过来，准对着吴老太爷坐的小箱子冲将过来！近了！近了！吴老太爷闭了眼睛，全身都抖了。他觉得他的头颅仿佛是在颈脖子上旋转；他眼前是红的，黄的，绿的，黑的，发光的，立方体的，圆锥形的，——混杂的一团，在那里跳，在那里转；他耳朵里灌满了轰，轰，轰！轧，轧，轧！啵，啵，啵！猛烈嘈杂的声浪会叫人心跳出腔子似的。

不知经过了多少时候，吴老太爷悠然转过一口气来，有说话的声音在他耳边动荡：

"四妹，上海也不太平呀！上月是公共汽车罢工，这月是电车了！上月底共产党在北京路闹事，捉了几百，当场打死了一个。共产党有枪呢！听三弟说，各工厂的工人也都不稳。随时可以闹事。时时想暴动。三弟的厂里，三弟公馆的围墙上，都写满了共产党的标语……"

"难道巡捕不捉么？"

"怎么不捉！可是捉不完。啊哟！真不知道哪里来的这许多不要性命的人！——可是，四妹，你这一身衣服实在看了叫人笑。这还是十年前的装束！明天赶快换一身罢！"

是二小姐芙芳和四小姐蕙芳的对话。吴老太爷猛睁开了眼睛，只见左右前后都是像他自己所坐的那种小箱子——汽车。都是静静地一动也不动。横在前面不远，却像开了一道河似的，从南到北，又从北到南，匆忙地杂乱地交流着各色各样的车子；而夹在车子中间，又有各色各样的男人女人，都像有鬼赶在屁股后似的跌跌撞撞地快跑。不知从什么高处射来的一道红光，又正落在吴老太爷身上。

这里正是南京路同河南路的交叉点，所谓"抛球场"。东西行的车辆此时正在那里静候指挥交通的红绿灯的命令。

"二姊，我还没见过三嫂子呢。我这一身乡气，会惹她笑痛了肚子罢。"

蕙芳轻声说，偷眼看一下父亲，又看看左右前后安坐在汽车里的时髦女人。芙芳笑了一声，拿出手帕来抹一下嘴唇。

一股浓香直扑进吴老太爷的鼻子，痒痒地似乎怪难受。

"真怪呢！四妹。我去年到乡下去过，也没看见像你这一身老式的衣裙。"

"可不是。乡下女人的装束也是时髦得很呢，但是父亲不许我——"

像一枝尖针刺入吴老太爷迷惘的神经，他心跳了。他的眼光本能地瞥到二小姐芙芳的身上。他第一次意识地看清楚了二小姐的装束；虽则尚在五月，却因今天骤然闷热，二小姐已经完全是夏装；淡蓝色的薄纱紧裹着她的壮健的身体，一对丰满的乳房很显明地突出来，袖口缩在臂弯以上，露出雪白的半只臂膊。一种说不出的厌恶，突然塞满了吴老太爷的心胸，他赶快转过脸去，不提防扑进他视野的，又是一位半裸体似的只穿着亮纱坎肩，连肌肤都看得分明的时装少妇，高坐在一辆黄包车上，翘起了赤裸裸的一只白腿，简直好像没有穿裤子。"万恶淫为首"！这句话像鼓槌一般打得吴老太爷全身发抖。然而还不止此。吴老太爷眼珠一转，又瞥见了他的宝贝阿萱却正张大了嘴巴，出神地贪看那位半裸体的妖艳少妇呢！老太爷的心卜地一下狂跳，就像爆裂了似的再也不动，喉间是火辣辣地，好像塞进了一大把的辣椒。

21

此时指挥交通的灯光换了绿色,吴老太爷的车子便又向前进。冲开了各色各样车辆的海,冲开了红红绿绿的耀着肉光的男人女人的海,向前进!机械的骚音,汽车的臭屁,和女人身上的香气,霓虹电管的赤光——一切梦魇似的都市的精怪,毫无怜悯地压到吴老太爷朽弱的心灵上,直到他只有目眩,只有耳鸣,只有头晕!直到他的刺激过度的神经像要爆裂似的发痛,直到他的狂跳不歇的心脏不能再跳动!

呼卢呼卢的声音从吴老太爷的喉间发出来,但是都市的骚音太大了,二小姐,四小姐和阿萱都没有听到。老太爷的脸色也变了,但是在不断的红绿灯光的映射中,谁也不能辨别谁的脸色有什么异样。

汽车是旋风般向前进。已经穿过了西藏路,在平坦的静安寺路上开足了速率。路旁隐在绿荫中射出一点灯光的小洋房连排似的扑过来,一眨眼就过去了。五月夜的凉风吹在车窗上,猎猎地响。四小姐蕙芳像是摆脱了什么重压似的松一口气,对阿萱说:

"七弟,这可长住在上海了。究竟上海有什么好玩,我只觉得乱烘烘地叫人头痛。"

"住惯了就好了。近来是乡下土匪太多,大家都搬到上海来。四妹,你看这一路的新房子,都是这两年内新盖起来的。随你盖多少新房子,总有那么多的人来住。"

二小姐接着说,打开她的红色皮包,取出一个粉扑,对着皮包上装就的小镜子便开始化起妆来。

"其实乡下也还太平。谣言还没有上海那么多。七弟,是么?"

"太平?不见得罢!两星期前开来了一连兵,刚到关帝庙里驻扎好了,就向商会里要五十个年青的女人——补洗衣服;商会说没有,那些八太爷就自己出来动手拉。我们隔壁开水果店的陈家嫂不是被他们拉了去么?我们家的陆妈也是好几天不敢出大门……"

"真作孽!我们在上海一点不知道。我们只听说共产党要拐女人去共。"

"我在镇上就不曾见过半个共军。就是那一连兵,叫人头痛!"

"吓,七弟,你真糊涂!等到你也看见,那还了得!竹斋说,现在的共产党真厉害,九流三教里,到处全有。防不胜防。直到像雷一样打到你眼前，你才觉到。"

这么说着，二小姐就轻轻吁一声。四小姐也觉毛骨悚然。只有不很懂事的阿萱依然张大了嘴胡胡地笑。他听得二小姐把共产党说成了神出鬼没似的，便觉得非常有趣："会像雷一样的打到你眼前来么？莫不是有了妖术罢！"他在肚子里自问自答。这位七少爷今年虽已十九岁，虽然长的极漂亮，却因为一向就做吴老太爷的"金童"，很有几分傻。

此时车上的喇叭突然呜呜地叫了两声，车子向左转，驶入一条静荡荡的浓荫夹道的横马路，灯光从树叶的密层中洒下来，斑斑驳驳地落在二小姐她们身上。车子也走得慢了。二小姐赶快把化妆皮包收拾好，转脸看着老太爷轻声说：

"爸爸，快到了。"

"爸爸睡着了！"

"七弟，你喊得那么响！二姊，爸爸闭了眼睛养神的时候，谁也不敢惊动他！"

但是汽车上的喇叭又是呜呜地连叫三声，最后一声拖了个长尾巴。这是暗号。前面一所大洋房的两扇乌油大铁门霍地荡开，汽车就轻轻地驶进门去。阿萱猛的从坐位上站起来，看见荪甫和竹斋的汽车也衔接着进来，又看见铁门两旁站着四五个当差，其中有武装的巡捕。接着，砰——的一声，铁门就关上了。此时汽车在花园里的柏油路上走，发出细微的丝丝的声音。黑森森的树木夹在柏油路两旁，三三两两的电灯在树荫间闪烁。蓦地车又转弯，眼前一片雪亮，耀的人眼花，五开间三层楼的一座大洋房在前面了，从屋子里散射出来的无线电音乐在空中回翔，咕——的一声，汽车停下。

有一个清脆的声音在汽车旁边叫：

"太太！老太爷和老爷他们都来了！"

从晕眩的突击中方始清醒过来的吴老太爷吃惊似的睁开了眼睛。但是紧抓住了这位老太爷的觉醒意识的第一刹那却不是别的，而是刚才停车在"抛球场"时七少爷阿萱贪婪地看着那位半裸体似的妖艳少妇的那种邪魔的眼光，以及四小姐蕙芳说的那一句"乡下女人装束也时髦得很呢，但是父亲不许我——"的声浪。

刚一到上海这"魔窟"，吴老太爷的"金童玉女"就变了！

无线电音乐停止了，一阵女人的笑声从那五开间洋房里送出来，接着是高跟皮鞋错落地阁阁地响，两三个人形跳着过来，内中有一位粉红色衣服，长身玉立的少妇，袅着细腰抢到吴老太爷的汽车边，一手拉开了车门，娇声笑着说：

"爸爸，辛苦了！二姊，这是四妹和七弟么？"

同时就有一股异常浓郁使人窒息的甜香，扑头压住了吴老太爷。而在这香雾中，吴老太爷看见一团蓬蓬松松的头发乱纷纷地披在白中带青的圆脸上，一对发光的滴溜溜转动的黑眼睛，下面是红得可怕的两片嘻开的嘴唇。蓦地这披发头扭了一扭，又响出银铃似的声音：

"荪甫！你们先进去。我和二姊扶老太爷！四妹，你先下来！"

吴老太爷集中全身最后的生命力摇一下头。可是谁也没有理他。四小姐擦着那披发头下去了，二小姐挽住老太爷的左臂，阿萱也从旁帮一手，老太爷身不由主的便到了披发头的旁边了，就有一条滑腻的臂膊箍住了老太爷的腰部，又是一串艳笑，又是兜头扑面的香气。吴老太爷的心只是发抖，《太上感应篇》紧紧地抱在怀里。有这样的意思在他的快要炸裂的脑神经里通过："这简直是夜叉，是鬼！"

超乎一切以上的憎恨和忿怒忽然给与吴老太爷以长久未有的力气。仗着二小姐和吴少奶奶的半扶半抱，他很轻松的上了五级的石阶，走进那间灯火辉煌的大客厅了。满客厅的人！迎面上前的是荪甫和竹斋。忽然又飞跑来两个青年女郎，都是披着满头长发，围住了吴老太爷叫唤问好。她们嘈杂地说着笑着，簇拥着老太爷到一张高背沙发椅里坐下。

吴老太爷只是瞪出了眼睛看。憎恨，忿怒，以及过度刺激，烧得他的脸色变为青中带紫。他看见满客厅是五颜六色的电灯在那里旋转，旋转，而且愈转愈快。近他身旁有一个怪东西，是浑圆的一片金光，荷荷地响着，徐徐向左右移动，吹出了叫人气噎的猛风，像是什么金脸的妖怪在那里摇头作法。而这金光也愈摇愈大，塞满了全客厅，弥漫了全空间了！一切红的绿的电灯，一切长方形，椭圆形，多角形的家具，一切男的女的人们，都在这金光中跳着转着。粉红色的吴少奶奶，苹果绿色的一位女郎，淡黄色的又一女郎，都在那里疯狂地跳，跳！她们身上的轻绡掩不住全身肌肉的轮廓,高耸的乳峰,嫩红的乳头,腋下的细毛!无数的高耸的乳峰,颤动着,颤动着的乳峰,在满屋子里飞舞了!而夹在这乳峰的舞阵中间的,是荪甫的多疱的方脸,以及满是邪魔的阿萱的眼光。突然吴老太爷又看见这一切颤动着飞舞着的乳房像乱箭一般射到他胸前,堆积起来,堆积起来,重压着,重压着,压在他胸脯上,压在那部摆在他膝头的《太上感应篇》上,于是他又听得狂荡的艳笑,房屋摇摇欲倒。

"邪魔呀!"吴老太爷似乎这么喊,眼里迸出金花。他觉得有千万斤压在他胸口,觉得脑袋里有什么东西爆裂了,碎断了;猛的拔地长出两个人来,粉红色的吴少奶奶和苹果绿色的女郎,都嘻开了血色的嘴唇像要来咬。吴老太爷脑壳里梆的一响,两眼一翻,就什么都不知道了。

"表叔!认得我么?素素,我是张素素呀!"

站在吴老太爷面前的穿苹果绿色 Grafton 轻绡的女郎兀自笑嘻嘻地说,可是在她旁边捧着一杯茶的吴少奶奶蓦地惊叫了一声,茶杯掉在地下。满客厅的人都一跳!死样沉寂的一刹那!接着是暴雷般的脚步声,都拥到吴老太爷的身边来了。十几张嘴同时在问在叫。吴老太爷脸色像纸一般白,嘴唇上满布着白沫,头颅歪垂着。黄绫套子的《太上感应篇》拍的一声落在地下。

"爸爸,爸爸!怎么了?醒醒罢,醒醒罢!"

二小姐捧住了吴老太爷的头,颤抖着声音叫,竹斋伸长了脖子,挨在二小姐肩下,满脸的惊惶。抓住了老太爷左手的荪甫却是一脸怒容,厉声斥骂那些围近来的当差和女仆:

"滚开!还不快去拿冰袋来么?快,快!"

冰袋!冰袋!老太爷发痧了!——一迭声传出去。当差们满屋子乱跑。略站得远些的淡黄色衣服的女郎拉住了张素素低声问:

"素!你看见老太爷是怎么一来就发晕了呢?"

张素素瞪大了眼睛,说不出话来,她的丰满的胸脯像波浪似的一起一伏。那边吴少奶奶却气喘喘地断断续续地在说:

"我捧了茶来,——看见,看见,爸爸——头一歪,眼睛闭了,嘴里出白沫——白沫!脸色也就完全变了。发痧,发痧……是痰火么?爸爸向来有这毛病么？"

二小姐一手掐住老太爷的人中，一面急口地追问那呆呆地站着淌眼泪的四小姐：

"四妹，四妹！爸爸发过这种病么？发过罢！你说，你说哟！"

"要是痰火上，转过一口气来，就不要紧了。只要转一口气，一口气！"

竹斋看着荪甫说，慌慌张张地把他那个随身携带的鼻烟壶递过去。荪甫一手接了鼻烟壶，也不回答竹斋，只是横起了怒目前前后后看，一面喝道："挤得那么紧！单是这股子人气也要把老太爷熏坏了！——怎么冰袋还不来！佩瑶，这里暂时不用你帮忙；你去亲自打电话请丁医生！——王妈！催冰袋去！"于是他又对二小姐摆手："二姊，不要慌张！爸爸胸口还是热的呢！在这沙发椅上不是办法，我们先抬爸爸到那架长沙发榻上去罢。"这么说着，也不等二小姐的回答，荪甫就把老太爷抱起来，众人都来帮一手。

刚刚把老太爷放在一张蓝绒垫子的长而且阔的沙发榻上，打电话去请医生的吴少奶奶也回来了。据她说：十分钟内，丁医生就可以到；而在他未到以前，切莫惊扰病人，应该让病人躺在安静的房间里。此时王妈捧了冰袋来。荪甫一手接住，就按在老太爷的前额，一面看看那个站在客厅门口的当差高升说：

"去叫几个人来抬老太爷到小客厅！还有，丁医生就要来，吩咐号房留心！"

忽然老太爷的手动了一下，喉间一声响，就有像是痰块的白沫从嘴里冒出来。"好了！"——几张嘴同声喊，似乎心头松一下。吴少奶奶在张素素襟头揩一方白丝手帕揩去了老太爷嘴上的东西，一面对荪甫使眼色。荪甫皱了眉头。竹斋和二小姐也是苦着脸。老太爷额角上爆出的青筋就有蚯蚓那么粗，喉间的响声更大更急促了，白沫也不住的冒。俄而手又一动，眼皮有点跳，终于半睁开了。

"怎么丁医生还不来？先抬进小客厅罢！"

荪甫搓着手自言自语地说，回头对站在那里等候命令的四个当差一摆手。四个当差就上前抬起了那张长沙发榻，走进大客厅左首的小客厅；竹斋，荪甫，吴少奶奶，二小姐，四小姐，都跟了进去。阿萱自始就站在那里呆呆地出神，此时像觉醒似的，慌慌张张向四面一看，也跑进小客厅去了。砰——的一声，小客厅的门就此关上。

留在大客厅里的人们悄悄地等候着，谁也不开口。张素素倚在一架华美硕大的无线电收音机旁边，垂着头，看地上的那部《太上感应篇》，似乎很在那里用心思。两个穿洋服的男客，各自据了一张沙发椅，手托住了头，慢慢的吸香烟；有时很焦灼地对小客厅的那扇门看一眼。

电灯光依然柔和地照着一切。小风扇的浑圆的金脸孔依然荷荷地响着，徐徐转动，把凉风送到各人身上，吹拂起他们的衣裾。然而这些一向是快乐的人们此时却有一种不可名状的不安压住在心头。

钢琴旁边坐着那位穿淡黄色衣服的女郎，随手翻弄着一本琴谱。她的相貌很像吴少奶奶，她是吴少奶奶的嫡亲妹子，林二小姐。

呆呆地在出神的张素素忽然像是想着了什么，猛的抬起头来，向四面看看，似乎要找谁说话；一眼看见那淡黄色衣服的女郎正也在看她，就跑到钢琴前面，双手一拍，低声地然而郑重地说：

"佩珊！我想老太爷一定是不中用了！我见过——"

那边两位男客都惊跳起来，睁大了询问的眼睛，走到张素素旁边了。

"你怎么知道一定不中用？"

林佩珊迟疑地问，站了起来。

"我怎么知道？嗳——因为我看见过人是怎样死的呀！"

几个男女仆人此时已经围绕在这两对青年男女的周围了，听得张素素那样说，忍不住都笑出声来。张素素却板起脸儿不笑。她很神秘的放低了声音，再加以申明："你们看老太爷吐出来的就是痰么？不是！一百个不是！这是白沫！大凡人死在热天，就会冒出这种白沫来，我见过。你们说今天还不算热么？八十度哪！真怪！还只五月十七，——玉亭，我的话对不对？你说！"

张素素转脸看住了男客中间的一个，似乎硬要他点一下头。这人就是李玉亭：中等身材，尖下巴，戴着程度很深的近视眼镜。他不说

"是",也没说"不是",只是微微笑着。这使得张素素老大不高兴,向李玉亭白了一眼,她噘起猩红的小嘴唇,叽叽咕咕地说:

"好!我记得你这一遭!大凡教书的人总是那么灰色的,大学教授更甚。学生甲这么说,学生乙又是那么说,好,我们的教授既不敢左袒,又不敢右倾,只好摆出一副挨打的脸儿嘻嘻的傻笑。——但是,李教授李玉亭呀!你在这里不是上课,这里是吴公馆的会客厅!"

李玉亭当真不笑了,那神气就像挨了打似的。站在林佩珊后面的男客凑到她耳朵边轻轻地不知说了怎么一句,林佩珊就嗤的一声笑了出来,并且把那俊俏的眼光在张素素脸上掠过。立刻张素素的嫩脸上飞起一片红云,她陡的扭转腰肢,扑到林佩珊身上,恨恨地说:

"你们表兄妹捣什么鬼!说我的坏话?非要你讨饶不行!"

林佩珊吃吃地笑着,保护着自己的顶怕人搔摸的部分,一步一步往后退,又夹在笑声中叫道:

"博文,是你闯祸,你倒袖手旁观呢!"

此时忽然来了汽车的喇叭声,转瞬间已到大客厅前,就有一个高大的穿洋服的中年男子飞步跑进来,后面跟着两个穿白制服的看护妇捧着很大的皮包。张素素立刻放开了林佩珊,招呼那新来者:

"好极了,丁医生!病人在小客厅!"

说着,她就跳到小客厅门前,旋开了门,让丁医生和看护妇都进去了,她自己也往门里一闪,随手就带上了门。

林佩珊一面掠头发,一面对她的表哥范博文说:

"你看丁医生的汽车就像救火车,直冲到客厅前。"

"但是丁医生的使命却是要燃起吴老太爷身里的生命之火,而不是扑灭那个火。"

"你又在做诗了么?嘻——"

林佩珊伴嗔地睃了她表哥一眼,就往小客厅那方向走。但在未到之前,小客厅的门开了,张素素轻手轻脚踅出来,后面是一个看护妇,将她手里的白瓷方盘对伺候客厅的当差一扬,说了一个字:"水!"接着,那看护妇又缩了进去,小客厅的门依然关上。

探询的眼光从四面八方射出来,集中于张素素的脸上。张素素摇头，不作声，闷闷的绕着一张花梨木的圆桌子走。随后，她站在林佩珊他们三个面前，悄悄地说：

"丁医生说是脑充血，是突然受了猛烈刺激所致。有没有救，此刻还没准。猛烈的刺激？真是怪事！"

听的人们都面面相觑，不作声。过了一会儿，李玉亭似乎要挽救张素素刚才的嗔怒，应声虫似的也说了一句：

"真是怪事！"

"然而我的眼睛就要在这怪事中看出不足怪。吴老太爷受了太强的刺激，那是一定的。你们试想，老太爷在乡下是多么寂静；他那二十多年足不窥户的生活简直是不折不扣的坟墓生活！他那书斋，依我看来，就是一座坟！今天突然到了上海，看见的，听到的，嗅到的，哪一样不带有强烈的太强烈的刺激性？依他那样的身体，又上了年纪，若不患脑充血，那就当真是怪事一桩！"

范博文用他那缓慢的女性的声调说，脸上亮晶晶的似乎很得意。他说完了，就溜过眼波去找林佩珊的眼光。林佩珊很快地回看他一眼，就抿着嘴一笑。这都落在张素素的尖利的观察里了，她故意板起了脸，鼻子里哼一声：

"范诗人！你又在做诗么？死掉了人，也是你的诗题了！"

"就算我做诗的时机不对，也不劳张小姐申申而詈呵！"

"好！你是要你的林妹妹申申而詈的罢？"

这次是林佩珊的脸上飞红了。她对张素素啐了一声，就讪讪地走开了。范博文毫不掩饰地跟着她。然而张素素似乎感到更悲哀，蹙着眉尖，又绕走那张花梨木的圆桌子了。李玉亭站在那里摸下巴。客厅里静得很，只有小风扇的单调的荷荷的声响。间或飞来了外边马路上汽车的喇叭叫，但也是像要睡去似的没有一丝儿劲。几个男当差像棍子似的站着。王妈和另一个女仆头碰头的在密谈，可是只见她们的嘴唇皮动，却听不到声音。

小客厅的门开了，高大的身形一闪，是丁医生。他走到摆着烟卷的黄铜椭圆桌子边，从银匣里捡了一枝雪茄烟燃着了，吐一口气，就在沙发椅里坐下。

"怎样？"

张素素走到丁医生跟前轻声问。

"十分之九是没有希望。刚才又打一针。"

"今晚上挨不过罢？"

"总是今晚上的事！"

丁医生放下雪茄，又回到小客厅里去了。张素素悄悄地跑过去，将小客厅的门拉上了，蓦地跳转身来，扑到林佩珊面前，抱住了她的细腰，脸贴着脸，一边乱跳，一边很痛苦地叫道：

"佩珊！佩珊！我心里难过极了！想到一个人会死，而且会突然的就死，我真是难过极了！我不肯死！我一定不能死！"

"可是我们总有一天要死。"

"不能！我一定不能死！佩珊，佩珊！"

"也许你和大家不同，老了还会脱壳；——可是，素，不要那么乱揉，你把我的头发弄成个什么样子！啊，啊，啊！放手！"

"不要紧，明天再去一次 Beauty Parlour——哦，佩珊，佩珊！如果一定得死，我倒愿意刺激过度而死！"

林佩珊惊异地叫了一声，看看张素素的眼睛，这眼睛现在闪着异样兴奋的光芒，和平常时候完全不同。

"就是过度刺激！我想，死在过度刺激里，也许最有味，但是我绝对不需要像老太爷今天那样的过度刺激，我需要的是另一种，是狂风暴雨，是火山爆裂，是大地震，是宇宙混沌那样的大刺激，大变动！啊，啊，多么奇伟，多么雄壮！"

这么叫着，张素素就放开了林佩珊，退后一步，落在一张摇椅里，把手掩住了脸孔。

站在那里听她们谈话的李玉亭和范博文都笑了，似乎料不到张素素有这意外的一转一收。范博文看见林佩珊还是站在那里发怔，就走去拉一下她的手。林佩珊一跳，看清楚了是范博文，就给他一个娇嗔。范博文翘起右手的大拇指，向张素素那边虚指了一指，低声说：

"你明白么？她所需要的那种刺激，不是'灰色的教授'所能给与的！可是，刚才她实在颇有几分诗人的气分。"

林佩珊先自微笑，听到最后一句，她忽然冷冷地瞥了范博文一眼，鼻子里轻轻一哼，就懒洋洋地走开了。范博文立刻明白自己的说话有点被误会，赶快抢前一步，拉住了佩珊的肩膀。但是林佩珊十分生气似的挣脱了范博文的手，就跑进了客厅右首后方的一道门，碰的一声，把门关上。范博文略一踌躇，也就赶快跟过去，飞开了那道门，就唤"珊妹"。

林佩珊关门的声音将张素素从沉思中惊醒。她抬起头来看，又垂下眼去；放在一张长方形的矮脚琴桌上的黄绫套子的《太上感应篇》首先映入她的眼内。她拿起那套书，翻开来看。是朱丝栏夹贡纸端端正正的楷书。卷后有吴老太爷在"甲子年仲春"写的跋文：

　　余既镌印文昌帝君《太上感应篇》十万部，广布善缘，又手录全文……

张素素忍不住笑了一声，正想再看下去，忽然脑后有人轻声说：

"吴老太爷真可谓有信仰，有主义，终身不渝。"

是李玉亭，正靠在张素素坐椅的背后，烟卷儿夹在手指中。张素素侧着头仰脸看了他一眼，便又低头去翻看那《太上感应篇》。过一会儿，她把《感应篇》按在膝头，猛的问道：

"玉亭，你看我们这社会到底是怎样的社会？"

冷不防是这么一问，李玉亭似乎怔住了；但他到底是经济学教授，立即想好了回答：

"这倒难以说定。可是你只要看看这儿的小客厅，就得了解答。这里面有一位金融界的大亨，又有一位工业界的巨头；这小客厅就是中国社会的缩影。"

"但是也还有一位虔奉《太上感应篇》的老太爷！"

"不错，然而这位老太爷快就要——断气了。"

"内地还有无数的吴老太爷。"

"那是一定有的。却是一到了上海就也要断气。上海是——"

李玉亭这句话没有完，小客厅的门开了，出来的是吴少奶奶。除了眉尖略蹙而外，这位青年美貌的少奶奶还是和往常一样的活泼。看见只

有李玉亭和张素素在这里,吴少奶奶的眼珠一溜,似乎很惊讶;但是她立刻一笑,算是招呼了李张二位,便叫高升和王妈来吩咐:

"老太爷看来是拖不过今天晚上的了。高升,你打电话给厂里的莫先生,叫他马上就来。应该报丧的亲戚朋友就得先开一个单子。花园里,各处,都派好了人去收拾一下。搁在四层屋顶下的木器也要搬出来。人手不够,就到杜姑老爷公馆里去叫。王妈,你带几个人去收拾三层楼的客房,各房里的窗纱,台布,沙发套子,都要换好。"

"老太爷身上穿了去的呢?还有,看什么板——"

"这不用你办。现在还没商量好,也许包给万国殡仪馆。你马上打电话到厂里叫账房莫先生来。要是厂里抽得出人,就多来几个。"

"老太爷带来的行李,刚才'戴生昌'送来了,一共二十八件。"

"那么,王妈,你先去看看,用不到的行李都搁到四层屋顶去。"

此时小客厅里在叫"佩瑶"了,吴少奶奶转身便跑了回去,却在带上那道门之前,露出半个头来问道:

"佩珊和博文怎么不见了呢?素妹,请你去找一下罢。"

张素素虽然点头,却坐着不动。她在追忆刚才和李玉亭的讨论,想要拾起那断了的线索。李玉亭也不作声,吸着香烟,踱方步。这时已有九点钟,外面园子里人来人往,骤然活动;树荫中,湖山石上,几处亭子里的电灯,也都一齐开亮了。王妈带了几个粗做女仆进客厅来,动手就换窗上的绛色窗纱。一大包沙发套子放在地板上。客厅里的地毯也拿出去扑打。

忽然小客厅里一阵响动以后,就听得杂乱的哭声,中间夹着唤"爸爸"。张素素和李玉亭的脸上都紧张起来了。张素素站起来,很焦灼地徘徊了几步,便跑到小客厅门前,推开了门。这门一开,哭声就灌满了大客厅。丁医生搓着手,走到大客厅里,看着李玉亭说:

"断气了!"

接着苏甫也跑出来,脸色郁沉,吩咐了当差们打电话去请秋律师来,转身就对李玉亭说:

"今晚上要劳驾在这里帮忙招呼了。此刻是九点多,报馆里也许已经不肯接收论前广告,可是我们这报丧的告白非要明天见报不行。只好劳驾去办一次交涉。底稿，竹斋在那里拟。五家大报一齐登！——高升，怎么莫先生还没有来呢？"

高升站在大客厅门外的石阶上，正想回话，二小姐已经跑出来拉住了荪甫说：

"刚才和佩瑶商量，觉得老太爷大殓的时刻还是改到后天上午好些，一则不匆促，二则曾沧海舅父也可以赶到了。舅父是顶会挑剔的！"

荪甫沉吟了一会儿，终于毅然回答：

"我们连夜打急电去报丧，赶得到赶不到，只好不管了；舅父有什么话，都由我一人担当。大殓是明天下午二时，决不能改动的了！"

二小姐还想争，但是荪甫已经跑回小客厅去了。二小姐跟着也追进去。

这时候，林佩珊和范博文手携着手，正从大客厅右首的大餐室门里走出去，一眼看见那乱烘烘的情形，两个人都怔住了。佩珊看着博文低声说：

"难道老太爷已经去世了么？"

"我是一点也不以为奇。老太爷在乡下已经是'古老的僵尸'，但乡下实际就等于幽暗的'坟墓'，僵尸在坟墓里是不会'风化'的。现在既到了现代大都市的上海，自然立刻就要'风化'。去罢！你这古老社会的僵尸！去罢！我已经看见五千年老僵尸的旧中国也已经在新时代的暴风雨中间很快的很快的在那里风化了！"

林佩珊抿着嘴笑，掷给了范博文一个娇媚的伴嗔。

《茅盾全集》（第3卷），人民文学出版社1984年版

★作者简介

茅盾（1896—1981），浙江嘉兴人，原名沈德鸿，字雁冰，著名作家、文艺理论家。小说代表作有《子夜》、《林家铺子》、"《蚀》三部曲"（《幻灭》《动摇》《追求》）、"农村三部曲"（《春蚕》《秋收》《残冬》）等，其中，《子夜》不仅在国内影响巨大，在国际上也有重要影响，被译成英、德、俄、日等多种语言出版发行。1949年，茅盾任中国文学艺术界联合会副主席和中国文学工作者协会（后改为中国作家协会）主席，同年担任《人民文学》主编。1958年至1961年，人民文学出版社陆续出版完成十卷本《茅盾文集》。1981年，中国作家协会根据茅盾生前遗愿设立茅盾文学奖，该奖成为中国文坛最具影响力的文学奖项。

★作品导读

《子夜》创作于1931年，发表于1933年。小说主要讲述了有着中西文化背景的工业巨子吴荪甫怀有壮大民族工业的雄心，但最终在事业和家庭上都归于失败的故事。吴荪甫置身于错综复杂的社会关系之中，与赵伯韬式的金融买办资本家矛盾重重，与工人和农民的冲突不断，与妻子、兄弟姊妹等亲人貌合神离，作品由此展示了一位有抱负却专断、有手腕却自私、有过挣扎和抵抗却最终归于毁灭的悲剧形象。作者通过吴荪甫这一形象艺术地回应了当时由谁领导中国革命的争论，即民族资产阶级无法引领中国革命走向胜利。

《子夜》以一种蛛网式的密集结构表现社会变迁的复杂内容，展示众多人物角色与社会事件。在人物形象塑造上，小说塑造了如吴荪甫、赵伯韬等形色各异的资本家，吴老太爷、曾沧海等有不同特点的地主，还有李玉亭、范博文等不同模式的知识分子，实现了个性和共性的统一，塑造了"单个人"性格特征，又在事实上反映了某一社会阶层的生存状况和精神面貌。在社会事件勾连上，小说也展示了蒋介石、冯玉祥、阎锡山之间军阀战争的复杂以及带给社会的动荡。

选文出自《子夜》第一章，主要讲述了吴老太爷从农村进入霓虹灯闪烁和汽车飞驰的现代都市后，因无法适应而猝死的情节。由此，顺着吴老太爷的葬礼自然引出了后文涉及的各个人物。这一章的现代都市描写、意象运用十分精彩，对吴老太爷形象的塑造也很成功，小说的结构和人物出场方式值得探讨。

★拓展延伸

作为左翼文学的代表作，《子夜》的社会价值长久以来受到学界关注，它"反映中国的全社会""在文艺上表现中国的社会关系和阶级关系"。近年来，除这种解读模式外，有的学者选择回归文学本身，谈到了《子夜》的艺术风格，认为作品悲剧色彩下流露出浪漫主义倾向，指出作品所蕴含的"浪漫和颓废"的艺术元素。另有学者围绕《子夜》的经典化、"焦虑"书写，《子夜》的特定意象、空间肌理、时间隐喻与结构美学，以及《子夜》与20世纪30年代左翼文学的关系展开深入讨论。因此，尽管《子夜》单行本出版近一百年，但对《子夜》的解读仍然是一个未完待续的话题。

此外，《子夜》通常被认为是一部理念先行的作品，它叙写了阶级矛盾，具有与同时期左翼小说相同的特征。茅盾在《〈子夜〉是怎样写成的》一文中，便袒露其写作受到实际材料的束缚，注重客观的呈现、宏大的叙事与典型的塑造，构成了"革命现实主义"的范式书写。但在《子夜》中又可发现与同时期小说的异质性，比如前面谈到的作品的颓废色彩，以及小说对于感官经验与都市空间的描绘。由此，我们也许可以思考，在中国现代文学史上占有重要地位的左翼文学，其丰富性、多面性以及发展史对我们有何启示，应该如何认识？

★思考练习

1. 小说的主人公吴荪甫通常被解读为"民族资本家"，如何理解人物的这一身份呢？

2.《子夜》首次出版于1933年，一经发表就受到广泛关注，那一年也被称为"子夜年"。请查阅有关资料，概述当时对《子夜》赏评的主要观点。

家（节选）

巴 金

二十六

就在琴伤心痛哭的这个晚上，夜深人静的时候，鸣凤被唤到太太的面前。在黯淡的清油灯光下，露出周氏的那张虽然生得相当动人、但是没有表情的胖脸。鸣凤不知道太太要对她说些什么话，然而她料想太太不会带给她好的消息。她又想起了这天下午冯老太太过来看老太爷和陈姨太的事情。她怀着颤抖的心，立在周氏的面前，甚至她的眼光也有点摇晃不定。在说话的时候，周氏的淡淡擦了一点白粉的圆脸渐渐变为浮肿而成了一个很大的圆东西，不停地在她的眼前摇荡，使她更加胆怯了。

"鸣凤，你在公馆里头做了这几年，也做得够了，"周氏开始慢腾腾地说，但是依旧比别人说得快些，而且以后愈说愈快，好象一盘珠子在不停地滚动一般。"我想你一定愿意早些出去。今天老太爷吩咐说，要送你到冯家去，给冯老太爷做小。下个月初一是个好日子，冯家就要在那天接人。今天是二十八，离初一还有三天。明天起你不必做事情了，你好好休息两天，等着到冯家去。……你到冯家去要好好地服侍冯老太爷两夫妇，听说冯老太爷脾气古怪，冯老太太脾气也不大好，你遇事要将就他们，不要使性子。冯家还有老爷、太太、孙少爷。你也应该尊敬他们。你在我房里做了几年丫头，也没有得到多少好处。现在给你找到这门亲事，我也算放了心。冯家很有钱，只要你在那边安分守己，你一生穿衣吃饭一点也不用忧愁。这样也比五太太的喜儿好得多。……你服侍我几年，我没有什么报答你，我明天就叫裁缝来给你做两身好衣服，还给你预备点首饰……"她还要说下去，却被鸣凤的哭声打岔了。

这些话的每一个字都象利刀刺进鸣凤的心，她只得任它们乱刺，没法防卫自己。她的希望完全破灭了。人们甚至连她所赖以生活的爱情也要给她夺去了。把自己的青春拿去服侍一个脾气古怪的老头子，得不到一点怜惜。在那种家庭里做姨太太的人的命运是极其明显的：流眼泪，吃打骂，受闲气，依旧会成为她的生活里的重要事情。所不同的是她还要把自己的身体交给那个脾气古怪的老头子蹂躏。做姨太太，这是何等可耻的事。在平日她们丫头的骂人术语里，"给人家做小"也就是一句。然而在高家经过了八年的忠心的苦役之后，她所得到的报酬，却是去做姨太太，给人家蹂躏，让人家折磨。她的前途依然是一片浓密的黑暗，那一线被纯洁的爱情所带来的光明也给人家摧残了。一个青年的和善的面颜在她的面前溜了过去，接着许多狞笑的歪脸恶狠狠地向她逼来。她害怕地用手遮住脸，她好象在跟什么可怕的幻象挣扎。忽然一个声音在她的耳边响起来，好象有人在说："一切都是命中注定了的。你不能够改变它。"于是一种不可抗拒的绝望的感觉紧紧地抓住了她。她忍不住伤心地哭起来。

　　周氏的话象珠子一般地滚着。她一口气说了许多，很难马上止住。现在她才注意到鸣凤的这种不寻常的举动，而且也听见了这个少女的悲惨的哭声，她惊愕地闭了口，注意地观察鸣凤的举动。她还不能够明白鸣凤为什么要这样伤心。但是她已经被这个少女的哭声感动了。她温和地问道："鸣凤，怎么了？你哭什么？"

　　"太太，我不愿意去！"鸣凤的口里迸出了哭声道。"我宁愿在公馆里做一辈子的丫头，服侍太太，服侍小姐，服侍少爷。……太太，我只求你不要送我出去，我在公馆里事情还没有做得够！……我才只做了八年。……太太，我年纪还轻，请你不要把我送出去。……"

　　这种情形触动了周氏的平常很少被触到的母性，她带着凄然的微笑说："本来我也怕你不愿意，实在说冯老太爷的年纪太大了，论年纪你可以做他的孙女。然而这是老太爷的意思，我也只得听他的话。不过只要你到了那边好好地服侍冯老太爷，日子也并不怎样难过，倒强似嫁一个贫家男人，连衣食也顾不周到。……"

　　"太太，我宁愿受冻挨饿，我不情愿给人家做小……"鸣凤吐出了这句话以后，觉得自己的全身的力量都用尽了，她站不住，跪下来，抓着周氏的膝头哀求道："太太，请你不要把我送走，我愿意在公馆里做一辈子的丫头。我愿意服侍你一辈子。……太太，可怜我，我年纪轻！……你打我、骂我都可以，只是不要把我送到冯家去。……我怕，我怕过那种日子。……太太，请你发点慈悲，可怜可怜我罢。……太太，我不能去啊！"她说到这里，一阵更大的悲哀压倒了她，她觉得有什么东西潮也似地从她的心底直涌上来、无数凄惨的话到了她的喉边又被她咽下去，她的口已经被什么东西塞住了。她不能再说一句话，只顾低声哭着，愈哭愈伤心，她觉得要把她的心哭出来才痛快。

周氏被鸣凤这一哭引起了自己的心事。她看见那个跪在她面前把头俯在她的膝上哀哀哭着的少女，也觉得凄然。这时候她的母性完全被触动了。她并不推开鸣凤，却温和地用手摩抚鸣凤的头发，爱怜地说："我也知道你太年轻，老实说我也不愿意把你送到冯家去。……然而这是老太爷答应了的。他说怎么办就要怎么办，我做媳妇的怎敢违抗？……现在没有法子挽回了。无论如何你初一一定要去。……你不要哭了，哭也没有用。……其实到了冯家也会有好日子过。你不要怕，好心的人终有好报的。……你快起来，回屋去睡吧。"

鸣凤把周氏的腿抱得愈紧，她觉得这时候只有这一双腿可以救她。她绝望地作最后的努力，哀声说："太太，你当真不肯救我？你一点也不可怜我吗？……救救我罢，我宁死也不要到冯家去！"她抬起头来把满是泪痕的脸对着周氏的眼睛，她拉住太太的一只手哀求地说："太太，救救我罢。"声音非常凄惨。

周氏不住地摇着头凄然说道："现在实在没有法子可想。我自己要不放你去，也不行。老太爷的话，连我也不敢不听。……快起来，好好地去睡罢。"她说着便挣开手去拉鸣凤的膀子。

鸣凤默默地让周氏拉她起来。她茫然地立在周氏的面前，觉得好象是在做梦。她痴痴地立了片刻。又把眼睛向四面看，周围是阴沉沉的。她的哭声止了。她还在抽泣。最后她连抽泣也止住了。她极力忍住悲哀，拉起衫子的底襟角揩了眼泪，用冷冷的、但依旧是凄凉的声音说："太太，我听你的话……"她还想说什么，但是看见周氏疲倦地站起来，又听见周氏说："好，只要你肯听话，我也就放心了。"她知道再留在这里多说也等于白说。太太的脾气她已经摸熟了。她无精打采地说一声：

"太太，我去睡了，"便慢慢地移动脚步走出了太太的房间。她用手按住自己的胸膛，她怕她的心会炸裂。周氏看见鸣凤出去了，望着她的背影叹了两口气。周氏这时候很同情鸣凤，因为自己不能够帮助她而感到痛苦。可是过了一个钟头，太太又把这个少女的事情忘在脑后了。

天井里只有一片黑。鸣凤看不见一个人影。黯淡的灯光从觉慧的房间里射出来。她本来想回到仆婢室里去睡，却被这灯光引诱着轻脚轻手地走到了觉慧的窗下。三扇玻璃窗都被白纱窗帷遮住，灯光从细孔里漏出来，投了美丽的花纹在地上。这窗帷，这玻璃窗，这房间，如今在她的眼前变得非常可爱了。她不闪眼地立在窗前石阶上，仰望着白纱窗帷。她不做出一点声音，唯恐惊动里面的人。过了一些时候，白纱窗帷渐渐地带了空幻的色彩，而变得更加美丽了。模糊中在里面出现了美丽的人物，男男女女，穿得很漂亮，态度也很轩昂。他们走过她的面前，带着轻视的眼光看她一眼，便急急地掉过头走开了。忽然在人丛中出现了她朝夕想念的那个人，他投了一瞥和善的眼光在她的脸上。他站住，好象要跟她说话，但是后面一群人猛然拥挤过来，把他挤得不见了。她注意地用眼光去找寻他，然而在她面前白纱窗帷静静地遮住了房里的一切。她看不见别的什么。她走近窗户想伸起头去望里面，但是窗台转高，她的头达不到。她试了两次，都没有用，便绝望地退了几步。一个不留心，她把手触到了窗板，发出一个低微的响声，接着房里起了一声咳嗽，正是那个人的声音。她才知道他还没有睡。她盼望他走到窗前揭起窗帷来看她，她在那里等待着。然而里面又寂然了，只有笔落在纸上的极其低微的声音。她又走去在窗板上敲了两下，她盼望他会听见敲声。但是这一次他只在里面做出两三下响声，好象是移动了椅子，接着落笔的声音更勤了些。她知道轻敲是没有用的，待要重敲，又害怕惊动了别人。因为他和他的哥哥同住在这间屋里。然而她还怀着最后的希望，又一次走到窗前轻轻敲了三下，又低声叫了一次："三少爷，"便退后两步，静静地站着。她想这一次他一定会出现了。但是过了一些时候还是没有动静，只是落笔的声音更急了。接着她又听见他放下笔，用惊讶的声音自言自语："怎么就两点钟了？……明早晨八点钟还有课。……"于是落笔的声音又起了。

她痴痴地立在那里，她明白她再要敲也是没有用的，他不会听见。她并不怨他，她反而更加爱他。他的这两句话还在她的耳边荡漾，在她，它们比音乐还好听。她默默地回味着这两句话，她觉得他就在她的身边，活泼的，热烈的，跟平时一样。忽然另一个思想又来到她的脑子里，她想，他正需要着一个女人来爱他，来照料他，来服侍他。她又知道在这个世界上并没有人象她这样地爱他，她真愿意为他做一切的事情。然而同时她又知道有一堵墙横在她跟他的中间，而且现在人们就要送她到冯家去了，并不要多久，就在三天以后。那时候她便成了冯家的人。她再没有机会看见他了。任她怎样受人侮辱，怎样呻吟哀叫，他也不会知道，也不会来救她了。分离，永久的分离，这种情形比死别还要难堪。她觉得这样的生活是值不得留恋的了。当她向太太说"宁死也不要到冯家去"的时候，她并非拿这句话来威胁太太，她确实想到了那个"死"字。大小姐教过她，这个"死"字便是薄命女子的唯一的出路，她很相信这个。

　　房里一声长叹把她从纷乱的思想中唤醒过来。她凄凉地朝四面望了一下。周围静寂寂没有人声，黑魆魆没有光明。她忽然记起来几个月以前也曾经有过跟这相似的情景，那时候是他在窗外而她在房里。而且那时的传闻如今却成了事实。她又细细地回味着那一晚的情景。她想起他对她的态度，又想起她对他说过的话："我向你赌咒，我决不去跟别人……"她的心好象被什么东西绞着，刺着，痛得厉害，她的眼睛又被泪珠打湿了。房里的灯光爱怜地抚着她的眼睛。她带着贪婪的眼光看那灯光，一种欲望渐渐地抓住了她。她想不顾一切地跑进房里，跪在他的面前，向他哭诉她的痛苦，并且哀求他把她从不幸的遭遇中拯救出来。她愿意永远做他的奴隶，爱他，服侍他。

　　她决定要跑进去了。然而……眼前一阵漆黑。房里的灯光突然灭了。她睁大眼睛，但是她什么也看不见。她拔不动脚，孤零零地立在黑暗里。无情的黑暗从四面八方包围过来。过了一些时候，她才提起脚，慢慢地走回自己的房间去。一路上什么都不存在了。她只顾在黑暗中摸索着，费了许久的功夫，她才摸到自己的房间，推开半掩着的门进去。

　　瓦油灯上结了一个大灯花，使微弱的灯光变得更加阴暗。屋子里到处都是阴影。两边的几张木板床上摆了一些死尸似的身体。粗促的鼾声从肥胖的张嫂的床上发出来，四处撞击，显得很可怕。鸣凤一进门便吃了一惊，连忙站住，打起精神四面一看。她懒洋洋地走到桌子前，把灯芯朝外拨，去掉灯花。屋子里马上亮了许多。她正要解衣服，忽然一阵悲哀压倒了她，她支持不住就扑倒在床上哭起来，头紧紧地压在被上，不多几时就把被褥弄湿了一滩。她愈想愈伤心。后来她的哭声把老黄妈惊醒了。老黄妈用不十分清楚的声音问："鸣凤，你在哭什么？"她不回答，只顾哭着。老黄妈劝了她两句，翻一个身又睡熟了，剩下鸣凤一个人伤心地哭着，一直哭到她进入梦中的时候。

　　从第二天起鸣凤的态度完全改变了。她整天不露一个笑脸，做事情也是没精打采的，而且害怕跟人接近。她看见一个人，马上就疑心她的事情已经被那个人知道了，她就在那个人的脸上看见了轻视或嘲笑的表情，她连忙躲开。她看见两三个女佣或仆人轿夫在一起谈话，她就疑心她们（或他们）在谈论她的事情。"姨太太"、"小老婆"、"小"，这些字眼好象到处都有人在讲，后来甚至主人们也谈论起来了。她好象听见五老爷对人说："好个标致的姑娘，白白送给老头子做姨太太，真可惜。"又有一次她似乎在厨房里听见那个肥胖的张嫂鄙夷地说："呸，年纪轻轻就给死老头子做小。再有多少钱我才不干嘞！"到处她都听见这一类的嘲骂的语句。她什么地方都不敢去了，除了每天两顿饭以外，其余的时间里她不是躲在自己房中就是藏在花园里。有时候婉儿、倩儿或喜儿来找她谈些话。但是她们也很忙，只能够偷偷地抽出一点空时间来看她，安慰她。老黄妈温和地跟她谈过一次话。她不等老黄妈讲完就借故跑开了。她害怕多听安分守己、顺从命运这一类的话。

　　这两天鸣凤很想找到觉慧，跟他谈谈她的事。她时时刻刻等着这个机会。然而近来觉慧弟兄似乎比从前更忙，他们每天早晨绝早就出去上学，下午很迟才回来，在家里吃过饭，马上又出去，往往到九、十点钟才回家，回来就关在房里写文章、读书。她难得见到觉慧一面，即使两人遇见了，也不过是他投一瞥爱怜的眼光过来，温和地看她几眼，或者对她微笑，却难得对她讲几句话。自然这些也是爱的表示。她觉得他的忙碌是正当的，虽然因此对她疏远一点，她也并不怪他。

41

然而实际上她就只有两天的时间。这么短！她必须跟觉慧谈一次话，把她的痛苦告诉他，看他有什么意见。无论如何她必须同他商量。然而他仿佛完全不知道这一回事情，他并不给她一个这样的机会。花园里没有他的脚迹。只有在吃午饭的时候，她才可以见到他，但是他放下饭碗就匆忙地走了，她待要追上去说话也来不及。晚上他回家很迟。再要找象从前那样的跟他一起谈笑的机会，是不可能的了。

三十日终于到了。鸣凤的事公馆里知道的人并不太多，觉慧一点也不知道，因为：一则，在外面他们的周报社里发生了变故，他用了全副精神去应付这件事，就没有心肠管家里的事情；二则，他在家里时也忙着写文章或者读书，没有机会听见别人谈鸣凤的事。

三十日在觉慧看来不过是这个月的最后一日，然而在鸣凤却是她一生的最后一天了，她的命运就要在这一天决定了：或者永远跟他分离，或者永远和他厮守在一起。然而事实上后一个希望却是非常渺茫。她自己也知道。自然她满心希望他来拯救她，让她永远和他厮守在一起；但是在他们两个人的中间横着那一堵不能推倒的墙，使他们不能够接近。这就是身份的不同。她是知道的。她从前在花园里对他说"不，不……我没有那样的命"时，她就已经知道这个了。虽然他答应要娶她，然而老太爷、太太们以及所有公馆里的人全隔在他们两个人的中间，他又有什么办法？在老太爷的命令下现在连太太也没有办法，何况做孙儿的他？她的命运似乎已经决定，是无可挽回的了。然而她还不能放弃最后的希望，她不能甘心情愿地走到毁灭的路上去，而没有一点留恋。她还想活下去，还想好好地活下去。她要抓住任何的希望。她好象是在欺骗自己，因为她明明知道连一点希望也没有了，而且也不能够有了。

这一天她怀着颤抖的心等着跟觉慧见面。然而觉慧回来的时候已经是晚上九点钟了。她走到他的窗下，听见他的哥哥说话的声音，她觉得胆怯了。她在那里徘徊着，不敢进去，但是又不忍走开，因为要是这一晚再错过机会，不管是生与死，她永远不能再看见他了。

好容易挨过了一些时候，屋里起了脚步声，她知道有人走出，便往角落里一躲，果然看见一个黑影从里面闪出来。这是觉民。她看见他走远了，连忙走进房里去。

觉慧正埋着头在电灯光下面写文章,他听见她的脚步声并不抬起头,也不分辨这是谁在走路。他只顾专心写文章。

鸣凤看见他不抬头,便走到桌子旁边胆怯地但也温柔地叫了一声:"三少爷。"

"鸣凤,是你?"他抬起头惊讶地说,对她笑了笑。"什么事?"

"我想看看你……"她说话时两只忧郁的眼睛呆呆地望着他的带笑的脸。她的话没有说完,就被他接下去说:

"你是不是怪我这几天不跟你说话?你以为我不理你吗?"他温和地笑道,"不是,你不要起疑心。你看我这几天真忙,又要读书,又要写文章,还有别的事情。"他指着面前一大堆稿件、几份杂志和一叠原稿纸对她说:"你看我忙得跟蚂蚁一样。……再过两天就好了,我就把这些事情都做完了,再过两天。……我答应你,再过两天。"

"再过两天……"她绝望地悲声念着这四个字,好象不懂它们的意义,过后又茫然地问道:"再过两天?……"

"对,"他笑着说,"再过两天,我的事情就做完了。只消等两天。再过两天,我要跟你谈许许多多的事情。"他又埋下头去写字。

"三少爷,我想跟你说两句话。……"她极力忍住眼泪,不要哭出声来。

"鸣凤,你不看见我这样忙?"他短短地说,便抬起头来。看见她的眼里闪着泪光,他马上心软了。他伸手去捏了捏她的手,又站起来,关心地问道:"你受了什么委屈吗?不要难过。"他真想丢开面前的原稿纸,带着她到花园里好好地安慰她。可是他马上又想起明天早晨就要交出去的文章,想起周报社的斗争,便改变了主意说:"你忍耐一下,过两天我们好好地商量,我一定给你帮忙。我明天会找你,现在你让我安安静静地做事情。"他说完,放下她的手,看见她还用期待的眼光在看他,他一阵感情冲动,连自己说不出是为了什么,他忽然捧住她的脸,轻轻地在她的嘴上吻了一下,又对她笑了笑。他回到座位上,又抬起头看了她一眼、然后埋下头,拿起笔继续做他的工作。但是他的心还怦怦地跳动,因为这是他第一次吻她。

鸣凤不说一句话,她痴呆地站在那里。她甚至不知道自己在这时候想些什么，又有什么样的感觉。她轻轻地摩抚她的第一次被他吻了的嘴唇。过了一会儿她又喃喃地念着："再过两天……"

这时外面起了吹哨声，觉慧又抬起头催促鸣凤："快去，二少爷来了。"

鸣凤好象从梦中醒过来似的，她的脸色马上变了。她的嘴唇微微动着，但是并没有说出什么。她的非常温柔而略带忧郁的眼光留恋地看了他几眼，忽然她的眼睛一闪，眼泪流了下来，她的口里迸出了一声："三少爷。"声音异常凄惨。觉慧惊奇地抬起头来看，只看见她的背影在门外消失了。

"女人的心理真古怪，"他叹息地自语道，过后又埋下头写字。

觉民走进房里，第一句话就问："刚才鸣凤来过吗？"

"嗯，"觉慧过了半晌才简单地答道。他依旧在写字，并不看觉民。

"她一点也不象丫头，又聪明，又漂亮，还认得字。可惜得很！……"觉民自语似地叹息道。

"你说什么？你可惜什么？"觉慧放下笔，吃惊地问。

"你还不晓得？鸣凤就要嫁了。"

"鸣凤要嫁了！哪个说的？我不相信！她这样年轻！"

"爷爷把她送给冯乐山做姨太太了。"

"冯乐山？我不相信！他不是孔教会里的重要分子吗？他六十岁了，还讨小老婆？"

"你忘记了去年他们几个人发表梨园榜，点小旦薛月秋做状元，被高师的方继舜在《学生潮》上面痛骂了一顿？他们那种人什么事都做得出来，横竖他们是本省的绅士，名流。明天就是他接人的日子。我真替鸣凤可惜。她今年才十七岁！"

"我怎么早不晓得？……哦，我明明听见过这样的消息，怎么我一点儿也记不起来？"觉慧大声说，他马上站起来，一直往外面走，一面拚命抓自己的头发，他的全身颤抖得厉害。

"明天！""嫁！""做姨太太！""冯乐山！"这些字象许多根皮鞭接连地打着觉慧的头，他觉得他的头快要破碎了。他走出门去，耳边顿时起了一阵悲惨的叫声。突然他发见在他的面前是一个黑暗的世界。四周真静，好象一切生物全死灭了。在这茫茫天地间他究竟走向什么地方去？他徘徊着。他抓自己的头发，打自己的胸膛，这都不能够使他的心安静。一个思想开始来折磨他。他恍然明白了。她刚才到他这里来，是抱了垂死的痛苦来向他求救。她因为相信他的爱，又因为爱他，所以跑到他这里来要求他遵守他的诺言，要求他保护她，要求他把她从冯乐山的手里救出来。然而他究竟给了她什么呢？他一点也没有给。帮助，同情，怜悯，他一点也没有给。他甚至不肯听她的哀诉就把她遣走了。如今她是去了，永久地去了。明天晚上在那个老头子的怀抱里，她会哀哀地哭着她的被摧残的青春，同时她还会诅咒那个骗去她纯洁的少女的爱而又把她送进虎口的人。这个思想太可怕了，他不能够忍受。

去，他必须到她那里去，去为他自己赎罪。

他走到仆婢室的门前，轻轻地推开了门。屋里漆黑。他轻轻地唤了两声"鸣凤"，没有人答应。难道她就上床睡了？他不能够进去把她唤起来，因为在那里还睡着几个女佣。他回到屋里，却不能够安静地坐下来，马上又走出去。他又走到仆婢室的门前，把门轻轻地推开，只听见屋里的鼾声。他走进花园，黑暗中在梅林里走了好一阵，他大声唤："鸣凤"，听不见一声回答。他的头几次碰到梅树枝上，脸上出了血，他也不曾感到痛。最后他绝望地走回到自己的房里，他看见屋子开始在他的四周转动起来……

其实这时候他所寻找的她并不在仆婢室，却在花园里面。

鸣凤从觉慧的房里出来，她知道这一次真正是：一点希望也没有了。她并不怨他，她反而更加爱他。而且她相信这时候他依旧象从前那样地爱她。她的嘴唇还热，这是他刚才吻过的；她的手还热，这是他刚才捏过的。这证明了他的爱，然而同时又说明她就要失掉他的爱到那个可怕的老头子那里去了。她永远不能够再看见他了。以后的长久的岁月只是无终局的苦刑。这无爱的人间还有什么值得留恋？她终于下了决心了。

她不回自己的房间，却一直往花园里走去。她一路上摸索着，费了很大的力，才走到她的目的地——湖畔。湖水在黑暗中发光，水面上时时有鱼的喋喋声。她茫然地立在那里，回想着许许多多的往事。他跟她的关系一幕一幕地在她的脑子里重现。她渐渐地可以在黑暗中辨物了。一草一木，在她的眼前朦胧地显露出来，变得非常可爱，而同时她清楚地知道她就要跟这一切分开了。世界是这样静。人们都睡了。然而他们都活着。所有的人都活着，只有她一个人就要死了。过去十七年中她所能够记忆的是打骂，流眼泪，服侍别人，此外便是她现在所要身殉的爱。在生活里她享受的比别人少，而现在在这样轻的年纪，她就要最先离开这个世界了。明天，所有的人都有明天，然而在她的前面却横着一片黑暗，那一片、一片接连着一直到无穷的黑暗，在那里是没有明天的。是的，她的生活里是永远没有明天的。明天，小鸟在树枝上唱歌，朝日的阳光染黄树梢，在水面上散布无数明珠的时候，她已经永远闭上眼睛看不见这一切了。她想，这一切是多么可爱，这个世界是多么可爱。她从不曾伤害过一个人。她跟别的少女一样，也有漂亮的面孔，有聪明的心、有血肉的身体。为什么人们单单要踩躏她，伤害她，不给她一瞥温和的眼光，不给她一颗同情的心，甚至没有人来为她发出一声怜悯的叹息！她顺从地接受了一切灾祸，她毫无怨言。后来她终于得到了安慰，得到了纯洁的、男性的爱，找到了她崇拜的英雄。她满足了。但是他的爱也不能拯救她，反而给她添了一些痛苦的回忆。他的爱曾经允许过她许多美妙的幻梦，然而它现在却把她丢进了黑暗的深渊。她爱生活，她爱一切，可是生活的门面面地关住了她，只给她留下那一条堕落的路。她想到这里，那条路便明显地在她的眼前伸展，她带着恐怖地看了看自己的身子。虽然在黑暗里她看不清楚，然而她知道她的身子是清白的。好象有什么人要来把她的身子投到那条堕落的路上似的，她不禁痛惜地、爱怜地摩抚着它。这时候她下定决心了。她不再迟疑了。她注意地看那平静的水面。她要把身子投在晶莹清澈的湖水里，那里倒是一个很好的寄身的地方，她死了也落得一个清白的身子。她要跳进湖水里去。

　　忽然她又站住了。她想她不能够就这样地死去，她至少应该再见他一面，把自己的心事告诉他，他也许还有挽救的办法。她觉得他的接吻还在她的唇上燃烧，他的面颜还在她的眼前荡漾。她太爱他了，她不能够失掉他。在生活中她所得到的就只有他的爱。难道这一点她也没有权利享受？为什么所有的人都还活着，她在这样轻的年纪就应该离开这个世界？这些问题一个一个在她的脑子里盘旋。同时在她的眼前又模糊地现出了一幅乐园的图画，许多跟她同年纪的有钱人家的少女在那里嬉戏、笑谈、享乐。她知道这不是幻象，在那个无穷大的世界中到处都有这样的幸福的女子，到处都有这样的乐园，然而现在她却不得不在这里断送她的年轻的生命。就在这个时候也没有一个人为她流一滴同情的眼泪，或者给她送来一两句安慰的话。她死了，对这个世界，对这个公馆并不是什么损失，人们很快地就忘记了她，好象她不曾存在过一般。"我的生存就是这样地孤寂吗？"她想着，她的心里充满着无处倾诉的哀怨。泪珠又一次迷糊了她的眼睛。她觉得自己没有力量支持了，便坐下去，坐在地上。耳边仿佛有人接连地叫"鸣凤"，她知道这是他的声音，便止了泪注意地听。周围是那样地静寂，一切人间的声音都死灭了。她静静地倾听着，她希望再听见同样的叫声，可是许久，许久，都没有一点儿动静。她完全明白了。他是不能够到她这里来的。永远有一堵墙隔开他们两个人。他是属于另一个环境的。他有他的前途，他有他的事业。她不能够拉住他，她不能够妨碍他，她不能够把他永远拉在她的身边。她应该放弃他。他的存在比她的更重要。她不能让他牺牲他的一切来救她。她应该去了，在他的生活里她应该永久地去了。她这样想着，就定下了最后的决心。她又感到一阵心痛。她紧紧地按住了胸膛。她依旧坐在那里，她用留恋的眼光看着黑暗中的一切。她还在想。她所想的只是他一个人。她想着，脸上时时浮出凄凉的微笑，但是眼睛里还有泪珠。

最后她懒洋洋地站起来，用极其温柔而凄楚的声音叫了两声："三少爷，觉慧，"便纵身往湖里一跳。

平静的水面被扰乱了，湖里起了大的响声，荡漾在静夜的空气中许久不散。接着水面上又发出了两三声哀叫，这叫声虽然很低，但是它的凄惨的余音已经渗透了整个黑夜。不久，水面在经过剧烈的骚动之后又恢复了平静。只是空气里还弥漫着哀叫的余音，好象整个的花园都在低声哭了。

《巴金全集》（第 1 卷），人民文学出版社 1986 年版

★作者简介

巴金（1904—2005），四川成都人，原名李尧棠，字芾甘，现代著名作家，杰出的社会活动家。代表作有小说"激流三部曲"《家》《春》《秋》"爱情三部曲"（《雾》《雨》《电》）和《憩园》《寒夜》等。新中国成立后，巴金与靳以共同创办了对当代文学产生重要影响的文学期刊《收获》。20世纪80年代初，散文集《随想录》引起巨大反响，进一步开启了文坛"说真话"、反思历史的时代新声，呼应和促进了当时解放思想、实事求是、拨乱反正的社会思潮。此外，巴金还倡议创立了中国现代文学馆，该馆成为具有标杆意义的现代文学"博物馆"。

★作品导读

《家》是一部带有历史寓言性质的家族题材长篇小说，对后来的家族小说创作有着巨大的示范意义，是现代文学史上的经典作品。小说以觉新、觉民、觉慧三兄弟的爱情故事为经，以高老太爷家族中各类人物的命运遭际为纬，集中展现了旧式地主家族中新旧两派人物之间的矛盾冲突，真实记录了一个腐朽封建大家族逐渐衰落以致最后崩溃的历史过程。

小说首尾相互照应，形成一个圆形的叙述运动轨迹，保持结局与开端的勾连。小说中的人物常以一种直白的话语方式来表现他们强烈的内在情感，从而使这种个人心绪宣泄演绎为一种社会抗议行为，进而有力表现了作者对旧式地主家族专制制度的批判和决绝的态度。

选文"鸣凤投湖自尽"这一情节细致描写了鸣凤希望与失望的心理活动及悲剧结局。对这一情节及其中所烘托的觉慧这一形象的理解主要有以下两种观点：其一，折射了接受新思想的觉慧还未彻底觉醒，有着犹豫、懦弱的性格；其二，体现了鸣凤与觉慧对待"爱"的差异性。鸣凤对觉慧的"爱"，是女孩对男孩的喜爱，是"个人主义"式的，但觉慧对鸣凤的"爱"包含着很高的精神向往，觉慧在鸣凤将死之际还在全神贯注地写文章，做"大事"。就觉慧而言，他爱鸣凤，也爱其他丫鬟；他爱穷人，也爱受苦的弱势群体。觉慧对鸣凤的"爱"不是简单的男女之爱，他的"爱"境界更高，是"集体主义"式的。

综上所述，若将这一情节和觉慧与鸣凤之间的爱情故事置于五四新文化运动背景下（这一时期深刻影响着青年的成长），还可以有更多值得挖掘、探讨的地方。

★拓展延伸

巴金的《家》作为广受读者喜爱的一部小说，在不同时代被改编为各类文艺形式，有话剧、电影、电视剧、越剧、舞剧等。不过，拍摄于新中国成立后的电影《家》（1956年）却令观众大失所望，巴金也在《谈影片的〈家〉》中表达了对该电影改编不当之处的遗憾。他认为改编后的电影并没有呈现出原著中鲜明的人物形象和丰富内涵，也未完全展现原著所要表达的主题思想。这也启示我们：时代变迁，但经典永恒。文学经典的改编如何忠实于原著，如何让经典在不同时代以不同艺术形式焕发新的魅力，是一个永恒的话题。

★思考练习

1. 无论是作者自述，还是历来的解读，大都认为《家》集中代表了巴金早期创作的最高成就与鲜明风格。请查阅有关资料，说说这是一种什么样的创作风格。

2. 作品中众多的青年人形象给一代代读者留下了深刻印象，显示了艺术真实和典型化创作手法的力量。结合作品，谈谈你对《家》中青年形象塑造的理解。

骆驼祥子（节选）

老 舍

十四

  刘家的事办得很热闹。刘四爷很满意有这么多人来给他磕头祝寿。更足以自傲的是许多老朋友也赶着来贺喜。由这些老友，他看出自己这场事不但办得热闹，而且"改良"。那些老友的穿戴已经落伍，而四爷的皮袍马褂都是新作的。以职业说，有好几位朋友在当年都比他阔，可是现在——经过这二三十年来的变迁——已越混越低，有的已很难吃上饱饭。看着他们，再看看自己的喜棚，寿堂，画着长坂坡的挂屏，与三个海碗的席面，他觉得自己确是高出他们一头，他"改了良"。连赌钱，他都预备下麻将牌，比押宝就透着文雅了许多。

  可是，在这个热闹的局面中，他也感觉到一点凄凉难过。过惯了独身的生活，他原想在寿日来的人不过是铺户中的掌柜与先生们，和往日交下的外场光棍。没想到会也来了些女客。虽然虎妞能替他招待，可是他忽然感到自家的孤独，没有老伴儿，只有个女儿，而且长得像个男子。假若虎妞是个男子，当然早已成了家，有了小孩，即使自己是个老鳏夫，或者也就不这么孤苦伶仃的了。是的，自己什么也不缺，只缺个儿子。自己的寿数越大，有儿子的希望便越小，祝寿本是件喜事，可是又似乎应落泪。不管自己怎样改了良，没人继续自己的事业，一切还不是白饶？

  上半天，他非常的喜欢，大家给他祝寿，他大模大样的承受，仿佛觉出自己是鳖里夺尊的一位老英雄。下半天，他的气儿塌下点去。看看女客们携来的小孩子们，他又羡慕，又忌妒，又不敢和孩子们亲近，不亲近又觉得自己别扭。他要闹脾气，又不肯登时发作，他知道自己是外场人，不能在亲友面前出丑。他愿意快快把这一天过去，不再受这个罪。

还有点美中不足的地方,早晨给车夫们摆饭的时节,祥子几乎和人打起来。

八点多就开了饭,车夫们都有点不愿意。虽然昨天放了一天的车份儿,可是今天谁也没空着手来吃饭,一角也罢,四十子儿也罢,大小都有份儿礼金。平日,大家是苦汉,刘四是厂主;今天,据大家看,他们是客人,不应当受这种待遇。况且,吃完就得走,还不许拉出车去,大年底下的!

祥子准知道自己不在吃完就滚之列,可是他愿意和大家一块儿吃。一来是早吃完好去干事,二来是显着和气。和大家一齐坐下,大家把对刘四的不满意都挪到他身上来。刚一落座,就有人说了:"哎,您是贵客呀,怎和我们坐在一处?"祥子傻笑了一下,没有听出来话里的意味。这几天了,他自己没开口说过闲话,所以他的脑子也似乎不大管事了。

大家对刘四不敢发作,只好多吃他一口吧;菜是不能添,酒可是不能有限制,喜酒!他们不约而同的想拿酒杀气。有的闷喝,有的猜开了拳;刘老头子不能拦着他们猜拳。祥子看大家喝,他不便太不随群,也就跟着喝了两盅。喝着喝着,大家的眼睛红起来,嘴不再受管辖。有的就说:"祥子,骆驼,你这差事美呀!足吃一天,伺候着老爷小姐!赶明儿你不必拉车了,顶好跟包去!"祥子听出点意思来,也还没往心中去;从他一进人和厂,他就决定不再充什么英雄好汉,一切都听天由命。谁爱说什么,就说什么。他纳住了气。有的又说了:"人家祥子是另走一路,咱们凭力气挣钱,人家祥子是内功!"大家全哈哈的笑起来。祥子觉出大家是"咬"他,但是那么大的委屈都受了,何必管这几句闲话呢,他还没出声。邻桌的人看出便宜来,有的伸着脖子叫:"祥子,赶明儿你当了厂主,别忘了哥儿们哪!"祥子还没言语,本桌上的人又说了:"说话呀,骆驼!"

祥子的脸红起来,低声说了句:"我怎能当厂主?!"

"哼,你怎么不能呢,眼看着就咚咚嚓啦!"

祥子没绕搭过来,"咚咚嚓"是什么意思,可是直觉的猜到那是指着他与虎妞的关系而言。他的脸慢慢由红而白,把以前所受过的一切委屈都一下子想起来,全堵在心上。几天的容忍缄默似乎不能再维持,像憋足了的水，遇见个出口就要激冲出去。正当这个工夫，一个车夫又指着他的脸说："祥子，我说你呢，你才真是哑吧吃扁食心里有数儿呢。是不是，你自己说，祥子？祥子？"

祥子猛的立了起来，脸上煞白，对着那个人问："出去说，你敢不敢？"

大家全楞住了。他们确是有心"咬"他，撇些闲盘儿，可是并没预备打架。

忽然一静，像林中的啼鸟忽然看见一只老鹰。祥子独自立在那里，比别人都高着许多，他觉出自己的孤立。但是气在心头，他仿佛也深信就是他们大家都动手，也不是他的对手。他钉了一句："有敢出去的没有？"

大家忽然想过味儿来，几乎是一齐的："得了，祥子，逗着你玩呢！"

刘四爷看见了："坐下，祥子！"然后向大家，"别瞧谁老实就欺侮谁，招急了我把你们全踢出去！快吃！"

祥子离了席。大家用眼梢儿撩着刘老头子，都拿起饭来。不大一会儿，又喊喊喳喳的说起来，像危险已过的林鸟，又轻轻的啾啾。

祥子在门口蹲了半天，等着他们。假若他们之中有敢再说闲话的，揍！自己什么都没了，给它个不论秧子吧！

可是大家三五成群的出来，并没再找寻他。虽然没打成，他到底多少出了点气。继而一想，今天这一举，可是得罪了许多人。平日，自己本来就没有知己的朋友，所以才有苦无处去诉；怎能再得罪人呢？他有点后悔。刚吃下去的那点东西在胃中横着，有点发痛。他立起来，管它呢，人家那三天两头打架闹饥荒的不也活得怪有趣吗？老实规矩就一定有好处吗？这么一想，他心中给自己另画出一条路来，在这条路上的祥子，与以前他所希望的完全不同了。这是个见人就交朋友，而处处占便宜，喝别人的茶，吸别人的烟，借了钱不还，见汽车不躲，是个地方就撒尿，成天际和巡警们耍骨头，拉到"区"里去住两三天不算什么。是的，这样的车夫也活着，也快乐，至少是比祥子快乐。好吧，老实，规矩，要强，既然都没用，变成这样的无赖也不错。不但是不错，祥子想，而且是有些英雄好汉的气概，天不怕，地不怕，绝对不低着头吃哑吧亏。对了！应当这么办！坏嘎嘎是好人削成的。

反倒有点后悔，这一架没能打成。好在不忙，从今以后，对谁也不再低头。

刘四爷的眼里不揉沙子。把前前后后所闻所见的都搁在一处，他的心中已明白了八九成。这几天了，姑娘特别的听话，哼，因为祥子回来了！看她的眼，老跟着他。老头子把这点事存在心里，就更觉得凄凉难过。想想看吧，本来就没有儿子，不能火火炽炽的凑起个家庭来；姑娘再跟人一走！自己一辈子算是白费了心机！祥子的确不错，但是提到儿婿两当，还差得多呢；一个臭拉车的！自己奔波了一辈子，打过群架，跪过铁索，临完教个乡下脑袋连女儿带产业全搬了走？没那个便宜事！就是有，也甭想由刘四这儿得到！刘四自幼便是放屁崩坑儿的人！

下午三四点钟还来了些拜寿的，老头子已觉得索然无味，客人越称赞他硬朗有造化，他越觉得没什么意思。

到了掌灯以后，客人陆续的散去，只有十几位住得近的和交情深的还没走，凑起麻将来。看着院内的空棚，被水月灯照得发青，和撤去围裙的桌子，老头子觉得空寂无聊，仿佛看到自己死了的时候也不过就是这样，不过是把喜棚改作白棚而已，棺材前没有儿孙们穿孝跪灵，只有些不相干的人们打麻将守夜！他真想把现在未走的客人们赶出去；乘着自己有口活气，应当发发威！可是，到底不好意思拿朋友杀气。怒气便拐了弯儿，越看姑娘越不顺眼。祥子在棚里坐着呢，人模狗样的，脸上的疤被灯光照得像块玉石。老头子怎看这一对儿，怎别扭！

虎姑娘一向野调无腔惯了，今天头上脚下都打扮着，而且得装模作样的应酬客人，既为讨大家的称赞，也为在祥子面前露一手儿。上半天倒觉得这怪有个意思，赶到过午，因有点疲乏，就觉出讨厌，也颇想找谁叫骂一场。到了晚上，她连半点耐性也没有了，眉毛自己叫着劲，老直立着。

七点多钟了，刘四爷有点发困，可是不服老，还不肯去睡。大家请他加入打几圈儿牌，他不肯说精神来不及，而说打牌不痛快，押宝或牌九才合他的脾味。大家不愿中途改变，他只好在一旁坐着。为打起点精神，他还要再喝几盅，口口声声说自己没吃饱，而且抱怨厨子赚钱太多了，菜并不丰满。由这一点上说起，他把白天所觉到的满意之处，全盘推翻：棚，家伙座儿，厨子，和其他的一切都不值那么些钱，都捉了他的大头，都冤枉！

管账的冯先生，这时候，已把账杀好：进了二十五条寿幛，三堂寿桃寿面，一坛儿寿酒，两对寿烛，和二十来块钱的礼金。号数不少，可是多数的是给四十铜子或一毛大洋。

听到这个报告，刘四爷更火啦。早知道这样，就应该预备"炒菜面"！三个海碗的席吃着，就出一毛钱的人情？这简直是拿老头子当冤大脑袋！从此再也不办事，不能赔这份窝囊钱！不用说，大家连亲带友，全想白吃他一口；六十九岁的人了，反倒聪明一世，胡涂一时，教一群猴儿王八蛋给吃了！老头子越想越气，连白天所感到的满意也算成了自己的胡涂；心里这么想，嘴里就念道着，带着许多街面上已不通行的咒骂。

朋友们还没走净，虎妞为顾全大家的面子，想拦拦父亲的撒野。可是，一看大家都注意手中的牌，似乎并没理会老头子叨唠什么，她不便于开口，省得反把事儿弄明了。由他叨唠去吧，都给他个装聋，也就过去了。

哪知道，老头子说着说着绕到她身上来。她决定不吃这一套！他办寿，她跟着忙乱了好几天，反倒没落出好儿来，她不能容让！六十九，七十九也不行，也得讲理！她马上还了回去：

"你自己要花钱办事，碍着我什么啦？"

老头子遇到了反攻，精神猛然一振。"碍着你什么了？简直的就跟你！你当我的眼睛不管闲事哪？"

"你看见什么啦？我受了一天的累，临完拿我杀气呀，先等等！说吧，你看见了什么？"虎姑娘的疲乏也解了，嘴非常的灵便。

"你甭看着我办事，你眼儿热！看见？我早就全看见了，哼！"

"我干吗眼儿热呀？！"她摇晃着头说。"你到底看见了什么？"

"那不是？！"刘四往棚里一指——祥子正弯着腰扫地呢。

"他呀？"虎妞心里哆嗦了一下，没想到老头的眼睛会这么尖。"哼！

他怎样?"

"不用揣着明白的,说胡涂的!"老头子立了起来。"要他没我,要我没他,干脆的告诉你得了。我是你爸爸!我应当管!"

虎妞没想到事情破的这么快,自己的计划才使了不到一半,而老头子已经点破了题!怎办呢?她的脸红起来,黑红,加上半残的粉,与青亮的灯光,好像一块煮老了的猪肝,颜色复杂而难看。她有点疲乏;被这一激,又发着肝火,想不出主意,心中很乱。她不能就这么窝回去,心中乱也得马上有办法。顶不妥当的主意也比没主意好,她向来不在任何人面前服软!好吧,爽性来干脆的吧,好坏都凭这一锤子了!

"今儿个都说清了也好,就打算是这么笔账儿吧,你怎样呢?我倒要听听!这可是你自己找病,别说我有心气你!"

打牌的人们似乎听见他们父女吵嘴,可是舍不得分心看别的,为抵抗他们的声音,大家把牌更摔得响了一些,而且嘴里叫唤着红的,碰……

祥子把事儿已听明白,照旧低着头扫地,他心中有了底;说翻了,揍!

"你简直的是气我吗!"老头子的眼已瞪得极圆。"把我气死,你好去倒贴儿?甭打算,我还得活些年呢!"

"甭摆闲盘,你怎办吧?"虎妞心里噗通,嘴里可很硬。

"我怎办?不是说过了,有他没我,有我没他!我不能都便宜了个臭拉车的!"

祥子把笤帚扔了,直起腰来,看准了刘四,问:"说谁呢?"

刘四狂笑起来:"哈哈,你这小子要造反吗?说你哪,说谁!你给我马上滚!看着你不错,赏你脸,你敢在太岁头上动土,我是干什么的,你也不打听打听!滚!永远别再教我瞧见你,上他妈的这儿找便宜来啦,啊?"

老头子的声音过大了,招出几个车夫来看热闹。打牌的人们以为刘四爷又和个车夫吵闹,依旧不肯抬头看看。

祥子没有个便利的嘴,想要说的话很多,可是一句也不到舌头上来。他呆呆的立在那里,直着脖子咽吐沫。

"给我滚！快滚！上这儿来找便宜？我往外掏坏的时候还没有你呢，哼！"老头子有点纯为唬吓祥子而唬吓了，他心中恨祥子并不像恨女儿那么厉害，就是生着气还觉得祥子的确是个老实人。

　　"好了，我走！"祥子没话可说，只好赶紧离开这里；无论如何，斗嘴他是斗不过他们的。

　　车夫们本来是看热闹，看见刘四爷骂祥子，大家还记着早晨那一场，觉得很痛快。及至听到老头子往外赶祥子，他们又向着他了——祥子受了那么多的累，过河拆桥，老头子翻脸不认人，他们替祥子不平。有的赶过来问："怎么了，祥子？"祥子摇了摇头。

　　"祥子你等等走！"虎妞心中打了个闪似的，看清楚：自己的计划是没多大用处了，急不如快，得赶紧抓住祥子，别鸡也飞蛋也打了！"咱们俩的事，一条绳拴着两蚂蚱，谁也跑不了！你等等，等我说明白了！"她转过头来，冲着老头子："干脆说了吧，我已经有了，祥子的！他上哪儿我也上哪儿！你是把我给他呢？还是把我们俩一齐赶出去？听你一句话！"

　　虎妞没想到事情来得这么快，把最后的一招这么早就拿出来。刘四爷更没想到事情会弄到了这步天地。但是，事已至此，他不能服软，特别是在大家面前。"你真有脸往外说，我这个老脸都替你发烧！"他打了自己个嘴巴。"呸！好不要脸！"

　　打牌的人们把手停住了，觉出点不大是味来，可是胡里胡涂，不知是怎回事，搭不上嘴；有的立起来，有的呆呆的看着自己的牌。

　　话都说出来，虎妞反倒痛快了："我不要脸？别教我往外说你的事儿，你什么屎没拉过？我这才是头一回，还都是你的错儿：男大当娶，女大当聘，你六十九了，白活！这不是当着大众，"她向四下里一指，"咱们弄清楚了顶好，心明眼亮！就着这个喜棚，你再办一通儿事得了！"

　　"我？"刘四爷的脸由红而白，把当年的光棍劲儿全拿了出来："我放把火把棚烧了，也不能给你用！"

　　"好！"虎妞的嘴唇哆嗦上了，声音非常的难听，"我卷起铺盖一走，你给我多少钱？"

"钱是我的,我爱给谁才给!"老头子听女儿说要走,心中有些难过,但是为斗这口气,他狠了心。

"你的钱?我帮你这些年了;没我,你想想,你的钱要不都填给野娘们才怪,咱们凭良心吧!"她的眼又找到祥子,"你说吧!"

祥子直挺挺的立在那里,没有一句话可说。

《老舍全集》(第3卷),人民文学出版社2008年版

★作者简介

老舍（1899—1966），满族，北京人，原名舒庆春，字舍予，京派代表作家，被誉为语言大师。代表作有小说《老张的哲学》《二马》《离婚》《骆驼祥子》《四世同堂》，戏剧《国家至上》《茶馆》等。抗日战争时期，担任中华全国文艺界抗敌协会常务理事兼总务部主任。新中国成立后，获评"人民艺术家"称号。

★作品导读

《骆驼祥子》于1936年刊载于《宇宙风》。小说讲述了中国北平城里一个年轻好强、曾充满生命活力的人力车夫祥子三次买车的人生经历：第一次是祥子到北平当人力车夫，苦干三年买了辆新车，后来连人带车被宪兵抓去当了壮丁；第二次是祥子卖骆驼，拼命拉车，省吃俭用买了新车，辛苦攒的钱却被孙侦探骗去；第三次是虎妞给祥子买了车，可是他为了置办虎妞的丧事，又卖掉了车。作品通过祥子的人生遭际揭示了旧社会的黑暗和腐朽。正如老舍在创作谈《我怎样写〈骆驼祥子〉》中所言："由车夫的内心状态观察地狱是个什么样子。"

小说继承了古典小说的结构手法，以祥子买车、丢车、卖车这样的纵式单线结构，通过祥子和社会的接触，把各种不同性格的人物交织成一幅复杂的社会图景。小说以细致动人的心理描写为重要手段，塑造了许多个性鲜明、栩栩如生的人物形象，尤其是对祥子和虎妞最终走向毁灭的书写，展示了当时社会对劳动者身心的无情压制和摧残。此外，小说中自然风景和人物对话洋溢着浓郁而地道的"京味"色彩，体现了简洁明快而深入浅出的语言特点，彰显了老舍驾驭现代汉语的艺术功力。

选文为虎妞父亲刘四过寿一章。这一章主要有两个特点：一是这段描写无论是人物心态、民风民俗，还是语言对话，都流露出"京味"色彩；二是突出虎妞的霸道，但又令人同情，她的人生遭际引发我们对女性现实处境的深刻思考。这里对人物的塑造也延续了老舍"一半含笑，一半含泪"的创作风格。

★拓展延伸

20世纪40年代，美国人伊万·金（Evan King）将《骆驼祥子》

译介到美国,更名为 *Rickshaw Boy*(《洋车夫》)。但译者作了一个戏剧性的改编,令老舍大为气愤,甚至引发了一场版权官司。老舍最不满意的是关于结局的删改,译本结局是祥子与小福子都没有死,而是过上了幸福生活,这显然有悖于原著精神。2014 年,《骆驼祥子》由国家大剧院改编为歌剧,并于 2015 年受邀前往歌剧故乡意大利演出,获得了海内外观众的喜爱和业内专家的认可。歌剧呈现了老舍创作中的人道主义思想和北京文化韵味。

全球化语境之下,以跨文化传播为立足点,无论是译者改编,还是导演改编,都需要面临一个重要的挑战,即改编如何能既表达文学经典本有的特点与精神,又有助于构建民族特色文化和国家形象。

★思考练习

1. 小说中的虎妞泼辣、霸道,但勇于追求自己的幸福。怎样理解虎妞这一人物形象?

2. 老舍在创作《骆驼祥子》之前,还创作了《老张的哲学》《月牙儿》《离婚》等作品。有人把《骆驼祥子》看作老舍创作转向的代表作,请谈谈你对这个问题的看法。

边城（节选）
沈从文

二

茶峒地方凭水依山筑城，近山的一面，城墙俨然如一条长蛇，缘山爬去。临水一面则在城外河边留出余地设码头，湾泊小小篷船。船下行时运桐油、青盐、染色的五棓子。上行则运棉花、棉纱以及布匹、杂货同海味。贯串各个码头有一条河街，人家房子多一半着陆，一半在水，因为余地有限，那些房子莫不设有吊脚楼。河中涨了春水，到水脚逐渐进街后，河街上人家，便各用长长的梯子，一端搭在自家屋檐口，一端搭在城墙上，人人皆骂着嚷着，带了包袱、铺盖、米缸，从梯子上进城里去，等待水退时，方又从城门口出城。某一年水若来得特别猛一些，沿河吊脚楼，必有一处两处为大水冲去，大家皆在城上头呆望。受损失的也同样呆望着，对于所受的损失仿佛无话可说，与在自然安排下，眼见其他无可挽救的不幸来时相似。涨水时在城上还可望着骤然展宽的河面，流水浩浩荡荡，随同山水从上流浮沉而来的有房子、牛、羊、大树。于是在水势较缓处，税关趸船前面，便常常有人驾了小舢板，一见河心浮沉而来的是一匹牲畜，一段小木，或一只空船，船上有一个妇人或一个小孩哭喊的声音，便急急的把船桨去，在下游一些迎着了那个目的物，把它用长绳系定，再向岸边桨去。这些勇敢的人，也爱利，也仗义，同一般当地人相似。不拘救人救物，却同样在一种愉快冒险行为中，做得十分敏捷勇敢，使人见及不能不为之喝彩。

那条河水便是历史上知名的酉水，新名字叫作白河。白河到辰州与沅水汇流后，便略显浑浊，有出山泉水的意思。若溯流而上，则三丈五丈的深潭皆清澈见底。深潭中为白日所映照，河底小小白石子，有花纹的玛瑙石子，全看得明明白白。水中游鱼来去，皆如浮在空气里。两岸多高山，山中多可以造纸的细竹，长年作深翠颜色，迫人眼目。近水人家多在桃杏花里，春天时只需注意，凡有桃花处必有人家，凡有人家处必可沽酒。夏天则晒晾在日光下耀目的紫花布衣裤，可以作为人家所在的旗帜。秋冬来时，人家房屋在悬崖上的，滨水的，无不朗然入目。黄泥的墙，乌黑的瓦，位置却永远那么妥贴，且与四围环境极其调和，使人迎面得到的印象，实在非常愉快。一个对于诗歌图画稍有兴味的旅客，在这小河中，蜷伏于一只小船上，作三十天的旅行，必不至于感到厌烦，正因为处处有奇迹可以发现，自然的大胆处与精巧处，无一地无一时不使人神往倾心。

白河的源流，从四川边境而来，从白河上行的小船，春水发时可以直达川属的秀山。但属于湖南境界的，茶峒算是最后一个水码头。这条河水的河面，在茶峒时虽宽约半里，当秋冬之际水落时，河床流水处还不到二十丈，其余只是一滩青石。小船到此后，既无从上行，故凡川东的进出口货物，皆从这地方落水起岸。出口货物俱由脚夫用桑木扁担压在肩膊上挑抬而来，入口货物莫不从这地方成束成担的用人力搬去。

这地方城中只驻扎一营由昔年绿营屯丁改编而成的戍兵，及五百家左右的住户。（这些住户中，除了一部分拥有了些山田同油坊，或放账屯油、屯米、屯棉纱的小资本家外，其余多数皆为当年屯戍来此有军籍的人家。）地方还有个厘金局，办事机关在城外河街下面小庙里，局长则长住城中。一营兵士驻扎老参将衙门，除了号兵每天上城吹号玩，使人知道这里还驻有军队以外，兵士皆仿佛并不存在。冬天的白日里，到城里去，便只见各处人家门前皆晾晒有衣服同青菜。红薯多带藤悬挂在屋檐下。用棕衣作成的口袋，装满了栗子、榛子和其他硬壳果，也多悬挂在檐口下。屋角隅各处有大小鸡叫着玩着。间或有什么男子，占据在自己屋前门限上锯木，或用斧头劈树，把劈好的柴堆到敞坪里去如一座一座宝塔。又或可以见到几个中年妇人，穿了浆洗得极硬的蓝布衣裳，胸前挂有白布扣花围裙，躬着腰在日光下一面说话一面作事。一切总永远那么静寂，所有人民每个日子皆在这种不可形容的单纯寂寞里过去。一分安静增加了人对于"人事"的思索力，增加了梦。在这小城中生存的，各人自然也一定皆各在分定一份日子里，怀了对于人事爱憎必然的期待。但这些人想些什么？谁知道。住在城中较高处，门前一站便可以眺望对河以及河中的景致，船来时，远远的就从对河滩上看着无数纤夫。那些纤夫也有从下游地方，带了细点心洋糖之类，拢岸时却拿进城中来换钱的。船来时，小孩子的想象，应当在那些拉船人一方面。大人呢，孵一窠小鸡，养两只猪，托下行船夫打付金耳环，带两丈官青布，或一坛好酱油，一个双料的美孚灯罩回来，便占去了大部分作主妇的心了。

这小城里虽那么安静和平，但地方既为川东商业交易接头处，故城外小小河街，情形却不同了一点。也有商人落脚的客店，坐镇不动的理发馆。此外饭店、杂货铺、油行、盐栈、花衣庄，莫不各有一种地位，装点了这条河街。还有卖船上檀木活车、竹缆与锅罐铺子，介绍水手职业吃码头饭的人家。小饭店门前长案上，常有煎得焦黄的鲤鱼豆腐，身上装饰了红辣椒丝，卧在浅口钵头里。钵旁大竹筒中插着大把朱红筷子，不拘谁个愿意花点钱，这人就可以傍了门前长案坐下来，抽出一双筷子捏到手上，那边一个眉毛扯得极细脸上擦了白粉的妇人，就走过来问："大哥，副爷，要甜酒？要烧酒？"男子火焰高一点的，谐趣的，对内掌柜有点意思的，必故意装成生气似的说："吃甜酒？又不是小孩子，还问人吃甜酒！"那么，酽冽的烧酒，从大瓮里用木滤子舀出，倒进土碗里，即刻就来到身边案桌上了。这烧酒自然是浓而且香的，能醉倒一个汉子的，所以照例也不会多吃。杂货铺卖美孚油，及点美孚油的洋灯与香烛纸张。油行屯桐油。盐栈堆四川火井出的青盐。花衣庄则有白棉纱、大布、棉花以及包头的黑绉绸出卖。卖船上用物的，百物罗列，无所不备，且间或有重至百斤以外的铁锚，搁在门外路旁，等候主顾问价的。专以介绍水手为事业，吃水码头饭的，在河街的家中，终日大门必敞开着，常有穿青羽缎马褂的船主与毛手毛脚的水手进出，地方像茶馆却不卖茶，不是烟馆又可以抽烟。来到这里的，虽说所谈的是船上生意经，然而船只的上下，划船拉纤人大都有个一定规矩，不必作数日上的讨论。他们来到这里大多数倒是在"联欢"。以"龙头管事"作中心，谈论点本地时事、两省商务上情形，以及下游的"新闻"。邀会的，集款时大多数皆在此地；扒骰子看点数多少轮作会首时，也常常在此举行。真真成为他们生意经的，有两件事：买卖船只，买卖媳妇。

大都市随了商务发达而产生的某种寄食者，因为商人的需要，水手的需要，这小小边城的河街，也居然有那么一群人，聚集在一些有吊脚楼的人家。这种小妇人不是从附近乡下弄来，便是随同川军来湘流落后的妇人。穿了假洋绸的衣服，印花标布的裤子，把眉毛扯得成一条细线，大大的发髻上敷了香味极浓俗的油类。白日里无事，就坐在门口小凳子上做鞋子，在鞋尖上用红绿丝线挑绣双凤，一面看过往行人，消磨长日。或靠在临河窗口上看水手起货，听水手爬桅子唱歌。到了晚间，却轮流的接待商人同水手，切切实实尽一个妓女应尽的义务。

　　由于边地的风俗淳朴，便是作妓女，也永远那么浑厚，遇不相熟的人，做生意时得先交钱，数目弄清楚后，再关门撒野。人既相熟后，钱便在可有可无之间了。妓女多靠四川商人维持生活，但恩情所结，则多在水手方面。感情好的，别离时互相咬着嘴唇咬着颈脖发了誓，约好了"分手后各人皆不许胡闹"；四十天或五十天，在船上浮着的那一个，同在岸上蹲着的这一个，便皆呆着打发这一堆日子，尽把自己的心紧紧缚定远远的一个人。尤其是妇人，情感真挚痴到无可形容，男子过了约定时间不回来，做梦时，就总常常梦船拢了岸，那一个人摇摇荡荡的从船跳板到了岸上，直向身边跑来。或日中有了疑心，则梦里必见那个男子在桅子上向另一方面唱歌，却不理会自己。性格弱一点儿的，接着就在梦里投河吞鸦片烟，性格强一点儿的，便手执菜刀，直向那水手奔去。他们生活虽那么同一般社会疏远，但是眼泪与欢乐，在一种爱憎得失间，揉进了这些人生活里时，也便同另外一片土地另外一些人相似，全个身心为那点爱憎所浸透，见寒作热，忘了一切。若有多少不同处，不过是这些人更真切一点，也更于糊涂一点罢了。短期的包定，长期的嫁娶，一时间的关门，这些关于一个女人身体上的交易，由于民情的淳朴，身当其事的不觉得如何下流可耻，旁观者也就从不用读书人的观念，加以指摘与轻视。这些人既重义轻利，又能守信自约，即便是娼妓，也常常较之知羞耻的城市中人还更可信任。

　　掌水码头的名叫顺顺，一个前清时便在营伍中混过日子来的人物，革命时在著名的陆军四十九标做个什长。同样做什长的，有因革命成了伟人名人的，有杀头碎尸的，他却带着少年喜事得来的脚疯痛，回到了家乡，把所积蓄的一点钱，买了一条六桨白木船，租给一个穷船主，代人装货在茶峒与辰州之间来往。气运好，半年之内船不坏事，于是他从所赚的钱上，又讨了一个略有产业的白脸黑发小寡妇。因此一来，数年后，在这条河上，他就有了八只船，一个妻子，两个儿子了。

但这个大方洒脱的人，事业虽十分顺手，却因欢喜交朋结友，慷慨而又能济人之急，便不能同贩油商人一样大大发作起来。自己既在粮子里混过日子，明白出门人的甘苦，理解失意人的心情，故凡船只失事破产的船家，过路的退伍兵士，游学文墨人，凡到了这个地方，闻名求助的，莫不尽力帮助。一面从水上赚来钱，一面就这样洒脱散去。这人虽然脚上有点小毛病，还能泅水；走路难得其平，为人却那么公正无私。水面上各事原本极其简单，一切都为一个习惯所支配，谁个船碰了头，谁个船妨害了别一人别一只船的利益，照例有习惯方法来解决。惟运用这种习惯规矩排调一切的，必需一个高年硕德的中心人物。某年秋天，那原来执事的人死去了，顺顺作了这样一个代替者。那时他还只五十岁，为人既明事明理，正直和平，又不爱财，故无人对他年龄怀疑。

到如今，他的儿子大的已十六岁，小的已十四岁。两个年青人皆结实如小公牛，能驾船，能泅水，能走长路。凡从小乡城里出身的年青人所能够作的事，他们无一不作，作去无一不精。年纪较长的，性情如他们爸爸一样，豪放豁达，不拘常套小节。年幼的则气质近于那个白脸黑发的母亲，不爱说话，眼眉却秀拔出群，一望即知其为人聪明而又富于感情。

两兄弟既年已长大，必需在各一种生活上来训练他们的人格，作父亲的就轮流派遣两个小孩子各处旅行。向下行船时，多随了自己的船只充伙计，甘苦与人相共。荡桨时选最重的一把，背纤时拉头纤二纤，吃的是干鱼、辣子、臭酸菜。睡的是硬邦邦的舱板。向上行从旱路走去，则跟了川东客货，过秀山、龙潭、酉阳作生意，不论寒暑雨雪，必穿了草鞋按站赶路。且佩了短刀，遇不得已必需动手，便霍的把刀抽出，站到空阔处去，等候对面的一个，继着就同这个人用肉搏来解决。帮里的风气，既为"对付仇敌必需用刀，联结朋友也必需用刀"，故需要刀时，他们也就从不让它失去那点机会。学贸易，学应酬，学习到一个新地方去生活，且学习用刀保护身体同名誉，教育的目的，似乎在使两个孩子学得做人的勇气与义气。一分教育的结果，弄得两个人皆结实如老虎，却又和气亲人，不骄惰，不浮华，不依势凌人，故父子三人在茶峒边境上为人所提及时，人人对这个名姓无不加以一种尊敬。

  作父亲的当两个儿子很小时，就明白大儿子一切与自己相似，却稍稍见得溺爱那第二个儿子。由于这点不自觉的私心，他把长子取名天保，次子取名傩送。天保佑的在人事上或不免有龃龉处，至于傩神所送来的，照当地习气，人便不能稍加轻视了。傩送美丽得很。茶峒船家人拙于赞扬这种美丽，只知道为他取出一个诨名为"岳云"。虽无什么人亲眼看到过岳云，一般的印象，却从戏台上小生岳云，得来一个相近的神气。

          《沈从文全集》（第8卷），北岳文艺出版社2002年版

★作者简介

沈从文（1902—1988），苗族，湖南湘西人，原名沈岳焕，字崇文，京派代表作家，历史文物研究专家。代表作有短篇小说《虎雏》《都市一妇人》《月下小景》《八骏图》《新与旧》，中篇小说《边城》，长篇小说《长河》，散文《从文自传》《湘行散记》等。沈从文自学成才，成就斐然，曾两度获诺贝尔文学奖提名，与熊希龄、陈渠珍并称"凤凰三杰"。新中国成立后，主要从事历史文物研究，著有学术名作《中国古代服饰研究》。

★作品导读

《边城》以环境美、人性美和诗意美备受瞩目，小说讲述了主人公翠翠和爷爷老船夫在川湘交界平淡而又宁静的日常生活。端午节翠翠偶遇船总儿子傩送，同时，傩送的兄长天保也暗自喜欢上了翠翠，并提前托媒人提了亲。然而此时，当地的团总以新磨坊为陪嫁，想把女儿许配给傩送。而傩送宁肯继承一条破船也要与翠翠成婚。后来，兄弟俩都知道了各自对翠翠的心意，但小说并没有陷入让兄弟反目的窠臼，而是让兄弟俩采取赛歌的方式来表达爱意，让翠翠自己独立做出选择。结果天保唱歌不如弟弟，决定驾船远行做生意，把爱情的机会留给弟弟和翠翠。几天后，爷爷听说天保坐船出了事故，很伤心……而此时船总顺顺因为儿子天保的死对爷爷变得冷淡起来，也就不同意傩送和翠翠的婚事。爷爷老船夫更加郁闷和忧愁，担心孙女翠翠的生活和未来。在多重压力之下，爷爷在雷雨交加的夜晚去世。第二天早上，翠翠发现最爱的爷爷离开了自己，而相伴多年的渡船被大水冲走，屋后的白塔也冲塌了。小说的结尾意味深长：翠翠似乎已从巨大的悲痛中走出来，她继续拉起了渡船，等待远方的那个人……

小说情节并不复杂，大量笔墨用在了对湘西边城环境、风情、民俗的描写上。处在绿水青山之中的边城以及生活在这里的人们是那样自然、淳朴、简单而又真诚，呈现出还未完全受到现代都市商业文明侵蚀的田园牧歌特征，给人们展现了一种"健康自然而又不悖乎人性"的理想生活方式。小说浓郁的湘西地方色彩，特别是美好的人性书写彰显了作者的文学理想:"只想造希腊小庙""这神庙供奉的是'人性'"。

选文出自《边城》第二章,主要描写边城人们的生活场景:春日河水淙淙,冬日屋檐下青红相间,富有生活气息。船总顺顺一家慷慨大方、温暖仗义、正直平和,受到大家的尊敬和喜爱。这里的人们大都遵守着自己行业的"规矩",随心自适,无忧无虑,简单美好。作品的语言朴实而又省净,明媚且有感染力,一幅山美、水美、人也美的清丽画卷徐徐展现在读者面前,令人回味无穷。

★拓展延伸

作家最优秀的作品往往来自其过往生活经历与社会知识的积累和创造加工,沈从文与前面介绍的巴金在这两处存在显著差异。正如学者范家进《现代乡土小说三家论》所言:"倘若说,巴金感受与体验最深的是现代境遇下都市大家族内部发生的巨大裂变以及其间各色人物的喜怒哀乐与不同生存选择。那么,沈从文最丰富的生活宝藏则无疑是远离都市的偏僻地方社会的人生百态与风土人情,是湘西社会各阶层人士在接受现代化浪潮冲击过程中的种种生活振荡与情感变迁。"周仁政《巫觋人文——沈从文与巫楚文化》指出最打动沈从文的是"在自然怀抱里的'静'或'平凡'";丁帆《中国乡土小说史》认为沈从文的小说创作旨在"站在'五四'文化精神的逆方向来构筑自己的乡土社会,以此来与城市文明相抗衡";李丹梦在其著作《文学"乡土"的地方精神》中指出:"一般人都晓得沈从文的湘西小说是乌托邦的书写,却忽略了乌托邦中的践行部分——它指向自身,致力于捕捉自我(写作)与世界间的生命牵系。"

《边城》不仅是沈从文的代表作,也是中国现代文学史上的经典作品,其特殊意义有两点:其一,"国民性"改造是现代文学作家共同关注的重大命题,总体来看,显然有以下不同的书写模式,一种是鲁迅式的充满批判色彩的书写,一种是无产阶级左翼文学式的书写或者"海派"式的描绘,而沈从文的《边城》则与上述模式明显不同,我们可以称之为"以美为美"。也就是通过挖掘并展现环境、社会和人性中的"美好"来完成对"国民性"的批判。这启示我们,虽然文学创作关注的主题相同，但可以有不同的实现路径。其二，《边城》在展现美好的同时，也有一种彻入心肺的悲剧意味，而这样的悲剧意味没有通过狂风暴雨式的冲突方式来呈现，反而出之以淡淡的沉静与忧伤。也许，正是这种笼罩全篇的明静和主人公各自的忧伤结局，蕴含和强化了内在的悲剧感。这种看似矛盾而又相互生发的文学书写及美学效果，值得我们进一步琢磨和体会。

版本流变是探究文学作品的重要视角。《边城》从1934年在《国民周报》上连载开始共经历六次再刊，透过诸版本在内容上的增删可以审视沈从文在语言艺术、价值立场、文体特征等方面的变化。学者刘运峰、金宏宇等人都在探索现代文学版本研究的新路径，现代文学作品版本流变与选择也是我们考察文学作品的重要视域。

★思考练习

1. 沈从文常常以"乡下人"自居，结合作品和有关史料，谈谈这位"乡下人"是如何洞察和书写城市文明的。

2. 沈从文作品的语言精妙、省净，将古典与现代巧妙结合，具有独特的审美风格与表现力，历来为人称道。请摘抄作品中你认为精彩的语段并简要赏析。

哦，香雪

铁　凝

如果不是有人发明了火车，如果不是有人把铁轨铺进深山，你怎么也不会发现台儿沟这个小村。它和它的十几户乡亲，一心一意掩藏在大山那深深的皱褶里，从春到夏，从秋到冬，默默地接受着大山任意给予的温存和粗暴。

然而，两根纤细、闪亮的铁轨延伸过来了。它勇敢地盘旋在山腰，又悄悄地试探着前进，弯弯曲曲，曲曲弯弯，终于绕到台儿沟脚下，然后钻进幽暗的隧道，冲向又一道山梁，朝着神秘的远方奔去。

不久，这条线正式营运，人们挤在村口，看见那绿色的长龙一路呼啸，挟带着来自山外的陌生、新鲜的清风，擦着台儿沟贫弱的脊背匆匆而过。它走的那样急忙，连车轮碾轧钢轨时发出的声音好像都在说：不停不停，不停不停！是啊，它有什么理由在台儿沟站脚呢，台儿沟有人要出远门吗？山外有人来台儿沟探亲访友吗？还是这里有石油储存，有金矿埋藏？台儿沟，无论从哪方面讲，都不具备挽住火车在它身边留步的力量。

可是，记不清从什么时候起，列车的时刻表上，还是多了"台儿沟"这一站。也许乘车的旅客提出过要求，他们中有哪位说话算数的人和台儿沟沾亲；也许是那个快乐的男乘务员发现台儿沟有一群十七八岁的漂亮姑娘，每逢列车疾驰而过，她们就成帮搭伙地站在村口，翘起下巴，贪婪、专注地仰望着火车。有人朝车厢指点，不时能听见她们由于互相捶打而发出的一两声娇嗔的尖叫。也许什么都不为，就因为台儿沟太小了，小得叫人心疼，就是钢筋铁骨的巨龙在它面前也不能昂首阔步，也不能不停下来。总之，台儿沟上了列车时刻表，每晚七点钟，由首都方向开往山西的这列火车在这里停留一分钟。

这短暂的一分钟，搅乱了台儿沟以往的宁静。从前，台儿沟人历来是吃过晚饭就钻被窝，他们仿佛是在同一时刻听到大山无声的命令。于是，台儿沟那一小片石头房子在同一时刻忽然完全静止了，静的那样深沉、真切，好像在默默地向大山诉说着自己的虔诚。如今，台儿沟的姑娘们刚把晚饭端上桌就慌了神，她们心不在焉地胡乱吃几口，扔下碗就开始梳妆打扮。她们洗净蒙受了一天的黄土、风尘，露出粗糙、红润的面色，把头发梳得乌亮，然后就比赛着穿出最好的衣裳。有人换上过年时才穿得新鞋，有人还悄悄往脸上涂点胭脂。尽管火车到站时已经天黑，她们还是按照自己的心思，刻意斟酌着服饰和容貌。然后，她们就朝村口，朝火车经过的地方跑去。香雪总是第一个出门，隔壁的凤娇第二个就跟了出来。

　　七点钟，火车喘息着向台儿沟滑过来，接着一阵空哐乱响，车身震颤一下，才停住不动了。姑娘们心跳着涌上前去，像看电影一样，挨着窗口观望。只有香雪躲在后面，双手紧紧捂着耳朵。看火车，她跑在最前边，火车来了，她却缩到最后去了。她有点害怕它那巨大的车头，车头那么雄壮地吐着白雾，仿佛一口气就能把台儿沟吸进肚里。它那撼天动地的轰鸣也叫她感到恐惧。在它跟前，她简直像一叶没根的小草。

　　"香雪，过来呀，看！"凤娇拉过香雪向一个妇女头上指，她指的是那个妇女头上别着的那一排金圈圈。

　　"怎么我看不见？"香雪微微眯着眼睛说。

　　"就是靠里边那个，那个大圆脸。看，还有手表哪，比指甲盖还小哩！"凤娇又有了新发现。

　　香雪不言不语地点着头，她终于看见了妇女头上的金圈圈和她腕上比指甲盖还要小的手表。但她也很快就发现了别的。"皮书包！"她指着行李架上一只普通的棕色人造革学生书包。就是那种连小城市都随处可见的学生书包。

　　尽管姑娘们对香雪的发现总是不感兴趣，但她们还是围了上来。

　　"哟，我的妈呀！你踩着我的脚啦！"凤娇一声尖叫，埋怨着挤上来的一位姑娘。她老是爱一惊一乍的。

　　"你咋呼什么呀，是想叫那个小白脸和你搭话了吧？"被埋怨的姑娘也不示弱。

"我撕了你的嘴!"凤娇骂着,眼睛却不由自主地朝第三节车厢的车门望去。

那个白白净净的年轻乘务员真下车来了。他身材高大,头发乌黑,说一口漂亮的北京话。也许因为这点,姑娘们私下里都叫他"北京话"。"北京话"双手抱住胳膊肘,和她们站得不远不近地说:"喂,我说小姑娘们,别扒窗户,危险!"

"呦,我们小,你就老了吗?"大胆的凤娇回敬了一句。姑娘们一阵大笑,不知谁还把凤娇往前一搡,弄得她差点撞在他身上,这一来反倒更壮了凤娇的胆,"喂,你们老待在车上不头晕?"她又问。

"房顶子上那个大刀片似的,那是干什么用的?"又一个姑娘问。她指的是车厢里的电扇。

"烧水在哪儿?"

"开到没路的地方怎么办?"

"你们城里人一天吃几顿饭?"香雪也紧跟在姑娘们后面小声问了一句。

"真没治!""北京话"陷在姑娘们的包围圈里,不知所措地嘟囔着。

快开车了,她们才让出一条路,放他走。他一边看表,一边朝车门跑去,跑到门口,又扭头对她们说:"下次吧,下次一定告诉你们!"他的两条长腿灵巧地向上一跨就上了车,接着一阵叽里哐啷,绿色的车门就在姑娘门面前沉重地合上了。列车一头扎进黑暗,把她们撇在冰冷的铁轨旁边。很久,她们还能感觉到它那越来越轻的震颤。

一切又恢复了寂静,静得叫人惆怅。姑娘们走回家去,路上还要为一点小事争论不休:

"谁知道别在头上的金圈圈是几个?"

"八个。"

"九个。"

"不是!"

"就是!"

"凤娇你说哪?"

"她呀，还在想'北京话'哪！"

"去你的，谁说谁就想。"凤娇说着捏了一下香雪的手，意思是叫香雪帮腔。

香雪没说话，慌得脸都红了。她才十七岁，还没学会怎样在这种事上给人家帮腔。

"他的脸多白呀！"那个姑娘还在逗凤娇。

"白？还不是在那大绿屋里捂的。叫他到咱台儿沟住几天试试。"有人在黑影里说。

可不，城里人就靠捂。要论白，叫他们和咱们香雪比比。咱们香雪，天生一副好皮子，再照火车那些闺女的样儿，把头发烫成弯弯绕，啧啧！'真没治'！凤娇姐，你说是不是？"

凤娇不接茬儿，松开了香雪的手。好像姑娘们真的在贬低她的什么人一样，她心里真有点替他抱不平呢。不知怎么的，她认定他的脸绝不是捂白的，那是天生。

香雪又悄悄把手送到凤娇手心里，她示意凤娇握住她的手，仿佛请求凤娇的宽恕，仿佛是她使凤娇受了委屈。

"凤娇，你哑巴啦？"还是那个姑娘。

"谁哑巴啦！谁像你们，专看人家脸黑脸白。你们喜欢，你们可跟上人家走啊！"凤娇的嘴巴很硬。

"我们不配！"

"你担保人家没有相好的？"

……

不管在路上吵得怎样厉害，分手时大家还是十分友好的，因为一个叫人兴奋的念头又在她们心中升起：明天，火车还要经过，她们还会有一个美妙的一分钟。和它相比，闹点小别扭还算回事吗？

哦，五彩缤纷的一分钟，你饱含着台儿沟的姑娘们多少喜怒哀乐！

日久天长，这五彩缤纷的一分钟，竟变得更加五彩缤纷起来，就在这个一分钟里，她们开始挎上装满核桃、鸡蛋、大枣的长方形柳条篮子，站在车窗下，抓紧时间跟旅客和和气气地做买卖。她们踮着脚尖，双臂伸得直直的，把整筐的鸡蛋、红枣举上窗口，换回台儿沟少见的挂面、火柴，以及属于姑娘们自己的发卡、香皂。有时，有人还会冒着回家挨骂的风险，换回花色繁多的纱巾和能松能紧的尼龙袜。

凤娇好像是大家有意分配给那个"北京话"的，每次都是她提着篮子去找他。她和他做买卖故意磨磨蹭蹭，车快开时才把整篮地鸡蛋塞给他。又是他先把鸡蛋拿走，下次见面时再付钱，那就更够意思了。如果他给她捎回一捆挂面、两条纱巾，凤娇就一定抽回一斤挂面还给他。她觉得，只有这样才对得起和他的交往，她愿意这种交往和一般的做买卖有区别。有时她也想起姑娘们的话："你担保人家没有相好的?"其实，有没有相好的不关凤娇的事，她又没想过跟他走。可她愿意对他好，难道非得是相好的才能这么做吗？

香雪平时话不多，胆子又小，但做起买卖却是姑娘中最顺利的一个。旅客们爱买她的货，因为她是那么信任地瞧着你，那洁如水晶的眼睛告诉你，站在车窗下的这个女孩子还不知道什么叫受骗。她还不知道怎么讲价钱，只说："你看着给吧。"你望着她那洁净得仿佛一分钟前才诞生的面孔，望着她那柔软得宛若红缎子似的嘴唇，心中会升起一种美好的感情。你不忍心跟这样的小姑娘耍滑头，在她面前，再爱计较的人也会变得慷慨大度。

有时她也抓空儿向他们打听外面的事，打听北京的大学要不要台儿沟人，打听什么叫"配乐诗朗诵"（那是她偶然在同桌的一本书上看到的）。有一回她向一位戴眼镜的中年妇女打听能自动开关的铅笔盒，还问到它的价钱。谁知没等人家回话，车已经开动了。她追着它跑了好远，当秋风和车轮的呼啸一同在她耳边鸣响时，她才停下脚步意识到，自己的行为是多么可笑啊。火车眨眼间就无影无踪了。姑娘们围住香雪，当她们知道她追火车的原因后，便觉得好笑起来。

"傻丫头!"

"值不当的!"

她们像长者那样拍着她的肩膀。

"就怪我磨蹭，问慢了。"香雪可不认为这是一件值不当的事，她只是埋怨自己没抓紧时间。

"咳，你问什么不行呀!"凤娇替香雪挎起篮子说。

"谁叫咱们香雪是学生呢。"也有人替香雪分辩。

也许就因为香雪是学生吧,是台儿沟唯一考上初中的人。

台儿沟没有学校,香雪每天上学要到十五里以外的公社。尽管不爱说话是她的天性,但和台儿沟的姐妹们总是有话可说的。公社中学可就没那么多姐妹了,虽然女同学不少,但她们的言谈举止,一个眼神,一声轻轻的笑,好像都是为了叫香雪意识到,她是小地方来的,穷地方来的。她们故意一遍又一遍地问她:"你们那儿一天吃几顿饭?"她不明白她们的用意,每次都认真的回答:"两顿。"然后又友好地瞧着她们反问道:"你们呢?"

"三顿!"她们每次都理直气壮地回答。之后,又对香雪在这方面的迟钝感到说不出的怜悯和气恼。

"你上学怎么不带铅笔盒呀?"她们又问。

"那不是吗。"香雪指指桌角。

其实,她们早知道桌角那只小木盒就是香雪的铅笔盒,但她们还是做出吃惊的样子。每到这时,香雪的同桌就把自己那只宽大的泡沫塑料铅笔盒摆弄得哒哒乱响。这是一只可以自动合上的铅笔盒,很久以后,香雪才知道它所以能自动合上,是因为铅笔盒里包藏着一块不大不小的吸铁石。香雪的小木盒呢,尽管那是当木匠的父亲为她考上中学特意制作的,它在台儿沟还是独一无二的呢。可在这儿,和同桌的铅笔盒一比,为什么显得那样笨拙、陈旧?它在一阵哒哒声中有几分羞涩地畏缩在桌角上。

香雪的心再也不能平静了,她好像忽然明白了同学对她的再三盘问,明白了台儿沟是多么贫穷。她第一次意识到这是不光彩的,因为贫穷,同学才敢一遍又一遍地盘问她。她盯住同桌那只铅笔盒,猜测它来自遥远的大城市,猜测它的价值肯定非同寻常。三十个鸡蛋换得来吗?还是四十个、五十个?这时她的心又忽地一沉:怎么想起这些了?娘攒下鸡蛋,不是为了叫她乱打主意啊!可是,为什么那诱人的哒哒声老是在耳边响个没完?

深秋,山风渐渐凛冽了,天也黑得越来越早。但香雪和她的姐妹们对于七点钟的火车,是照等不误的。她们可以穿起花棉袄了,凤娇头上别起了淡粉色的有机玻璃发卡,有些姑娘的辫梢还缠上了夹丝橡皮筋。那是她们用鸡蛋、核桃从火车上换来的。她们仿照火车上那些城里姑娘的样子把自己武装起来,整齐地排列在铁路旁,像是等待欢迎远方的贵宾,又像是准备着接受检阅。

火车停了,发出一阵沉重的叹息,像是在抱怨着台儿沟的寒冷。今天,它对台儿沟表现了少有的冷漠:车窗全部紧闭着,旅客在黄昏的灯光下喝茶、看报,没有人像窗外瞥一眼。那些眼熟的、长跑这条线的人们,似乎也忘记了台儿沟的姑娘。

凤娇照例跑到第三节车厢去找她的"北京话",香雪紧紧头上的紫红色线围巾,把臂弯里的篮子换了换手,也顺着车身不停地跑着。她尽量高高地踮起脚尖,希望车厢里的人能看见她的脸。车上一直没有人发现她,她却在一张堆满食品的小桌上,发现了渴望已久的东西。它的出现,使她再也不想往前走了,她放下篮子,心跳着,双手紧紧扒住窗框,认清了那真是一只铅笔盒,一只装有吸铁石的自动铅笔盒。它和她离得那样近,她一伸手就可以摸到。

一位中年女乘务员走过来拉开了香雪。香雪挎起篮子站在远处继续观察。当她断定它属于靠窗的那位女学生模样的姑娘时,就果断地跑过去敲起了玻璃。女学生转过脸来,看见香雪臂弯里的篮子,抱歉地冲她摆了摆手,并没有打开车窗的意思,不知怎么的她就朝车门跑去,当她在门口站定时,还一把扒住了扶手。如果说跑的时候她还有点犹豫,那么从车厢里送出来的一阵阵温馨的、火车特有的气息却坚定了她的信心,她学着"北京话"的样子,轻巧地跃上了踏板。她打算以最快的速度跑进车厢,以最快的速度用鸡蛋换回铅笔盒。也许,她所以能够在几秒钟内就决定上车,正是因为她拥有那么多鸡蛋吧,那是四十个。

香雪终于站在火车上了。她挽紧篮子,小心地朝车厢迈出了第一步。这时,车身忽然悸动了一下,接着,车门被人关上了。当她意识到眼前发生了什么事时,列车已经缓缓地向台儿沟告别了。香雪扑在车门上,看见凤娇的脸在车下一晃。看来这不是梦,一切都是真的,她确实离开姐妹们,站在这又熟悉、又陌生的火车上了。她拍打着玻璃,冲凤娇叫喊：“凤娇！我怎么办呀，我可怎么办呀！”

列车无情地载着香雪一路飞奔，台儿沟刹那间就被抛在后面了。下一站叫西山口，西山口离台儿沟三十里。

三十里，对于火车、汽车真的不算什么，西山口在旅客们闲聊之中就到了。这里上车的人不少，下车的只有一位旅客，那就是香雪，她胳膊上少了那只篮子，她把它塞到那个女学生座位下面了。

在车上，当她红着脸告诉女学生，想用鸡蛋和她换铅笔盒时，女学生不知怎么的也红了脸。她一定要把铅笔盒送给香雪，还说她住在学校吃食堂，鸡蛋带回去也没法吃。她怕香雪不信，又指了指胸前的校徽，上面果真有"矿冶学院"几个字。香雪却觉着她在哄她，难道除了学校她就没家吗？香雪一面摆弄着铅笔盒，一面想着主意。台儿沟再穷，她也从没白拿过别人的东西。就在火车停顿前发出的几秒钟的震颤里，香雪还是猛然把篮子塞到女学生的座位下面，迅速离开了。

车上，旅客们曾劝她在西山口住上一夜再回台儿沟。热情的"北京话"还告诉她，他爱人有个亲戚就住在站上。香雪没有住，更不打算去找"北京话"的什么亲戚，他的话倒更使她感到了委屈，她替凤娇委屈，替台儿沟委屈。她只是一心一意地想：赶快走回去，明天理直气壮地去上学，理直气壮地打开书包，把"它"摆在桌上。车上的人既不了解火车的呼啸曾经怎样叫她像只受惊的小鹿那样不知所措，更不了解山里的女孩子在大山和黑夜面前到底有多大本事。

列车很快就从西山口车站消失了，留给她的又是一片空旷。一阵寒风扑来，吸吮着她单薄的身体。她把滑到肩上的围巾紧裹在头上，缩起身子在铁轨上坐了下来。香雪感受过各种各样的害怕，小时候她怕头发，身上粘着一根头发择不下来，她会急得哭起来；长大了她怕晚上一个人到院子里去，怕毛毛虫，怕被人胳肢（凤娇最爱和她来这一手）。现在她害怕这陌生的西山口，害怕四周黑幽幽的大山，害怕叫人心惊肉跳的寂静，当风吹响近处的小树林时，她又害怕小树林发出窸窸窣窣的声音。三十里，一路走回去，该路过多少大大小小的林子啊！

一轮满月升起来了，照亮了寂静的山谷，灰白的小路，照亮了秋日的败草，粗糙的树干，还有一丛丛荆棘、怪石，还有满山遍野那树的队伍，还有香雪手中那只闪闪发光的小盒子。

她这才想到把它举起来仔细端详。它想，为什么坐了一路火车，竟没有拿出来好好看看？现在，在皎洁的月光下，它才看清了它是淡绿色的，盒盖上有两朵洁白的马蹄莲。她小心地把它打开，又学着同桌的样子轻轻一拍盒盖，"哒"的一声，它便合得严严实实。她又打开盒盖，觉得应该立刻装点东西进去。她从兜里摸出一只盛擦脸油的小盒放进去，又合上了盖子。只有这时，她才觉得这铅笔盒真属于她了，真的。她又想到了明天，明天上学时，她多么盼望她们会再三盘问她啊！

她站了起来，忽然感到心里很满意，风也柔和了许多。她发现月亮是这样明净。群山被月光笼罩着，像母亲庄严、神圣的胸脯；那秋风吹干的一树树核桃叶，卷起来像一树树金铃铛，她第一次听清它们在夜晚，在风的怂恿下"豁啷啷"地歌唱。她不再害怕了，在枕木上跨着大步，一直朝前走去。大山原来是这样的！月亮原来是这样的！核桃树原来是这样的！香雪走着，就像第一次认出养育她长大成人的山谷。台儿沟呢？不知怎么的，她加快了脚步。她急着见到它，就像从来没有见过它那样觉得新奇。台儿沟一定会是"这样的"：那时台儿沟的姑娘不再央求别人，也用不着回答人家的再三盘问。火车上的漂亮小伙子都会求上门来，火车也会停得久一些，也许三分、四分，也许十分、八分。它会向台儿沟打开所有的门窗，要是再碰上今晚这种情况，谁都能从从容容地下车。

今晚台儿沟发生了什么事？对了，火车拉走了香雪，为什么现在她像闹着玩儿似的去回忆呢？四十个鸡蛋没有了，娘会怎么说呢？爹不是盼望每天都有人家娶媳妇、聘闺女吗？那时他才有干不完的活儿，他才能光着红铜似的脊梁，不分昼夜地打出那些躺柜、碗橱、板箱，挣回香雪的学费。想到这儿，香雪站住了，月光好像也黯淡下来，脚下的枕木变成一片模糊。回去怎么说？她环视群山，群山沉默着；她又朝着近处的杨树林张望，杨树林窸窸窣窣地响着，并不真心告诉她应该怎么做。是哪来的流水声？她寻找着，发现离铁轨几米远的地方，有一道浅浅的小溪。她走下铁轨，在小溪旁边坐了下来。她想起小时候有一回和凤娇在河边洗衣裳，碰见一个换芝麻糖的老头。凤娇劝香雪拿一件汗衫换几块糖吃，还教她对娘说，那件衣裳不小心叫河水给冲走了。香雪很想吃芝麻糖，可她到底没换。她还记得，那老头真心实意等了她半天呢。为什么她会想起这件小事？也许现在应该骗娘吧，因为芝麻糖怎么也不能和铅笔盒的重要性相比。她要告诉娘，这是一个宝盒子，谁用上它，就能一切顺心如意，就能上大学、坐上火车到处跑，就能要什么有什么，就再也不会被人盘问她们每天吃几顿饭了。娘会相信的，因为香雪从来不骗人。

小溪的歌唱高昂起来了，它欢腾着向前奔跑，撞击着水中的石块，不时溅起一朵小小的浪花。香雪也要赶路了，她捧起溪水洗了把脸，又用沾着水的手抿光被风吹乱的头发。水很凉，但她觉得很精神。她告别了小溪，又回到了长长的铁路上。

前边又是什么？是隧道，它愣在那里，就像大山的一只黑眼睛。香雪又站住了，但她没有返回去，她想到怀里的铅笔盒，想到同学们惊羡的目光，那些目光好像就在隧道里闪烁。她弯腰拔下一根枯草，将草茎插在小辫里。娘告诉她，这样可以"避邪"。然后她就朝隧道跑去。确切地说，是冲去。

香雪越走越热了，她解下围巾，把它搭在脖子上。她走出了多少里？不知道。尽管草丛里的"纺织娘""油葫芦"总在鸣叫着提醒她。台儿沟在哪儿？她向前望去，她看见迎面有一颗颗黑点在铁轨上蠕动。再近一些她才看清，那是人，是迎着她走过来的人群。第一个是凤娇，凤娇身后是台儿沟的姐妹们。

香雪想快点跑过去，但腿为什么变得异常沉重？她站在枕木上，回头望着笔直的铁轨，铁轨在月亮的照耀下泛着清淡的光，它冷静地记载着香雪的路程。她忽然觉得心头一紧，不知怎么的就哭了起来，那是欢乐的泪水，满足的泪水。面对严峻而又温厚的大山，她心中升起一种从未有过的骄傲。她用手背抹净眼泪，拿下插在辫子里的那根草棍儿，然后举起铅笔盒，迎着对面的人群跑去。

山谷里突然爆发了姑娘们欢乐的呐喊，她们叫着香雪的名字，声音是那样奔放、热烈；她们笑着，笑得是那样不加掩饰，无所顾忌。古老的群山终于被感动得颤栗了,它发出宽亮低沉的回音,和她们共同欢呼着。

哦,香雪!香雪!

一九八二年六月

《青年文学》,1982 年第 5 期

★作者简介

铁凝（1957—），河北赵县人，当代著名作家，现任全国人大常委会副委员长、中国文联主席、中国作协主席。代表作有短篇小说《哦，香雪》《六月的话题》，中篇小说《没有纽扣的红衬衫》《麦秸垛》《对面》《永远有多远》，长篇小说《玫瑰门》《无雨之城》《大浴女》等。其部分作品被译为英、俄、德、法、日、韩等多种语言。

★作品导读

《哦，香雪》曾获全国优秀短篇小说奖，作品围绕一个偏远小山村的新旧冲突展开叙述。小说中的台儿沟是一个闭塞、孤独、贫穷的角落，那里的人们过着近乎封闭的生活。他们隐藏在大山的皱褶里，无从知晓山外的世界。然而，变革的时代终究会冲击每一个角落。火车开进了深山，也就为深山中的人们带来了山外的新鲜事儿。在台儿沟停留一分钟的火车打破了山村往昔的寂静，拨动了山村人平静的心，带来了山外陌生新鲜的气息，诱发了山村人的不安与渴望。他们对现代文明的接受程度整体上呈现出偏差，经历了从害怕、排斥、犹疑到向往的变化过程。小说不仅体现了传统与现代的对比，也展示了20世纪80年代中国城乡冲突的社会现象。

小说构思精巧，以极其简约的篇幅包容了丰富的内涵。作品没有轰轰烈烈的大场面，也未设置激烈的矛盾冲突，更无曲折离奇的故事情节，只是捕捉住瞬间，撷取几个小小的生活场景，将艺术描写聚焦在人物形象上，尤其注重描绘人物的心理变化与情感波澜。整部小说笔调清新婉丽，文字鲜活灵动，风格淡雅别致。

★拓展延伸

按照作者的自述，这篇短篇小说来自她在苟各庄农村生活的一段记忆，主人公的原型是房东的女儿。村庄里的女孩子从未看过电影，她们对现代文明由衷的神往引发了作者巧妙的构思。铁凝在《小说月报》1997年第3期曾言：她对短篇小说有一种近乎偏执的喜爱，认为短篇小说是她写作的开始。她指出"人生可能是一部长篇，也可能是一连串短篇"，长篇小说让作者经常想到的是"命运"，短篇小说让作者经常想到的是"故事"。铁凝写出了众多短篇小说,它们也许不像长篇小说那般波澜壮阔,但却细致入微、变幻无穷、精彩纷呈。我们以此作品为例,希望大家在阅读中能感受到短篇小说的独特魅力。

★思考练习

1. 作品的女主人公香雪给人一种清新纯净的深刻印象,联系时代特征,谈谈你对这一人物形象的理解。

2. 城乡冲突既是20世纪八九十年代重要的社会现象,也是该时期文学作品的重要题材。《哦,香雪》所表现的城乡冲突有什么特殊的地方?

平凡的世界（节选）

路　遥

第一章

　　一九七五年二三月间，一个平平常常的日子，细濛濛的雨丝夹着一星半点的雪花，正纷纷淋淋地向大地飘洒着。时令已快到惊蛰，雪当然再不会存留，往往还没等落地，就已经消失得无踪无影了。黄土高原严寒而漫长的冬天看来就要过去，但那真正温暖的春天还远远地没有到来。

　　在这样雨雪交加的日子里，如果没有什么紧要事，人们宁愿一整天足不出户。因此，县城的大街小巷倒也比平时少了许多嘈杂。街巷背阴的地方，冬天残留的积雪和冰溜子正在雨点的敲击下蚀化，石板街上到处都漫流着肮脏的污水。风依然是寒冷的。空荡荡的街道上，有时会偶尔走过来一个乡下人，破毡帽护着脑门，胳膊上挽一筐子土豆或萝卜，有气无力地呼唤着买主。唉，城市在这样的日子里完全丧失了生气，变得没有一点可爱之处了。

　　只有在半山腰县立高中的大院坝里，此刻却自有一番热闹景象。午饭铃声刚刚响过，从一排排高低错落的石窑洞里，就跑出来了一群一伙的男男女女。他们把碗筷敲得震天价响，踏泥带水、叫叫嚷嚷地跑过院坝，向南面总务处那一排窑洞的墙根下蜂拥而去。偌大一个院子，霎时就被这纷乱的人群踩踏成了一片烂泥滩。与此同时，那些家在本城的走读生们，也正三三两两涌出东面学校的大门。他们撑着雨伞，一路说说笑笑，通过一段早年间用横石片插起的长长的下坡路。不多时便纷纷消失在城市的大街小巷中。

　　在校园内的南墙根下，现在已经按班级排起了十几路纵队。各班的值日生正在忙碌地给众人分饭菜。每个人的饭菜都是昨天登记好并付了饭票的，因此程序并不复杂，现在值日生只是按饭表付给每人预订的一份。菜分甲、乙、丙三等。甲菜以土豆、白菜、粉条为主，里面有些叫人嘴馋的大肉片，每份三毛钱；乙菜其他内容和甲菜一样，只是没有肉，每份一毛五分钱；丙菜可就差远了，清水煮白萝卜——似乎只是为了掩饰这过分的清淡，才在里面象征性地漂了几点辣子油花。不过，这菜价钱倒也便宜，每份五分钱。

　　各班的甲菜只是在小脸盆里盛一点，看来吃得起肉菜的学生没有几个。丙菜也用小脸盆盛一点，说明吃这种下等伙食的人也没有多少。只有乙菜各班都用烧瓷大脚盆盛着，海海漫漫的，显然大部分人都吃这种既不奢侈也不寒酸的菜。主食也分三等：白面馍，玉米面馍，高粱面馍；白、黄、黑，颜色就表明了一种差别；学生们戏称欧洲、亚洲、非洲。

　　从排队的这一片黑压压的人群看来，他们大部分都来自农村，脸上和身上或多或少都留有体力劳动的痕迹。除过个把人的衣装和他们的农民家长一样土气外，这些已被自己的父辈看做是"先生"的人，穿戴都还算体面。贫困山区的农民尽管眼下大都少吃缺穿，但孩子既然到大地方去念书，家长们就是咬着牙关省吃节用，也要给他们做几件见人衣裳。当然，这队伍里看来也有个把光景好的农家子弟，那穿戴已经和城里干部们的子弟没什么差别，而且胳膊腕上往往还撑一块明晃晃的手表。有些这样的"洋人"就站在大众之间，如同鹤立鸡群，毫不掩饰自己的优越感。他们排在非凡的甲菜盆后面，虽然人数寥寥无几，但却特别惹眼。

　　在整个荒凉而贫瘠的黄土高原，一个县的县立高中，就算是本县的最高学府吧，也无论如何不可能给学生们盖一座餐厅。天好天坏，大家都是露天就餐。好在这些青年都来自山乡圪崂，谁没在野山野地里吃过饭呢？因此大家也并不在乎这种事。通常天气好的时候，大家都各自和要好的同学蹲成一圈，说着笑着就把饭吃完了。

　　今天可不行。所有打了饭菜的人。都用草帽或胳膊肘护着碗，趔趔趄趄穿过烂泥塘般的院坝，跑回自己的宿舍去了。不大一会工夫，饭场上就稀稀落落的没有几个人了。大部分班级的值日生也都先后走了。

现在，只有高一（1）班的值日生一个人留在空无人迹的饭场上。这是一位矮矮胖胖的女生。她面前的三个菜盆里已经没有了菜，馍筐里也只剩了四个焦黑的高粱面馍。看来这几个黑家伙不是值日生本人的，因为她自己手里拿着一个白面馍和一个玉米面馍，碗里也像是乙菜。她端着自己的饭菜，满脸不高兴地立在房檐下，显然是等待最后一个姗姗来迟者——这必定是一个穷小子，他不仅吃这最差的主食，而且连五分钱的丙菜也买不起一份啊！

雨中的雪花陡然间增多了，远远近近愈加变得模模糊糊。城市寂静无声。隐约地听见很远的地方传来一声公鸡的啼鸣，给这灰蒙蒙的天地间平添了一丝睡梦般的阴郁。

就在这时候，在空旷的院坝的北头，走过来一个瘦高个的青年人。他胳膊窝里夹着一只碗，缩着脖子在泥地里蹒跚而行。小伙子脸色黄瘦，而且两颊有点塌陷，显得鼻子像希腊人一样又高又直。脸上看来才刚刚褪掉少年的稚气——显然由于营养不良，还没有焕发出他这种年龄所特有的那种青春光彩。

他蹽开两条瘦长的腿，扑踏扑踏地踩着泥水走着。这也许就是那几个黑面馍的主人？看他那一身可怜的穿戴想必也只能吃这种伙食。瞧吧，他那身衣服尽管式样裁剪得勉强还算是学生装，但分明是自家织出的那种老土粗布，而且黑颜料染得很不均匀，给人一种肮肮脏脏的感觉。脚上的一双旧黄胶鞋已经没有了鞋带，凑合着系两根白线绳；一只鞋帮上甚至还缀补着一块蓝布补丁。裤子显然是前两年缝的，人长布缩，现在已经短窄得吊在了半腿把上；幸亏袜腰高，否则就要露肉了。（可是除过他自己，谁又能知道，他那两只线袜子早已经没有了后跟，只是由于鞋的遮掩，才使人觉得那袜子是完好无缺的。）

他径直向饭场走过来了。现在可以断定，他就是来拿这几个黑面馍的。值日生在他未到馍筐之前，就早已经迫不及待地端着自己的饭碗离开了。

他来到馍筐前，先怔了一下，然后便弯腰拾了两个高粱面馍。筐里还剩两个，不知他为什么没有拿。

他直起身子来，眼睛不由得朝三只空荡荡的菜盆里瞥了一眼。他瞧见乙菜盆的底子上还有一点残汤剩水。房上的檐水滴答下来，盆底上的菜汤四处飞溅。他扭头瞧了瞧：雨雪迷濛的大院坝里空无一人。他很快蹲下来，慌得如同偷窃一般，用勺子把盆底上混合着雨水的剩菜汤往自己的碗里舀。铁勺刮盆底的嘶啦声像炸弹的爆炸声一样令人惊心。血涌上了他黄瘦的脸。一滴很大的檐水落在盆底，溅了他一脸菜汤。他闭住眼，紧接着，就见两颗泪珠慢慢地从脸颊上滑落了下来——唉，我们姑且就认为这是他眼中溅进了辣子汤吧！

他站起来，用手抹了一把脸，端着半碗剩菜汤，来到西南拐角处的开水房前，在水房后墙上伸出来的管子上给菜汤里搉了一些开水，然后把高粱面馍掰碎泡进去，就蹲在房檐下狼吞虎咽地吃起来。

他突然停止了咀嚼，然后看着一位女生来到馍筐前，把剩下的那两个黑面馍拿走了。是的，她也来了。他望着她离去的穿破衣裳的背影，怔了好一会。

这几乎成了一个惯例：自从开学以来，每次吃饭的时候，班上总是他两个最后来，默默地各自拿走自己的两个黑高粱面馍。这并不是约定的，他们实际上还并不熟悉，甚至连一句话也没说过。他们都是刚刚从各公社中学毕业后，被推荐来县城上高中的。开学没有多少天，班上大部分同学相互之间除过和同村同校来的同学熟悉外，生人之间还没有什么交往。

他蹲在房檐下，一边往嘴里扒拉饭，一边在心里猜测：她之所以也常常最后来取饭，原因大概和他一样。是的，正是因为贫穷，因为吃不起好饭，因为年轻而敏感的自尊心，才使他们躲避公众的目光来悄然地取走自己那两个不体面的黑家伙，以免遭受许多无言的耻笑！

但他对她的一切毫无所知。因为班上一天点一次名，他现在只知道她的名字叫郝红梅。

她大概也只知道他的名字叫孙少平吧？

《平凡的世界》，北京十月文艺出版社2017年版

★ 作者简介

路遥（1949—1992），陕西榆林人，原名王卫国，当代著名作家，曾任陕西省作家协会副主席。1973年进入延安大学中文系学习，开始文学创作，代表作有中篇小说《惊心动魄的一幕》《人生》，长篇小说《平凡的世界》，长篇随笔《早晨从中午开始》等。其中，《平凡的世界》获第三届茅盾文学奖，并被拍摄成同名电影。2019年9月，路遥获得新中国七十年"最美奋斗者"称号。

★ 作品导读

《平凡的世界》是一部百万余字的长篇小说，全景式展现了中国当代城乡社会生活的变迁。小说以中国20世纪七八十年代社会转型期为背景，讲述了孙、田、金三个家庭的悲欢离合，描绘了孙少安、孙少平、田润叶、田晓霞等人物的爱情故事。作品以孙家兄弟为主要人物，兄长孙少安13岁就辍学回家务农，担起家庭的重担。他头脑灵活，耕田、开砖窑、当选村支书，带领大家改革致富。弟弟孙少平求学、教书，后外出挖煤等。作者通过描写他们人生之路的曲折，反映了当时农村青年一代的人生遭际与命运，兄弟二人的心灵世界所展现的内在力量也打动了无数读者。与路遥另一部小说《人生》相比，《平凡的世界》更具有人性的高度，作家把苦难转化为一种前行的精神动力。

小说主要包括三条线索，以孙少平为线索展示城乡差别，以孙少安的人生经历为线索展示农村的发展变迁以及以田福军升迁为线索展示政治斗争的微妙复杂。这三条线索同时展开，平行发展。作品以传统的价值观念及现实主义的创作手法为主，注重故事的连贯性，注重人物形象的完整性塑造，同时又不放过情节上的浪漫主义因素，是一部引人入胜、深具感染力的小说。小说语言朴实厚重，饱含作家强烈的感情色彩。在生动、感人、流畅的故事叙述中，经常会出现有关生活价值、人生意义的格言警句。

选文是小说的第一章，开篇极具特色和意味。一方面，作为小说主人公之一的孙少平出场，显示了作者的匠心和对来自乡村的年轻读书人言行心理的精准把握；另一方面，这里奠定了全书充满希望的总基调，乍暖还寒的初春景象既预示着改革开放初期中国城乡特有的氛围，也隐喻着旧与新、保守与进步、困顿与希望并存，身处其中的人、事、物因而具有丰厚的认识空间、阐释空间。

★拓展延伸

《平凡的世界》长期以来深受读者喜爱，占据各大图书销售榜前列。据统计，《平凡的世界》累计印数已超 1700 万套。不仅如此，《平凡的世界》还陆续被改编为影视作品，如电视剧郑保国版（1990）、王雷版（2015），让更多千禧年后出生的读者通过影视作品了解、喜欢上原著。不管是阅读原著，还是通过影视作品回到原著，都表明《平凡的世界》阅读热从未受到时代、空间、性别、年龄的限制，具有广泛影响。

关于《平凡的世界》的讨论，研究者多遵循从作品出发的分析方法。以"性别作为方法"审视作品既可以了解作家隐蔽的创作心理，又可以窥见复杂的文化构成与社会变迁。《平凡的世界》塑造了三个经典女性形象，现有研究正在逐步摆脱简单化的人物分析和立场预设。涉及的女性主义理论体系包含自由主义女性主义、马克思主义女性主义、后殖民主义女性主义、身体时尚与性别政治、媒介文化与女性主义等，如何将理论视角与文学文本紧密结合，是有待评论者解决的问题。

此外，这部小说的创作手法不同于当时流行的先锋文学意识流等现代主义创作方式。作者仍然采取了传统的现实主义创作方法，小说因此在投稿及刊发过程中颇为周折，最后，《花城》编辑部于 1986 年首发了小说的第一部，次年，中央人民广播电台进行了连载广播，逐渐引起读者和听众的关注与赞誉。可见，创作手法的传统与现代，不能简单以是否为当时的主流来判断。看似传统和保守的创作手法与风格其实在特定时期反倒是一种创新，《平凡的世界》刊发时的种种波折，再次验证了这一重要而又复杂的文学规律。

★思考练习

1. 优秀的、伟大的小说往往都有一个精彩的开篇，比如《百年孤独》。《平凡的世界》开篇同样具有特色与意义，请查阅相关资料，说说你对该小说开头部分的理解。

2.《平凡的世界》塑造了一批鲜活的青年人形象，特别是对他们婚姻与事业的刻画。联系巴金的《家》，比较两部小说在青年形象塑造方面的异同。

活着（节选）

余 华

　　农忙时凤霞来住了几天，替我做饭烧水，侍候家珍，我轻松了很多。可是想想嫁出去的女儿就是泼出去的水，凤霞早就是二喜的人了，不能在家里待得太久。我和家珍商量了一下，怎么也得让凤霞回去了，就把凤霞赶走了。我是用手一推一推把她推出村口的，村里人见了嘻嘻笑，说没见过像我这样的爹。我听了也嘻嘻笑，心想村里谁家的女儿也没像凤霞对她爹娘这么好，我说：

　　"凤霞只有一个人，服侍了我和家珍，就服侍不了我的偏头女婿了。"

　　凤霞被我赶回城里，过了没多久又回来了，这次连偏头女婿也来了。两个人在远处拉着手走来，我很远就看到了他们，不用看二喜的偏脑袋，就看拉着手我也知道是谁了。二喜提着一瓶黄酒，咧着嘴笑个不停。凤霞手里挎着个小竹篮子，也像二喜一样笑。我想是什么好事，这么高兴？

　　到了家里，二喜把门关上，说：

　　"爹，娘，凤霞有啦。"

　　凤霞有孩子了，我和家珍嘴一咧也都笑了。我们四个人笑了半响，二喜才想起来手里的黄酒，走到床边将酒放在小方桌上，凤霞从篮里拿出碗豆子。我说：

　　"都到床上去，都到床上去。"

　　凤霞坐到家珍身旁，我拿了四只碗和二喜坐一头。二喜给我倒满了酒，给家珍也倒满，又去给凤霞倒，凤霞捏住酒瓶连连摇头，二喜说：

　　"今天你也喝。"

　　凤霞像是听懂了二喜的话，不再摇头。我们端起了碗，凤霞喝了一口皱皱眉，去看家珍，家珍也在皱眉，她抿着嘴笑了。我和二喜都是一

口把酒喝干,一碗酒下肚,二喜的眼泪掉了出来,他说:

"爹,娘,我是做梦也想不到会有今天。"

一听这话,家珍眼睛马上就湿了,看着家珍的样子,我眼泪也下来了,我说:

"我也想不到,先前最怕的就是我和家珍死了凤霞怎么办,你娶了凤霞,我们心就定了,有了孩子更好了,凤霞以后死了也有人收作。"

凤霞看到我们哭,也眼泪汪汪的。家珍哭着说:

"要是有庆活着就好了,他是凤霞带大的,他和凤霞亲着呢,有庆看不到今天了。"

二喜哭得更凶了,他说:

"要是我爹娘还活着就好了,我娘死的时候捏住我的手不肯放。"

四个人越哭越伤心,哭了一阵,二喜又笑了,他指指那碗豆子说:

"爹,娘,你们吃豆子,是凤霞做的。"

我说:"我吃,我吃,家珍,你吃。"

我和家珍看来看去,两个人都笑了,我们马上就会有外孙了。那天四个人哭哭笑笑,一直到天黑,二喜和凤霞才回去。

凤霞有了孩子,二喜就更疼爱她。到了夏天,屋里蚊子多,又没有蚊帐,天一黑二喜便躺到床上去喂蚊子,让凤霞在外面坐着乘凉,等把屋里的蚊子喂饱,不再咬人了,才让凤霞进去睡。有几次凤霞进去看他,他就焦急,一把将凤霞推出去。这都是二喜家的邻居告诉我的,她们对二喜说:

"你去买顶蚊帐。"

二喜笑笑不作声,瞅空儿才对我说:

"债不还清,我心里不踏实。"

看着二喜身上被蚊子咬得到处都是红点,我也心疼,我说:

"你别这样。"

二喜说:"我一个人,蚊子多咬几口捡不了什么便宜,凤霞可是两个人啊。"

凤霞是在冬天里生孩子的,那天雪下得很大,窗户外面什么都看不清楚。凤霞进了产房一夜都没出来,我和二喜在外面越等越怕,一有医

90

生出来，就上去问，知道还在生，便有些放心。到天快亮时，二喜说：

"爹，你先去睡吧。"

我摇摇头说："心悬着睡不着。"

二喜劝我："两个人不能绑在一起，凤霞生完了孩子还得有人照应。"

我想想二喜说得也对，就说：

"二喜，你先去睡。"

两个人推来推去，谁也没睡。到天完全亮了，凤霞还没出来，我们又怕了，比凤霞晚进去的女人都生完孩子出来了。我和二喜哪还坐得住，凑到门口去听里面的声音，听到有女人在叫唤，我们才放心，二喜说：

"苦了凤霞了。"

过了一会，我觉得不对，凤霞是哑巴，不会叫唤的，这么对二喜说，二喜的脸一下子白了，他跑到产房门口拼命喊：

"凤霞，凤霞。"

里面出来个医生朝二喜喊道：

"你叫什么，出去。"

二喜呜呜地哭了，他说：

"我女人怎么还没出来。"

旁边有人对我们说：

"生孩子有快的，也有慢的。"

我看看二喜，二喜看看我，想想可能是这样，就坐下来再等着，心里还是咚咚乱跳。没多久，出来一个医生问我们：

"要大的？还是要小的？"

她这么一问，把我们问傻了，她又说：

"喂，问你们呢？"

二喜扑通跪在了她跟前，哭着喊：

"医生，救救凤霞，我要凤霞。"

二喜在地上哇哇地哭，我把他扶起来，劝他别这样，这样伤身体，我说：

"只要凤霞没事就好了,俗话说留得青山在,不怕没柴烧。"

二喜呜呜地说:

"我儿子没了。"

我也没了外孙,我脑袋一低也呜呜地哭了。到了中午,里面有医生出来说:

"生啦,是儿子。"

二喜一听急了,跳起来叫道:

"我没要小的。"

医生说:"大的也没事。"

凤霞也没事,我眼前就晕晕乎乎了,年纪一大,身体折腾不起啊。二喜高兴坏了,他坐在我旁边身体直抖,那是笑得太厉害了。我对二喜说:

"现在心放下了,能睡觉了,过会再来替你。"

谁料到我一走凤霞就出事了,我走了才几分钟,好几个医生跑进了产房,还拖着氧气瓶。凤霞生下了孩子后大出血,天黑前断了气。我的一双儿女都是生孩子上死的,有庆死是别人生孩子,凤霞死在自己生孩子。

那天雪下得特别大,凤霞死后躺到了那间小屋里,我去看她一见到那间屋子就走不进去了,十多年前有庆也是死在这里的。我站在雪里听着二喜在里面一遍遍叫着凤霞,心里疼得蹲在了地上。雪花飘着落下来,我看不清那屋子的门,只听到二喜在里面又哭又喊,我就叫二喜,叫了好几声,二喜才在里面答应一声,他走到门口,对我说:

"我要大的,他们给了我小的。"

我说:"我们回家吧,这家医院和我们前世有仇,有庆死在这里,凤霞也死在这里。二喜,我们回家吧。"

二喜听了我的话,把凤霞背在身后,我们三个人往家走。

那时候天黑了,街上全是雪,人都见不到,西北风呼呼吹来,雪花打在我们脸上,像是沙子一样。二喜哭得声音都哑了,走一段他说:

"爹,我走不动了。"

我让他把凤霞给我,他不肯,又走了几步他蹲了下去,说:

"爹，我腰疼得不行了。"

那是哭的，把腰哭疼了。回到了家里，二喜把凤霞放在床上，自己坐在床沿上盯着凤霞看，二喜的身体都缩成一团了。我不用看他，就是去看他和凤霞在墙上的影子，也让我难受的看不下去。那两个影子又黑又大，一个躺着，一个像是跪着，都是一动不动，只有二喜的眼泪在动，让我看到一颗一颗大黑点在两个人影中间滑着。我就跑到灶间，去烧些水，让二喜喝了暖暖身体，等我烧开了水端过去时，灯熄了，二喜和凤霞睡了。

那晚上我在二喜他们灶间坐到天亮，外面的风呼呼地响着，有一阵子下起了雪珠子，打在门窗上沙沙乱响，二喜和凤霞睡在里屋子里一点声音也没有，寒风从门缝冷飕飕地钻进来，吹得我两个膝盖又冷又疼，我心里就跟结了冰似的一阵阵发麻，我的一双儿女就这样都去了，到了那种时候想哭都没有了眼泪。我想想家珍那时还睁着眼睛等我回去报信，我出来时她一遍一遍嘱咐我，等凤霞一生下来赶紧回去告诉她是男还是女。凤霞一死，让我怎么回去对她说？

有庆死时，家珍差点也一起去了，如今凤霞又死到她前面，做娘的心里怎么受得住。第二天，二喜背着凤霞，跟着我回到家里。那时还下着雪，凤霞身上像是盖了棉花似的差不多全白了。一进屋，看到家珍坐在床上，头发乱糟糟的，脑袋靠在墙上，我就知道她心里明白凤霞出事了，我已经连着两天两夜没回家了。我的眼泪唰唰地流了出来，二喜本来已经不哭了，一看到家珍又呜呜地哭起来，他嘴里叫着：

"娘，娘……"

家珍的脑袋动了动，离开了墙壁，眼睛一动不动地看着二喜背脊上的凤霞。我帮着二喜把凤霞放到床上，家珍的脑袋就低下来去看凤霞，那双眼睛定定的，像是快从眼眶里突出来了。我是怎么也想不到家珍会是这么一副样子，她一颗泪水都没掉出来，只是看着凤霞，手在凤霞脸上和头发上摸着。二喜哭得蹲了下去，脑袋靠在床沿上。我站在一旁看着家珍，心里不知道她接下去会怎么样。那天家珍没有哭也没有喊，只是偶尔地摇了摇头。凤霞身上的雪慢慢融化了以后，整张床上都湿淋淋了。

凤霞和有庆埋在了一起。那时雪停住了，阳光从天上照下来，西北风刮得更凶了，呼呼直响，差不多盖住了树叶的响声。埋了凤霞，我和二喜抱着锄头铲子站在那里，风把我们两个人吹得都快站不住了。满地都是雪，在阳光下面白晃晃刺得眼睛疼，只有凤霞的坟上没有雪，看着这湿漉漉的泥土，我和二喜谁也抬不动脚走开。二喜指指紧挨着的一块空地说：

"爹，我死了埋在这里。"

我叹了口气对二喜说：

"这块就留给我吧，我怎么也会死在你前面的。"

埋掉了凤霞，孩子也可以从医院里抱出来了。二喜抱着他儿子走了十多里路来我家，把孩子放在床上，那孩子睁开眼睛时皱着眉，两个眼珠子瞟来瞟去，不知道他在看什么。看着孩子这副模样，我和二喜都笑了。家珍是一点都没笑，她眼睛定定地看着孩子，手指放在他脸旁，家珍当初的神态和看死去的凤霞一模一样，我当时心里七上八下的，家珍的模样吓住了我，我不知道家珍是怎么了。后来二喜抬起头来，一看到家珍他立刻不笑了，垂着手臂站在那里不知怎么才好。过了很久，二喜才轻声对我说：

"爹，你给孩子取个名字。"

家珍那时开口说话了，她声音沙沙地说：

"这孩子生下来没有了娘，就叫他苦根吧。"

凤霞死后不到三个月，家珍也死了。家珍死前的那些日子，常对我说：

"福贵，有庆、凤霞是你送的葬，我想到你会亲手埋掉我，就安心了。"

她是知道自己快要死了，反倒显得很安心。那时候她已经没力气坐起来了，闭着眼睛躺在床上，耳朵还很灵，我收工回家推开门，她就会睁开眼睛，嘴巴一动一动，我知道她是在对我说话，那几天她特别爱说话，我就坐在床上，把脸凑下去听她说，那声音轻得跟心跳似的。人啊，活着时受了再多的苦，到了快死的时候也会想个法子来宽慰自己，家珍到那时也想通了，她一遍一遍地对我说：

"这辈子也快过完了,你对我这么好,我也心满意足,我为你生了一双儿女,也算是报答你了,下辈子我们还要在一起过。"

家珍说到下辈子还要做我的女人,我的眼泪就掉了出来,掉到了她脸上,她眼睛眨了两下微微笑了,她说:

"凤霞、有庆都死在我前头,我心也定了,用不着再为他们操心,怎么说我也是做娘的女人,两个孩子活着时都孝顺我,做人能做成这样我该知足了。"

她说我:"你还得好好活下去,还有苦根和二喜,二喜其实也是自己的儿子了,苦根长大了会和有庆一样对你会好,会孝顺你的。"

家珍是在中午死的,我收工回家,她眼睛睁了睁,我凑过去没听到她说话,就到灶间给她熬了碗粥。等我将粥端过去在床前坐下时,闭着眼睛的家珍突然捏住了我的手,我想不到她还会有这么大的力气,心里吃了一惊,悄悄抽了抽,抽不出来,我赶紧把粥放在一把凳子上,腾出手摸摸她的额头,还暖和着,我才有些放心。家珍像是睡着一样,脸看上去安安静静的,一点都看不出难受来。谁知没一会,家珍捏住我的手凉了,我去摸她的手臂,她的手臂是一截一截的凉下去,那时候她的两条腿也凉了,她全身都凉了,只有胸口还有一块地方暖和着,我的手贴在家珍胸口上,胸口的热气像是从我手指缝里一点一点漏了出来。她捏住我的手后来一松,就瘫在了我的胳膊上。

"家珍死得很好。"福贵说。那个时候下午即将过去了,在田里干活的人开始三三两两走上田埂,太阳挂在西边的天空上,不再那么耀眼,变成了通红一轮,涂在一片红光闪闪的云层上。

福贵微笑地看着我,西落的阳光照在他脸上,显得格外精神。他说:

"家珍死得很好,死得平平安安,干干净净,死后一点是非都没留下,不像村里有些女人,死了还有人说闲话。"

坐在我对面的这位老人,用这样的语气谈论着十多年前死去的妻子,使我内心涌上一股难言的温情,仿佛是一片青草在风中摇曳,我看到宁静在遥远处波动。

四周的人离开后的田野,呈现了舒展的姿态,看上去是那么的广阔，天边无际，在夕阳之中如同水一样泛出片片光芒。福贵的两只手搁在自己腿上，眼睛眯缝着看我，他还没有站起来的意思，我知道他的讲述还没有结束。我心想趁他站起来之前，让他把一切都说完吧。我就问：

"苦根现在有多大了？"

福贵的眼睛里流出了奇妙的神色，我分不清是悲凉，还是欣慰。他的目光从我头发上飘过去，往远处看了看，然后说：

"要是按年头算，苦根今年该有十七岁了。"

《活着》，作家出版社2012年版

★作者简介

余华(1960—),浙江嘉兴人,当代著名作家,和马原、苏童、格非、洪峰、孙甘露等被誉为"先锋文学"代表作家。1983年开始创作,同年进入浙江省海盐县文化馆工作,次年开始发表小说。小说代表作有《十八岁出门远行》《在细雨中呼喊》《活着》《许三观卖血记》《兄弟》《第七天》等,多部作品被译为美、法、英、俄、日、韩等多种语言。是当代中国在国际上最知名的作家之一。"某种意义上,他纠正了西方世界面对中国文学作品时通常只热衷'读中国'而不愿'读文学'的偏颇。"(吴义勤评)

★作品导读

《活着》讲述了一个历尽世间沧桑和磨难的老人的人生故事。作品首发于1992年《收获》第6期,入选《亚洲周刊》20世纪中文小说百年百强榜单。

小说中的叙述者"我"遇到一位名叫福贵的老人,听他讲述了坎坷的人生经历。余华以零度介入的方式讲述了一个人和他命运之间的故事,客观冷静地叙述人间的苦难,形成一种"苦难叙事"的风格,涉及了"时间""历史""人性"等抽象主题。小说运用象征的手法,用死亡象征着活着。死亡事件在作品中重复发生,并且被镶嵌在日常琐碎的生活里,充斥着非理性或是偶然的因素。作品中渺小而软弱的人物和巨大的"苦难"形成的力量悬殊,让读者感受到强烈的命运感,同时也放大了人物所具有的生命的韧劲,使整部小说充满了艺术张力。

本选篇展现了福贵女儿凤霞、妻子家珍的死亡过程,表现了福贵和女婿二喜面对死亡的态度,让人感受到小人物面对命运的无力感,同时又放大了人物身上的闪光点,让我们切身感受到命运如何摧毁人的生活,但"活着"始终是人类不能剥夺的意志,也让我们深入理解生活的真相——"活着"就是最美好的事情,也是最艰难的事情。正如作者余华的自述,创作小说《活着》是受到美国民歌《老黑奴》的触动,以及自身与现实的持续紧张关系,"写作过程让我明白,人是为活着本身而活着的,而不是为了活着之外的任何事物所活着"。

★ 拓展延伸

20世纪80年代，余华以"先锋作家"的姿态亮相文坛，卓尔不群，成为80年代文学变革的标志性作家。余华希冀运用一些非传统的表现手法打破文学惯有的规范和传统，创造新的艺术形式和艺术风格。

90年代，余华在创作上出现了重要转向，他有意回归并发展现实主义文学传统。作家这时期的创作着力塑造典型人物，书写完整合理的情节，重视现实生活场景的描写，有意淡化小说抽象、象征、隐喻的艺术色彩。因此，余华小说的特色就在于既延续了现实主义文学的传统，又融合了现代主义的创作倾向及后现代主义通俗文学的叙事方式，展示了90年代现实主义小说创作新的样貌。面对余华的创作转向，陈思和、张新颖、吴景明、洪治纲等学者从西方思想资源的接受、创作与现实的关系诸多视角展开梳理和研究。

★ 思考练习

1. 《活着》这部作品最引人瞩目的地方是关于"苦难"的书写以及主人公怎样面对纷至沓来的苦难。这样的书写对于今天有什么样的启示呢？

2. 请查阅有关资料，说说《活着》这部作品广受中外读者赞誉的原因。

诗歌部分

扫一扫
看泛读编年存目

诗歌概述

中国是"诗的国度"。五四运动前后破土而生的新诗，有别于延续数千年的古典诗歌创作，开始采用白话作诗，表现现代人的心绪和情思，是五四文学革命最先突破的地方。这种诗体，不仅于形式上获得了前所未有的自由，更将诗歌表达的辐射范围拓展到新的领域，使之适应历史新时期的文化需求。

受到当时盛行的译诗活动与文学自觉的影响，1917 年《新青年》第 2 卷第 6 号刊出胡适的《白话诗八首》，这是新诗最初的尝试之作。后来结集出版的《尝试集》多数作品虽简单直白且新旧杂糅，但已经显示出新诗写作的可行性与影响力。1921 年郭沫若的《女神》出版，其文本内核中强烈的个性自由精神，抒情主体浓郁昂扬的浪漫主义气息以及以白话入诗、依托整体节奏与情绪的流转来书写新诗、打动读者的方式方法，标志着新诗艺术的确立，尤以《天狗》《凤凰涅槃》为代表。冯至的抒情诗成就斐然，以《帷幔》为代表的叙事诗兼具情感韵致与叙事技巧。新月派代表诗人徐志摩的《雪花的快乐》《再别康桥》等名篇将语言、情感与格律相结合，呈现出清新飘逸的艺术美。还有闻一多的《七子之歌》《死水》等名篇，以及朱湘、林徽因、卞之琳等诗人的作品，为新诗发展提供了现代诗学与古典诗学沟通的宝贵经验。

此外，冰心、宗白华等人的诗作所引发的"小诗热"，李金发、穆木天等象征派诗人的创作，戴望舒《雨巷》《我底记忆》所体现的古典诗境的现代转换，从不同角度表明 20 世纪前半期的新诗创作，一方面突破传统诗歌的格律束缚与程式化表达，在主题、语言形式与精神底蕴上谋求新变；另一方面不忘承袭传统诗歌在意象、音韵、情致等层面的精华，且兼收并蓄，旨在实现中西诗学的互通互鉴。

至20世纪三四十年代，新诗创作呈现出"向内"（回到自身）和"向外"（面向社会）的主潮，新诗发展形成了新样貌、新追求：一方面立足于民族历史和现实土壤，另一方面对标波德莱尔、艾略特等西方象征主义、现代主义诗艺，致力于建设具有中国特色、时代色彩和鲜明文学性的新诗。其中，后期新月派诗人蒲风、穆木天等所发起的中国诗歌会，臧克家、田间为代表的现实主义诗歌，密切关注时代、社会以及乡土人生，作品如蒲风的《摇篮曲》，穆木天的《守堤者》，臧克家的《烙印》《老马》等。而以戴望舒、"汉园三诗人"诗作为代表的现代派诗歌成为一时之风尚，这一诗派是对新月派的反拨，注重诗情和意象之美，提倡"新的诗应该有新的情绪和表现这情绪的形式"（《望舒诗论》），《望舒诗稿》《汉园集》是其中代表。此外，以无韵体长诗《森林的沉默》轰动诗坛的少年诗人吴兴华，继续在中国古典诗学、西方现代诗学的沟通转换中前行，开拓出别具一格的新古典诗歌道路。

到了30年代后期、40年代，抗日战争、解放战争成为时代最重要的主题。1938年3月27日在汉口成立的中华全国文艺界抗敌协会，提出"用我们的笔，来发动群众，捍卫祖国，粉碎敌寇，争取胜利"（《发起旨趣》），成为此时期文艺主题的一个象征，标志着新诗发展来到一个新的关口：文艺是为救亡图存而存在，诗人也是士兵，诗歌就是手中的利器。战斗、阵地、战士、战线或者运动一时成为文艺和诗歌的代名词，朗诵诗、街头诗运动，以及《自由，向我们来了》《义勇军进行曲》《在太行山上》《假如我们不去打仗》《抗大毕业歌》《黄河大合唱》《国共合作进行曲》《游击队歌》《松花江上》《团结就是力量》《为祖国而歌》《中国底春天在号召着全人类》《雪落在中国的土地上》等抗战诗歌或歌曲传遍大江南北，感动、鼓舞了无数国人，展示出诗歌在国难之际的新力量与新风格。"新诗建立之后，从新诗革命到革命新诗过程中，人们一直期待着、追求着而始终未能实现的目标，如今在抗战诗歌的实践中变成了现实：它把中国诗学'言志''载道'的传统提升到新的高度。尤为重要的

是，抗战诗歌也创造了新诗语言的划时代成就。"（谢冕语）

至于胡风、鲁藜、绿原、牛汉之"七月诗派"，其诗歌具有浓郁的现实主义精神，蕴含着对人民、民族深切的忧思与真挚的关注；艾青成功融合现实主义、浪漫主义和现代主义诗艺而又颇具中国气派的诗作，标志着新诗散文美格局的完成；《王贵与李香香》《漳河水》《马凡陀的山歌》等名篇的出现，既是《在延安文艺座谈会上的讲话》精神在诗歌领域的成功实践，也意味着新诗具有了全新的样貌和精神，即新诗的民族化与民间化，以及对翻身得解放的"新农民""新主人"形象的刻画。此外，在战争年代位于边地西南的"联大校园"，聚集了一批杰出的学者和诗人，闻一多、朱自清、冯至等前辈诗人继续探索新诗的自由品性，穆旦、辛笛、陈敬容、郑敏、袁可嘉之九叶诗派以及未列入九叶诗派而实际风格与之相近的后一辈联大诗人们，在新诗的文学性、多样性方面做出了影响深远的探索。冯至在此时期完成了又一名作《十四行集》，作品将发人未见的哲理、自然流动而有法度的诗美与庄严、从容、单纯的整体风貌有机融合，显示出中国现代新诗诗性哲学的品格。

伴随着1949年开国大典上"中国人民从此站起来了"的时代最强音和人民心声，歌咏新生活、新时代，歌颂党、歌颂人民和伟大领袖的政治抒情诗、叙事诗成为50—70年代中国新诗的方向与主潮。郭沫若《新华颂》，胡风《时间开始了》，何其芳《我们最伟大的节日》，臧克家《战斗的最强音》，贺敬之《雷锋之歌》，郭小川《青纱帐——甘蔗林》，闻捷《我思念北京》《天山牧歌》，田间《赶车传》，李季《生活之歌》，乔林《白兰花》，公刘《望夫云》等作品在这个时期广为传诵。进入80年代，随着拨乱反正、改革开放大幕的拉开，新诗重整旗鼓，吹响一个又一个号角，诗人和科学家、改革家、军人、教育家、美学家、哲学家、体育明星成为这个时期的"偶像"。"归来者"诗群，"干预生活"诗群秉承批判、反思或忏悔的文学精神，体现出强烈的社会责任感与历史使命感，如艾青《光的赞歌》、公刘《沉思》、雷抒雁《小草在歌唱》等作品。而"朦胧诗"则是这个时期影响最大、争议最多的文学现象，代表诗人包括北岛、舒婷、顾城、芒克、食指、多多、江河、杨炼、梁小斌，以及后来的海子、西川、骆一禾、臧棣等。前期的朦胧派诗人或侧重于历史与社会的反思，或呼唤人性的复归与心灵的解放，或着力表现人性的美好与生命的忧伤，如北岛的《回答》、食指的《相信未来》，舒婷的《致橡树》、杨炼的《大雁塔》、顾城的《一代人》；后期朦胧诗派将重点转移到文化寻根以及对生命、自然和文化的终极探寻，如海子的《九月》《山楂树》《以梦为马》，西川的《在哈尔盖仰望星空》。

在八九十年代，还有一位特别的诗人，其诗歌艺术成就及影响在身后日益彰显，他就是昌耀。昌耀以独树一帜的创作风格与杰出的诗歌艺术，被誉为"诗人中的诗人""中国新诗史上一座高峰"。此外，杨牧、周涛、章得益为主的新边塞诗派，周伦佑、蓝马、杨黎、尚仲敏的非非主义诗派，韩东、小海、于坚、丁当为代表的"他们"诗群，雷抒雁、商子秦、沈奇、李汉荣、渭水等人的现实主义诗歌，翟永明、陆忆敏、王小妮、伊蕾、张烨、海男、唐亚平、林雪、李小雨、傅天琳等人的女性主义诗歌，都是此时期影响巨大，并延续至今的诗歌力量。而"在新的崛起面前""新诗潮""现代诗群体大展""北大诗歌节""星星诗歌节""漓江诗歌节"，以及北京大学中国诗歌研究院、首都师范大学中国诗歌研究中心、西南大学中国新诗所，诗人驻校制度，"青春诗会""蓝星诗库""鲁迅文学奖诗歌奖""骏马奖诗歌奖""中国诗歌排行榜"等，都是这一时期重要的诗歌现象和诗歌活动。

伴随市场化、商业化、城镇化、大众化、信息化、数字化和全球化浪潮，中国社会发展的步伐更为迅捷，农民工、打工潮、互联网、消费狂欢、社会主义核心价值观、"一带一路"、脱贫攻坚、共同富裕、中国梦、文化自信等话题成为公共性议题。外在环境的巨变与诗歌艺术自身期望突破的渴求，推动诗歌艺术呈现出多元化、多向度探索的特征，《诗刊》《星星》《诗歌报》《诗选刊》等名刊继续前行，《倾向》《北回归线》《南方诗志》《阵地诗报》等民间诗刊涌现。"知识分子写作""叙事性""日常语言欢乐""历史想象力""诗歌边缘化与诗歌性""诗学原创话语体系"成为新诗发展与建设的主题。王家新、西川、洛夫、陈东东、臧棣等诗人追求和坚守诗歌的独立精神、知识分子立场；于坚、韩东、徐江、车前子等诗人追求诗歌的个人性、日常性与实验性；柏桦、张曙光、王小妮、李元胜等诗人着力于历史、现实与诗歌对话关系的探索实践；秦巴子、阎安、雷平阳、杨梓、班果、曹有云、王若冰、沈苇、郭建强、李小洛、扎西才让、诺布朗杰等具有鲜明地方性、探索性的西部诗作；郑小琼、许强、罗德远、谢湘南等一批打工诗人的诗作，从内容、形式到风格开掘出新的面向，重新建立起诗歌与现实、人生和人性的关系，成为 21 世纪大众文学写作的重要成果。而论坛、博客、微博、微信、抖音等新媒介也让诗歌的大众化、平民化、私语化、个性化、自由化空前高扬，网络诗人、草根诗人大量涌现，梨花体、浅浅体、余秀华现象、王计兵现象等典型案例一定程度上折射出网络时代诗歌狂欢的得失与新质，诗歌本质、诗歌精神、诗歌美学、"诗人是时代的代言人"和"敢于说真话的孩子"等命题再度引发人们的关注和深思。

　　港澳台地区及海外华语诗歌也是当代诗歌的重要力量和组成部分，它们在"爱国""乡愁""漂泊""迷惘""批判""政治""都市""异域""世界"等主题方面做出了积极探索，丰富了当代华语诗歌的样貌。其中，台湾"现代派""蓝星""创世纪""笠诗社""四度空间""政治诗""女性诗歌"等诗作，香港"南来诗人""新雷诗坛""《诗朵》诗人群""《诗风》诗人群""《新穗》诗人群""《当代诗坛》诗人群"的诗作，澳门"《红豆》诗人群""离岸诗人群""本土诗人群"的诗作，影响广泛，这些需要我们以华语文学、世界文学的视野，并联系历史、现实和跨文化语境，以及华人的经历、心态等方面来感知和理解。

　　"不学诗，无以言"（孔子语），"没有任何一种艺术能像诗歌那样顽固地恪守本民族的特征"（艾略特语）。"表面上看，古典的诗意和韵律受到有意的'轻慢'，而建立中国诗歌的新天地却是在古典辉煌的基础上另谋新路，从而使传统诗意获得现代更新的头等大事。"（谢冕语）作为"诗的国度"，新诗的建设、突破更为艰难，其百年发展史是一种不断攻坚克难，不断发掘、建构、完善文学语言生命力和表现力，探寻、表现、拓展国人精神世界以及诗歌现代化、民族化与经典化的历程；也是一种参与见证古今沟通、中西互鉴与中华民族走向审美现代性、现代化的伟大历程。这是本部分作品选读的一个重要背景。

精读

凤凰涅槃

郭沫若

　　天方国古有神鸟名"菲尼克司"（Phoenix），满五百岁后，集香木自焚，复从死灰中更生，鲜美异常，不再死。
　　按此鸟殆即中国所谓凤凰：雄为凤，雌为凰。《孔演图》云："凤凰火精，生丹穴。"《广雅》云："凤凰……雄鸣曰即即，雌鸣曰足足。"

序曲

除夕将近的空中，
飞来飞去的一对凤凰，
唱着哀哀的歌声飞去，
衔着枝枝的香木飞来，
飞来在丹穴山上。

山右有枯槁了的梧桐，
山左有消歇了的醴泉，
山前有浩茫茫的大海，
山后有阴莽莽的平原，
山上是寒风凛冽的冰天。

天色昏黄了，
香木集高了，
凤已飞倦了，
凰已飞倦了，
他们的死期将近了。

凤啄香木,

一星星的火点迸飞。

凰扇火星,

一缕缕的香烟上腾。

凤又啄,

凰又扇,

山上的香烟弥散,

山上的火光弥满。

夜色已深了,

香木已燃了,

凤已啄倦了,

凰已扇倦了,

他们的死期已近了!

啊啊!

哀哀的凤凰!

凤起舞,低昂!

凰唱歌,悲壮!

凤又舞,

凰又唱,

一群的凡鸟,

自天外飞来观葬。

凤歌

即即!即即!即即!

即即!即即!即即!

茫茫的宇宙,冷酷如铁!

茫茫的宇宙,黑暗如漆!

茫茫的宇宙，腥秽如血！

宇宙呀，宇宙，
你为什么存在？
你自从哪儿来？
你坐在哪儿在？
你是个有限大的空球？
你是个无限大的整块？
你若是有限大的空球，
那拥抱着你的空间
他从哪里来？
你的当中为什么又有生命存在？
你到底还是个有生命的交流？
你到底还是个无生命的机械？

昂头我问天，
天徒矜高，莫有点儿知识。
低头我问地，
地已死了，莫有点儿呼吸。
伸头我问海，
海正扬声而呜唈。

啊啊！
生在这样个阴秽的世界当中，
便是把金刚石的宝刀也会生锈！
宇宙呀，宇宙，
我要努力地把你诅咒：
你脓血污秽着的屠场呀！
你悲哀充塞着的囚牢呀！
你群鬼叫号着的坟墓呀！

你群魔跳梁着的地狱呀！
你到底为什么存在？

我们飞向西方，
西方同是一座屠场。
我们飞向东方，
东方同是一座囚牢。
我们飞向南方，
南方同是一座坟墓。
我们飞向北方，
北方同是一座地狱。
我们生在这样个世界当中，
只好学着海洋哀哭。

凰歌

足足！足足！足足！
足足！足足！足足！
五百年来的眼泪倾泻如瀑。
五百年来的眼泪淋漓如烛。
流不尽的眼泪，
洗不净的污浊，
浇不熄的情炎，
荡不去的羞辱，
我们这缥缈的浮生
到底要向哪儿安宿？

啊啊！
我们这缥缈的浮生
好像那大海里的孤舟，
左也是漶漫，

右也是溟漫，
前不见灯台，
后不见海岸，
帆已破，
樯已断，
楫已飘流，
柁已腐烂，
倦了的舟子只是在舟中呻唤，
怒了的海涛还是在海中泛滥。

啊啊！
我们这缥缈的浮生
好像这黑夜里的酣梦，
前也是睡眠，
后也是睡眠，
来得如飘风，
去得如轻烟，
来如风，
去如烟，
眠在后，
睡在前，
我们只是这睡眠当中的
一刹那的风烟。

啊啊！
有什么意思？
有什么意思？
痴！痴！痴！
只剩些悲哀，烦恼，寂寥，衰败，
环绕着我们活动着的死尸，

贯串着我们活动着的死尸。

啊啊！
我们年青时候的新鲜哪儿去了？
我们年青时候的甘美哪儿去了？
我们年青时候的光华哪儿去了？
我们年青时候的欢爱哪儿去了？
去了！去了！去了！
一切都已去了，
一切都要去了。
我们也要去了，
你们也要去了。
悲哀呀！烦恼呀！寂寥呀！衰败呀！

凤凰同歌

啊啊！
火光熊熊了。
香气蓬蓬了。
时期已到了。
死期已到了。
身外的一切！
身内的一切！
一切的一切！
请了！请了！

群鸟歌

岩　鹰

哈哈，凤凰！凤凰！
你们枉为这禽中的灵长！
你们死了吗？你们死了吗？

从今后该我为空界的霸王!

孔　雀

哈哈，凤凰！凤凰！

你们枉为这禽中的灵长！

你们死了吗？你们死了吗？

从今后请看我花翎上的威光！

鸱　枭

哈哈，凤凰！凤凰！

你们枉为这禽中的灵长！

你们死了吗？你们死了吗？

哦！是哪儿来的鼠肉的馨香？

家　鸽

哈哈，凤凰！凤凰！

你们枉为这禽中的灵长！

你们死了吗？你们死了吗？

从今后请看我们驯良百姓的安康！

鹦　鹉

哈哈，凤凰！凤凰！

你们枉为这禽中的灵长！

你们死了吗？你们死了吗？

从今后请听我们雄辩家的主张！

白　鹤

哈哈，凤凰！凤凰！

你们枉为这禽中的灵长！

你们死了吗？你们死了吗？

从今后请看我们高蹈派的徜徉!

凤凰更生歌

鸡　鸣
　　　昕潮涨了,
　　　昕潮涨了,
　　　死了的光明更生了。

　　　春潮涨了,
　　　春潮涨了,
　　　死了的宇宙更生了。

　　　生潮涨了,
　　　生潮涨了,
　　　死了的凤凰更生了。

凤凰和鸣
　　　我们更生了。
　　　我们更生了。
　　　一切的一,更生了。
　　　一的一切,更生了。
　　　我们便是他,他们便是我,
　　　我中也有你,你中也有我。
　　　我便是你。
　　　你便是我。
　　　　　　火便是凰。
　　　凤便是火。
　　　翱翔!翱翔!
　　　欢唱!欢唱!

我们新鲜，我们净朗，
我们华美，我们芬芳，
一切的一，芬芳。
一的一切，芬芳。
芬芳便是你，芬芳便是我。
芬芳便是他，芬芳便是火。
火便是你。
火便是我。
火便是他。
火便是火。
翱翔！翱翔！
欢唱！欢唱！

我们热诚，我们挚爱。
我们欢乐，我们和谐。
一切的一，和谐。
一的一切，和谐。
和谐便是你，和谐便是我。
和谐便是他，和谐便是火。
　　火便是你。
火便是我。
火便是他。
火便是火。
翱翔！翱翔！
欢唱！欢唱！

我们生动，我们自由。
我们雄浑，我们悠久。
一切的一，悠久。

一的一切,悠久。
悠久便是你,悠久便是我。
悠久便是他,悠久便是火。
火便是你。
火便是我。
火便是他。
火便是火。
翱翔!翱翔!
欢唱!欢唱!

我们欢唱,我们翱翔。
我们翱翔,我们欢唱。
一切的一,常在欢唱。
一的一切,常在欢唱。
是你在欢唱?是我在欢唱?
是他在欢唱?是火在欢唱?
欢唱在欢唱!
欢唱在欢唱!
只有欢唱!
只有欢唱!
欢唱!
　欢唱!
　　欢唱!

1920年1月20日初稿
1928年1月3日改削

《女神》,人民文学出版社1958年版

★作者简介

郭沫若（1892—1978），四川乐山人，原名郭开贞，字鼎堂，现代著名诗人、学者、剧作家。作为中国新诗的奠基人之一，郭沫若的诗集《女神》（1921）是中国现代文学史上第一部成熟的新诗集，从形式到内容都开启了新的诗风，是五四时代风貌和精神的鲜明体现，代表了新诗发展早期的最高艺术成就。另著有《星空》（1923）、《前茅》（1928）、《恢复》（1928）等诗集。郭沫若还创作有《棠棣之花》（1920）、《屈原》（1942）、《蔡文姬》（1959）等戏剧作品，以及《甲骨文字研究》（1931）、《殷周青铜器铭文研究》（1931）、《甲申三百年祭》（1944）、《李白与杜甫》（1971）等学术研究著述。

★作品导读

《女神》由序诗与三辑正文组成，第一辑为《女神之再生》《湘累》《棠棣之花》三部诗剧，第二辑为《凤凰涅槃》《天狗》等代表性诗篇，第三辑收录《西湖纪游》《雷峰塔下》等现实纪闻的诗作。前两辑着重展现了五四以来，在高涨的爱国热情与革命呼声影响下，《女神》所高举的破除旧秩序，反抗旧伦理，召唤新生命，缔造新世界的时代精神。

在《凤凰涅槃》一诗中，诗人借凤凰"满五百岁后，集香木自焚，复从死灰中更生"的神话，讲述了在梧桐枯槁、醴泉消歇、寒风凛冽、天色昏黄的丹穴山上，盘旋飞舞的凤鸟与凰鸟，一边为自己准备着火葬，一边质问如"屠场、囚牢、坟墓、地狱"般空洞、污秽的宇宙，控诉着"五百年来的眼泪倾泻如瀑""五百年来的眼泪淋漓如烛"的绝望与愤怒。痛惜于年轻时候的"新鲜、甘美、光华、欢爱"不复存在，高唱着"死期已到了"的凤凰，在熊熊燃烧的漫天大火中实现了自我的牺牲，并最终在烈火中获得新生，再度振翅翱翔。

这首诗作是郭沫若自我表现与时代精神的有力结合，诗人以热烈澎湃的自我，歌咏内心浪漫的爱国主义情怀，同时将宇宙的万事万物纳入浑然一体的视野中，通过"一切的一""一的一切""火便是你""火便是我""火便是他""火便是火"等诗句，彰显了对于"神即自然"的泛神论思想的吸收，呈现出《女神》诗歌美学中主体人格与自然宇宙相融合，最终迸发出的强大精神力量。

主题上，诗人借凤凰涅槃，表达了对旧日中国一切罪恶与不公的仇视，以及对未来祖国崭新命运所寄予的希望，饱受苦难的中华民族必将经历涅槃，重获新生。艺术上，《凤凰涅槃》通篇采用比拟、象征的手法，将悲壮自焚的凤凰比作通过仁人志士英勇献身而得以再生的祖国，将幸灾乐祸的丑恶群鸟比作现实社会中残暴虚伪的统治者与助纣为虐的剥削者。

该诗采用自由体，以灵活押韵、结构回环的形式，大量呈现重叠反复的诗句，增强了自由蓬勃的情感气势，形成雄健奔放的艺术风格。同时，其不同于旧诗的"内在律"，将表面自由随性不受格律控制的诗句，通过分段列行、字数调度、标点设置等方式，合理地安排在以诗人抒情主体为核心的结构中。

★拓展延伸

《女神》代表了郭沫若青年时期诗歌创作的最高成就，通篇贯穿强烈的五四精神特质，这与他所处的特定时代背景无法分割。温儒敏指出当代对《女神》的解读往往有两种方式，一为"文学史的读法"，二为"非专业的读法"，这使得参考前者的专家学者对郭沫若的文学成就大加赞许，而参考后者的一般读者则不以为然。我们的态度和立场是：遵循马克思主义历史的、美学的文艺批评观，回到历史语境，挖掘《女神》在当时运用新语言、表达新思想、塑造新形象、展现特定时代精神和作者主体性方面所做的具有示范性的努力及实践意义。

当文学的创作无法与时代相分离时，我们对特定作家及其艺术表达的理解，是否也与我们自身所处的时代话语有关？在提倡多元共生而又多元一体的新时代背景下，如何借助《女神》重新理解"知人论世"？是否在"一代有一代之文学"的同时，也应当"一代有一代之读者"？

★思考练习

1. 思考郭沫若在《凤凰涅槃》中使用的比拟、象征手法所体现出的艺术思想，分析其受到了当时西方文艺思潮怎样的影响。

2. 有研究者指出：郭沫若在此类诗歌创作中主要通过情绪流转和节奏张力实现文本建构，结合作品，谈谈你的理解。

雪花的快乐

徐志摩

假如我是一朵雪花，
翩翩的在半空里潇洒，
　　我一定认清我的方向——
　　飞扬，飞扬，飞扬，
这地面上有我的方向。

不去那冷寞的幽谷，
不去那凄清的山麓，
　　也不上荒街去惆怅——
　　飞扬，飞扬，飞扬，——
你看，我有我的方向！

在半空里娟娟的飞舞，
认明了那清幽的住处，
　　等着她来花园里探望——
　　飞扬，飞扬，飞扬——
啊，她身上有朱砂梅的清香！

那时我凭藉我的身轻，
盈盈的，沾住了她的衣襟，
　　贴近她柔波似的心胸——
　　消溶，消溶，消溶——
溶入了她柔波似的心胸！

一九二四年十二月三十日作

《徐志摩选集》（上册），人民文学出版社2002年版

★ 作者简介

徐志摩（1897—1931），浙江海宁人，原名章垿，留学时改名为志摩，现代著名诗人、散文家，新月派创始人之一，为中国新诗的发展做出了杰出贡献。曾于1918年赴美留学，1921年赴剑桥大学学习。留学期间受到欧美浪漫主义、唯美主义诗歌与文学思潮的影响，在新诗创作上呈现出浓烈的浪漫主义艺术气息，其诗作大多为抒情诗，情感丰富，诗风清新浪漫，代表作有《翡冷翠的一夜》（1925）、《再别康桥》（1928）等，著有《志摩的诗》（1924）、《翡冷翠的一夜》（1927）、《猛虎集》（1931）、《云游》（1932）等诗集，《巴黎的鳞爪》（1927）、《秋》（1929）、《爱眉小札》（1936）等散文集。

★ 作品导读

《雪花的快乐》创作于1924年冬，收录于《志摩的诗》中。首句即点明主题，诗人自喻为一朵在空中飞舞的雪花，这也是贯穿全诗的核心意象。作为一首爱情诗，"雪花"首先是诗人真挚热烈的爱的化身。在半空中翩翩飘洒的雪花，不去"幽谷""山麓""荒街"，而有着它所追寻的方向，即地面上一位姑娘的"清幽的住处"。有"朱砂梅的清香"的"她"，吸引着飞舞中的雪花最终消融在她"柔波似的心胸"。"认明""等着""沾住""贴近"等动词或动词性短语，既展现了诗人积极、热诚的人格，也借雪花这一自然现象的客观特点，将执着的倾慕之情与意象的艺术刻画紧密融合。

正如胡适在《追忆志摩》中的评价："他的人生观真是一种单纯的信仰，这里面只有三个大字，一个是爱，一个是自由，一个是美。"雪花即是诗人灵魂自主的象征，通过"飞扬，飞扬，飞扬""我一定认清我的方向""这地面上有我的方向""我有我的方向"等多次强调，表明他意图摆脱现实藩篱，追寻自由人生境界的坚定信念。最终的"消溶，消溶，消溶"以及题目"雪花的快乐"都表明了诗人这一"假如我是一朵雪花"的自喻，意在抒发自我对于个性自由的理想化追求，以及为所热爱的一切奉献自我而获得的愉悦与满足。

这首诗的"美"首先体现在全篇清新灵动、柔和飘逸的意境上，通过这朵带有强烈情感烙印的雪花，作者将自身与现实世界相隔绝，营造出一个纯粹、高洁、超尘绝俗的意象世界，使他可以借雪花的飞扬，抒发自我对爱的执着追求，以及对自由奔放理想境界的高度渴望。其次，全诗呈现出韵律和谐的音乐美，回环往复出现的"飞扬，飞扬，飞扬"形成音韵上的节奏感，感叹号的使用增强了语言上的气势，与每句结尾音节的押韵、音调的抑扬顿挫相结合，形成了轻快灵动的韵律美感。

全诗同样呈现出新诗形式上的建筑美，四个小节的结构规整，每个小节共有五行诗句，第三、四行都缩进一格，并于句尾加破折号，第四行皆为重复的词语排叠，呈现出形式上的整饬匀称，与语言韵律相结合而营造出雪花意象的动态感。作者通过象征、比拟自喻、借物抒情等艺术手法，塑造出轻快、纯洁、柔和的雪花意象，并以此凸显围绕全篇情感核心而构建的飘逸轻盈、真挚热烈的艺术格调。

★拓展延伸

徐志摩的诗歌一贯重在抒发自身的强烈情感，而《雪花的快乐》则是其前期创作中对于美好情感、纯粹自我进行追寻的典型代表。这种对真爱的追求以及坦率的态度受到了英国哲学家罗素的影响，不仅体现在个体的人格与思想层面，同时在诗歌意象和风格层面也有所呈现。作为新月诗派的重要成员，徐志摩曾远赴英国追随罗素，动因便是精神联结与信仰认同。这个共同理想由四个条件构成，分别是生命的乐趣（即天然的幸福）、友谊的情感、爱美与欣赏艺术的能力、纯粹的学问与知识，这正是从 G.E. 摩尔到罗素的"布鲁姆斯伯里团体"成员始终奉行的真理。徐志摩通过对"布鲁姆斯伯里团体"作品的了解以及与他们的接触，把英国的现代文学、绘画艺术和哲学思想推介到了中国，因为徐志摩的连缀作用，因为其"爱、自由、美的单纯信仰"，有了新月派与"布鲁姆斯伯里团体"这两个中西方文化圈的"世界性邂逅"。学者赵毅衡《对岸的诱惑：中西文化交流记》、昆汀·贝尔《隐秘的火焰：布鲁姆斯伯里文化圈》、劳伦斯《丽莉·布瑞斯珂的中国眼睛》等论著，都触及了徐志摩和新月派诗人对异国文化知识的接受与创造性转化。孙绍振认为，徐志摩后期的诗风从浪漫主义逐渐转向现代主义象征派，他开始效仿波德莱尔的创作手法，描绘并揭示传统美好情感中所隐的欲望与罪恶，以及自然界固有的丑陋与颓败。这事实上也体现了徐志摩作为自然崇拜者，坚持全面描绘宇宙万物与抒发人性的一大信仰。

中国新诗在后续历史进程中的现代性特点，也与以徐志摩为代表的早期浪漫主义诗人有所关联。大众多对徐志摩这样一位以自我为镜的诗人所拥有的人生尤其是情感经历进行关注。但是，他剖析自身感情并于此基础上建造起理想的楼阁，却又不吝于展示其中与生俱来的残缺。理解徐志摩创作的这一主体性以及由此而延伸出的艺术转向，或可对理解新诗发展流变提供启发。

★ **思考练习**

1. 如何理解"雪花"这一意象与徐志摩诗歌艺术表达之间的联系？
2. 从"诗缘情"的角度分析《雪花的快乐》是如何体现出诗歌的本质的。

帷　幔
——一个民间的故事
冯　至

你们望着那葱茏的山腰，
绿树里掩映着一带红墙，
不要以为那里只有幽闲，
没有人间的痛苦隐藏。

是西方的、太行的余脉，
有两座高山遥遥峙立；
一个是僧院，一个是尼庵，
两座山腰里抱着两个庙宇。

二百年前，尼庵里一个少尼
绣下了一张珍奇的帷幔；
每当乡人进香的春节，
却在对面的僧院里展览。

这又错综、又离奇的原由，
出自农人们单纯的谈话里，
说那少尼在十七岁的时节，
就跪在菩萨龛前，把头发剃去。

她到底是为了什么？
她并不是为了饥寒；
也不是为了多病，
在佛前许下了什么夙愿。

她只是在一个月夜里，
暗暗地离掉了她的家园，
她深深隐藏着她的痛苦，
又被莺鸟儿说出她的忧怨。

她不知走过了多少迷途，
走得月儿圆圆地落在西方；
在雀鸟声中，她走到这座庵前，
庵前有一潭水，微微荡漾。

她在水里望着她的面影，
她下了最后的决心，
她毅然走入尼庵中，
情愿在尼庵里消灭她的青春。

老尼含着笑意向她说，
"你既然发愿，我也不能阻挡你，
从此一切的妄念都要除掉，
这不能比寻常的儿戏！

"虽说你觉得苦海无边，
到底是谁把你这个年轻人唤醒？
纵使你在我的面前不肯说，
在佛前忏悔时也要说明！"

"我的师，并没有人把我唤醒，
我只是无意中听见了一句：
将来同我共运命的那个人，
是一个又丑陋、又愚蠢的男子。

"无奈婚约早被父母写成,
婚筵也正由亲友筹划;
他们嬉嬉笑笑忘了我的时候,
我背了他们,来到这座山下。

"我的师,这都是真实的话,
我相信你同信菩萨一样;
我情愿消灭了一切执念,
冰一般凝冻我的心肠!"

泪珠儿随着清脆的语声,
一滴滴、一声声,湿遍了衣襟。
老尼说,"你若削去烦恼丝,
泪珠儿也要随着烦恼消尽!"

春风才吹绿了山腰,
秋雨又浇病了檐前的弱柳;
人世间不知有了多少变迁,
尼庵总是没有新鲜,没有陈旧。

过了一天,恰便似过了一年,
眼看就是一年了,回头又好象一天。
水面上早已结了寒冰,
荒凉和寂寞也来自远远的山巅。

正午的阳光,初春般的温暖,
净洁的白鸽儿在空中飞翔;
远远来了一对青年兄妹,
不知是来游览呢,还是来进香?

她看着那个青年的眉端，
蕴藏着难言的深情一缕；
活泼的妹子悄悄地在她身边，
述说起她的哥哥的身世。

"美丽的少姑啊，我告诉你，
聪明的你，你说他冤不冤？
只因为一个未婚妻遗弃了他，
他便抱定了永久不婚的志愿。"

她出乎意外，听了这样的话，
字字声声都变成千针万棘；
她想，这个遗弃了他的未婚妻，
会不会就是她自己？

她昏昏地独坐在门前，
落日沉沉，北风凄冷，
她目送着一对兄妹下了山
一直看到没有一些儿踪影。

寒鸦呀呀地栖在枯枝，
眼前只剩下黄昏一片，
热泪溶解了潭里的寒冰，
暮钟的声音，她仿佛没有听见。

随后她在病中向老尼
说出来她的不应该有的心情；
老尼的心肠虽然冷若冰霜，
也不由得对她有几分同情。

她叫她静静地修养,
在庵后的一间小楼。
她不知病了多少时,
嫩绿的林中又听见了鹧鸪。

山巅的积雪被暖风融化,
金甲的虫儿在春光里飞翔;
她的头儿总是低沉着,
漫说升天成佛,早都无望。

只希望将来有那么一天,
被葬入三尺的孤坟。
因为只要是世上所有的,
她都没有了一些儿福分。

炉烟缕缕地催入睡眠,
春风薰薰地吹入窗阁;
一个牧童吹着嘹亮的笛声,
赶着羊儿,从她的楼下走过。

笛声越远,越显得悠扬,
两朵红云浮上苍白的面庞;
她取出一张红色的绸幔,
端详了许久,又放在身旁。

第二日的阳光笛声里,
还参杂着使人兴奋的歌唱;
她的心里涌出来一朵白莲,
她就把它绣在帷幔的中央。

此后日日的笛声里，
总有一种新鲜的曲调。
她也就按着心意用彩色的线，
水里绣了比目鱼，天上是相思鸟！

她时时刻刻地没有停息，
把帷幔绣成了极乐的世界：
树叶相遮，溪声相应，
只剩下了左方的一角。

她本来还想把她的悲哀，
也绣在那空角的上面；
无奈白露又变成严霜，
深夜里又来了嗷嗷的孤雁。

梧桐的叶儿依依地落，
枫树的叶儿凄凄地红，
风翕翕，雨疏疏，她开了窗儿，
等候着那个吹笛的牧童。

"这是我半年来绣成的帷幔，
多谢你的笛声给了我许多幻想！
我是一个久病无望的少尼，
这帷幔上绣着我对人间的愿望。

"可是我们永远隔离着
在两个不同的世界里——"
她把这包帷幔抛下去，
匆匆地又把窗儿关闭。

次日的天空布满了浓云，
宇宙都病了三分，更七分愁苦：
一个牧童剃度在对方的僧院，
尼庵内焚化了这年少的尼姑。

现在已经二百多年了，
帷幔还珍重地藏在僧院里。
只是那左方的一角，
至今没有人能够补起。

——1924

《冯至选集》（第一卷），四川文艺出版社1985年版

★作者简介

冯至（1905—1993），河北涿州人，原名冯承植，现代著名诗人、学者、翻译家，擅长抒情诗与叙事诗写作，鲁迅评价其为"中国最杰出的抒情诗人"，朱自清称赞其叙事诗"堪称独步"。冯至于1923年加入文学团体浅草社，1925年和友人成立沉钟社，创办《沉钟》周刊。1930年赴德国留学，受到里尔克等欧洲诗人的影响，回国后任教于北京大学。他是最早致力创作叙事诗并有所成就的新诗诗人，对中国新诗的发展建设做出了重要贡献，其叙事诗代表作有《吹箫人的故事》（1923）、《帷幔——一个民间的故事》（1924）、《蚕马》（1925）、《寺门之前》（1926）等，著有《昨日之歌》（1927）、《北游及其他》（1929）、《十四行集》（1942）等诗集。冯至曾先后获得歌德奖章、格林兄弟文学奖、宫多尔夫奖等国际荣誉。

★作品导读

《帷幔——一个民间的故事》一诗创作于1924年，讲述了一个青年女性的悲剧故事。全诗围绕着离家出走到尼庵中出家的少尼展开。她听闻父母所定下的结婚对象是"是一个又丑陋、又愚蠢的男子"，便决定反抗父母的安排，却又在偶然间见到来烧香的青年男子，知晓他为了"一个未婚妻遗弃了他"而许下了"不婚的志愿"。或许在阴差阳错间错失良缘的她，就此陷入悲伤与绝望之中，并在每日窗外牧童的笛声中，绣出了一幅极乐世界的帷幔，随后将帷幔赠予牧童。

全诗最终以少尼病逝，牧童剃度，帷幔得以传世落幕。少尼的悲剧，既来自"无奈婚约早被父母写成"的旧式伦理压迫，更来自"无意中听见了一句"所导致的误解。诗人既肯定了主人公突破藩篱、追求命运自主的勇气，又为其哀叹逝去的爱情与青春。当她身在红尘时，情愿把青春的花叶化作枯枝；可当她出世时，却又遗憾于错过了"世上所有的""一些儿福分"，这正是不可挽回的命运悲剧。

冯至的叙事诗多选取历史典故或民间传说作为题材，正如《帷幔》的副标题"一个民间的故事"所标示的，该诗通过"两百年前"的倒叙，展开了少尼绣下帷幔的"又错综、又离奇的原由"，以此入笔，彰显了故事的神秘感与全诗冷静、淡然的笔调。冯至多用隐喻象征，以含蓄蕴藉的语言、娓娓道来的节奏展开全诗叙事。少尼亲手绣出的精美帷幔象征了她对美好世界的执念，对红尘因缘的渴求，正是这种追求幸福的勇气驱使她放弃婚约，出家为尼，却也随之断送了重续良缘的可能。帷幔左下方空白的一角，代表了主人公无法获得尘世幸福的遗憾，也象征着宿命的神秘性带给人类永恒的缺憾与嗟叹："至今没有人能够补起。"而帷幔的传世也象征了少尼对爱的期许，以及渺小人类对辽阔世界的美好憧憬，都得以借此形式而长存世间。

　　冯至的叙事诗往往带有哲学色彩，《帷幔》的主题凝聚了对生命、爱情的永恒渴望，呈示了宿命的捉弄与人生不可避免的遗憾，并同时兼具了美学的灵韵。该诗笔触雅致幽远，哀婉动人，在进行情节叙事的同时穿插适当的景物描写，融情入景，切合全诗意境，并注重体现新诗的音乐美与节奏感，婉转和缓，小节多为隔句押韵，多用叠字，更加凸显出悦耳的韵律。

★拓展延伸

　　冯至早期叙事诗虽然得到了朱自清的高度赞赏，包括《帷幔》在内的三首长篇叙事诗都被收录进《中国新文学大系·诗集》中，但其多年来受到的关注尚有更多提升空间。叙事诗，尤其叙事长诗是早期新诗乃至整个新诗发展进程中较为冷门的一部分，追溯中国诗歌的源头，虽有乐府民歌、歌行体和诗史等体裁涉及叙事，但或因诗歌"言志""缘情"的主流指向，叙事诗创作与研究略显冷清。

　　而冯至的叙事诗题材多涉及古代民间传说或历史掌故，显示了他已在传统文学的渊源中成功汲取了养分。正如谢冕所说，"在叙事诗创作方面，冯至的功绩甚至超过了一向受到赞誉的抒情诗"，我们可以以此为契机，重新认识冯至叙事诗的特点及价值，进一步思考与审视叙事诗在过去的历史地位乃至未来的前景。

★思考练习

　　1. 如何理解"帷幔"在诗歌中所代表的含义？它和人物情感之间有着怎样的联系？

2. 应当如何理解冯至的叙事诗对传统叙事诗体裁的传承与创新?

3. 古希腊诗人西摩尼得斯最早提出"绘画是无声的诗,诗是有声的绘画",结合作品分析冯至诗作"诗如画"的特征。

回　答
北　岛

卑鄙是卑鄙者的通行证，
高尚是高尚者的墓志铭。
看吧，在那镀金的天空中，
飘满了死者弯曲的倒影。

冰川纪过去了，
为什么到处都是冰凌？
好望角发现了，
为什么死海里千帆相竞？

我来到这个世界上，
只带着纸、绳索和身影，
为了在审判之前，
宣读那被判决了的声音：

告诉你吧，世界，
我——不——相——信！
纵使你脚下有一千名挑战者，
那就把我算做第一千零一名。

我不相信天是蓝的；
我不相信雷的回声；
我不相信梦是假的；
我不相信死无报应。

如果海洋注定要决堤，
就让所有的苦水都注入我心中；
如果陆地注定要上升，
就让人类重新选择生存的峰顶。

新的转机和闪闪的星斗，
正在缀满没有遮拦的天空，
那是五千年的象形文字，
那是未来人们凝视的眼睛。

《北岛诗歌集》，南海出版公司 2003 年版

★作者简介

北岛（1949—），祖籍浙江湖州，出生于北京，原名赵振开，笔名"北岛"由诗人芒克所取，诗人、散文家，朦胧诗派代表人物兼早期核心人物之一，参与创办诗刊《今天》，为迈入新阶段的中国新诗发展做出了重要贡献。著有《陌生的海滩》(1978)、《北岛诗选》(1986)、《八月的梦游者》(1988)等多部诗集，曾多次获诺贝尔文学奖提名，以及瑞典笔会文学奖、马其顿斯特鲁加国际诗歌节金花环奖等荣誉。

★作品导读

《回答》一诗创作于1976年，1979年在《诗刊》第3期上发表。作为北岛知名度最高的诗作，《回答》开启了朦胧诗在文坛崭露头角的新阶段。开篇即全诗最著名的悖论式警句"卑鄙是卑鄙者的通行证，高尚是高尚者的墓志铭"，是对黑白颠倒、是非混淆时代的控诉，引出了"回答"的缘由与对象，也就是充斥着虚伪与牺牲的残酷的现实世界。

诗人以强烈的语气发出质问般的控诉："冰川纪过去"与"到处都是冰凌"，"好望角"与"死海"形成鲜明对比，呈现出的荒诞感正是特殊时代的真实写照。随后诗人引出"我"的人格，借对这个世界的质疑而抛出了自己的反抗，即本诗"回答"的核心——"告诉你吧，世界，我——不——相——信！"诗人通过直抒胸臆的呐喊，表达出挑战的决心，使人联想到普罗米修斯式的古希腊英雄，并在第五节连用四个"我不相信"的排比句式增强气势，同时继续采用语义对比所形成的悖论效果。

第六节笔锋随之一转，开始导向希望，"如果海洋注定要决堤，就让所有的苦水都注入我心中"，即以牺牲个体、奉献自我为前提，效仿普罗米修斯拯救全人类的信念。诗歌思想至此彻底转变，由悲愤化作希望，表明未来人类可以"重新选择生存的峰顶"。

最后一节以历史的眼光审视中华民族的命运，表示坚信"新的转机和闪闪的星斗"必然到来，这源于五千年来中华民族生生不息的活力，即"五千年的象形文字"，以及人类天性中相信未来、追求真善美的顽强韧性。全诗短短七节，不足三百字，却代表当时的青年人对这个现实世界振聋发聩的质疑、呐喊与痛诉，表明他们渴望开创未来、重整乾坤的决心。

该诗在艺术上体现了诗人受到的西方现代派诗歌的影响，通过象征、比喻等手法构建意象群，着力凸显荒诞感。开篇警句即通过"通行证"与"墓志铭"传达出了浓烈、鲜明的比照性，给读者留下语意铿锵的第一印象，这种独特的语言意象贯穿全诗，共同营造出诗歌整体的悖论式风格。隐藏在意象之下的是诗人强烈的情感，既通过直抒胸臆的抒情手法，又通过新颖意象的巧妙结合而得以传达，这也是北岛作为朦胧诗代表诗人在早期创作上的体现。比如第二节的两个语气强硬的问句，既体现了对比明显的悖论式思维，又暗含了设问般的语义，即疑问的回答不言自明，是荒谬、虚伪的现实世界让一切颠倒。

诗人多采用象征、比喻、隐喻等艺术手法，以不言自明的暗示引发同时代读者的强烈共鸣。同时还在第五节使用排比，在第二节、第六节使用结构相近的句式，借此加强语言与情绪的气势。全诗呈现出冷峻、思辨的风格特点，这也是北岛诗歌创作的独到之处，并与其强烈情感相结合，传达出振聋发聩的时代警示。

★拓展延伸

以北岛、舒婷、顾城等诗人为代表的朦胧诗派的出现与兴起，与特殊时代留下的影响不无关系，了解朦胧诗的特点，必然要了解上述诗人在诗歌中所常用的语言意象，以及这些语言意象与其背后的情感为何可以引起一代人的共鸣。以下思路，可以参考：罗振亚认为北岛身上具有"貌似冷酷实为柔情婉转的北欧气质"；有人认为北岛的"回答"不仅来自自己，且来自身处现实世界的所有个体；也有人认为特殊年代的苦难给那一代人留下了深刻的记忆。

此外，相比朦胧诗派前后的"诗歌热""文学热"，现在诗歌的写作与影响似乎消沉了许多，我们是否处于一个"诗歌死了"的时代？诗歌与当下的紧密联系是否应当引起更多的重视？一代有一代之文学，每个时代也都有自己的诗人与诗作，诗歌是否正在消亡，抑或在我们有所忽视的土壤里孕育或者焕发新的生机？

★ **思考练习**

1. 查阅有关资料，说说朦胧诗的特点与影响。

2. 查阅资料，概括介绍 20 世纪 80 年代的"诗歌热"现象，并谈谈你对诗歌前景的看法。

镜　中

张　枣

只要想起一生中后悔的事
梅花便落了下来
比如看她游泳到河的另一岸
比如登上一株松木梯子
危险的事固然美丽
不如看她骑马归来
面颊温暖，
羞惭。低下头，回答着皇帝
一面镜子永远等候她
让她坐到镜中常坐的地方
望着窗外，只要想起一生中后悔的事
梅花便落满了南山

《春秋来信》，文化艺术出版社 1998 年版

★ 作者简介

张枣（1962—2010），湖南长沙人，当代著名诗人、学者、翻译家，先锋诗人代表之一，位列"巴蜀五君子"（即20世纪80年代生活在川渝地区的五位著名诗人）。张枣于80年代初期考入四川外语学院（现四川外国语大学）攻读英美文学专业硕士，1986年起旅居德国。他尤其擅长抒情诗的写作，多将西方诗歌技巧与东方古典语言意象相结合，在80年代以来的抒情诗创作中占据重要地位，代表诗作有《镜中》（1984）、《何人斯》（1984）等。另著有《春秋来信》（1998）、《张枣的诗》（2010）、《张枣随笔选》（2012）等诗文集。

★ 作品导读

《镜中》创作于1984年，此时正值张枣在四川外语学院攻读英美文学专业硕士学位，故而该诗创作于重庆。全诗短小，仅有十二句，却传递出丰富的情感与充满张力的语言意象，堪称80年代爱情诗名作。全诗以内心独白的方式表达了诗人含蓄蕴藉的情感，诗眼即首句"只要想起一生中后悔的事 梅花便落了下来"。通篇贯穿着怀念昔日恋人时怅然若失的悔意，诗人所牵挂的，以及全诗最主要的意象"镜"中所映照的都是被塑造出来的"她"。

围绕这位女主人公，全诗十二行可分为三个部分：首先为第一至第四行，由梅花落下的意象引出了诗人对"她"的回忆，两个"比如……"并列，即是对恋人往昔令人记忆深刻的动人瞬间的再现；第二部分话锋一转，表明"危险的事固然美丽 不如看她骑马归来"，将身处外界的远观视角转换为室内的近距离，"面颊温暖，羞惭。低下头，回答着皇帝"都是诗人视角的呈现；第三部分则着重点题，"一面镜子永远等候她 让她坐到镜中常坐的地方"，使得叙述空间聚焦在镜子上，镜子和诗人的视角一样，将女主人公框在了特定的视域范围之中，在这个空间里充满着诗人的爱恋与怀念，紧接着"望着窗外"，则表示诗人从回忆回到了现实，从爱情的甜蜜回到了后悔的失落。

最后的"只要想起一生中后悔的事 梅花便落满了南山"与开头首句形成呼应，同时又出现了全诗最为动人的意象"梅花"，以梅花的落下隐喻了无可挽回的恋情，形成了诗意的回环往复，也暗示了遗憾悔恨之意的连绵无尽。"梅花"这一在古典诗歌中经常出现的意象，也渲染了浪漫的意境。

张枣谙熟多国语言，同时受到英美文学的影响，故而《镜中》体现了西方文学手法与传统古典意象的紧密融合。"她"是诗歌的主要观照对象，既通过诗人回忆中的视角，也通过镜中的镜像来加以体现。在诗人"想起一生中后悔的事"中，她游泳、登梯及"骑马归来""低下头，回答着皇帝""坐到镜中"等片段，构成了蒙太奇镜头的推移，不同场景的连接构成了诗人记忆中难以割舍的昨日图像。"一面镜子"和"镜中常坐的地方"点明题目，同时使人联想到艾布拉姆斯的"镜与灯"，镜子构成对现实的镜像，使得诗人心中的"她"得以留下永恒的倩影。

纵观全诗，首尾四句在内容、结构上高度相似，构成了形式上的镜像对称。全诗还省略了第一人称主语，使得情感表达更加暧昧留白，切合全诗弥漫的古典意象特征。"落梅"是古典诗词中常用的意象，"落了下来""落满了南山"形成了缓慢的动态画面感，"梅"与"悔"构成了字形、音韵上的巧妙对接，都是为了营造"言有尽而意无穷"的古典意蕴，使得全诗的主体情感得以连绵无尽，余韵悠长。

★拓展延伸

"巴蜀五君子"之一的诗人柏桦，作为张枣在重庆时期的好友，在《张枣：〈镜中〉的诗艺》一文中指出《镜中》一诗呈现出语言上的"轻"，并强调意象在张枣诗歌创作中的重要性："他曾说过：'与其读万卷书，不如写出一个意象'。"这种对语言意象尤其是古典诗歌意象的运用，是张枣诗歌的一大特点，也使得传统诗歌美学的含蓄、宛转得以以新诗的结构形式而呈现，并借助欧美文学的相应技法进行加工，使其再次焕发新的生机。

如何在新的语言形式中呈现传统文学的艺术表达，如何在新的时代背景下转换中国文化的美学意蕴？张枣的诗歌不失为一个值得借鉴的案例，足以为文化自信、古今沟通的具体实践提供诗歌层面的考量。

★思考练习

1. 如何理解诗中"南山"这一意象?提到该意象,你产生了怎样的有关中国文学的想象?

2. 你认为应当如何理解诗歌语言表达中的"留白"?

当我死时

余光中

当我死时，葬我，在长江与黄河
之间，枕我的头颅，白发盖着黑土
在中国，最美最母亲的国度
我便坦然睡去，睡整张大陆
听两侧，安魂曲起自长江，黄河
两管永生的音乐，滔滔，朝东
这是最纵容最宽阔的床
让一颗心满足地睡去，满足地想
从前，一个中国的青年曾经
在冰冻的密西根向西瞭望
想望透黑夜看中国的黎明
用十七年未餍中国的眼睛
饕餮地图，从西湖到太湖
到多鹧鸪的重庆，代替回乡

二月二十四日于卡拉马如

《余光中集》（第2卷），百花文艺出版社2004年版

★作者简介

余光中（1928—2017），祖籍福建泉州，出生于江苏南京，病逝于台湾。当代著名作家、诗人、翻译家、学者，其文学生涯跨度达半个多世纪，著作等身，被誉为文坛的"璀璨五彩笔"，并在台湾地区现代派诗歌创作中占有重要地位，尤以抒发怀乡之情的诗作而广为人知，著有《白玉苦瓜》（1974）、《隔水观音》（1983）、《余光中诗选（1949—1981）》（1981）、《余光中诗选第二卷（1982—1998）》（1998）等多部诗集，以及《听听那冷雨》（1974）、《记忆像铁轨一样长》（1987）等散文集。

★作品导读

《当我死时》创作于1966年，正值余光中访学美国并于密歇根州立大学任教期间。该诗最初收录于1969年初版的诗集《敲打乐》中。全诗共十四行，直抒胸臆，抒发了诗人对大陆热切的思念之情。彼时他离开大陆已有十数年，在正当盛年的三十多岁时，却作了"当我死时"的假设，并进行了详尽的构想。全诗可分为两节，第一节即前八句，是诗人对于如何安葬自己的设想。开篇名句"当我死时，葬我，在长江与黄河之间"气势恢宏，虚实结合，引出了诗人愿以祖国大地为安息之地的渴望，让他能够"坦然睡去，睡整张大陆"。

在第一节里，诗人一直运用大量形容词来表现这种设想所带来的心灵慰藉，"坦然""最纵容最宽阔""满足"都能体现这种思乡心切之情。如果说第一节的时空是站在当下对未来的想象，那么第二节则是站在未来回顾如今，以穿越时空的视角审视"一个中国的青年曾经"在与中国相隔汪洋大海的美国，渴望以自己的目光消除空间的距离，能够再次与祖国大地相遇，但最后，却只能以浏览祖国的地图来"代替回乡"。结尾处特意写明的"多鹧鸪的重庆"，则是源于余光中曾经在重庆度过的少年岁月。诗人的难以忘怀，使得重庆也成为祖国大地上他所召唤、怀想的另一个故乡。

全诗虽然篇幅短小，却颇具气势，行文流畅，情感真挚，采用虚实结合的手法来消除自身与祖国在时间、空间上的物理距离，最终依托强烈的个人意愿，在文学的想象之境中实现了与祖国母亲在心灵上的联结。余光中精于推敲字句，尤其是在细节处体现炼字炼意，比如"最母亲"将"母亲"形容词化，"枕我的头颅"将"枕"从名词转换为动词，"餍""饕餮"则是将视觉转换为味觉，更加凸显出诗人内心深处急切的渴望与刻骨铭心的怀念。诗人还在诗中多处使用了夸张的艺术表现手法，放大了想象世界的作用力，将广阔的祖国大陆缩小为一张足以让自己永远安睡的"床"，也将自身放大到足以"睡整张大陆"，让长江、黄河的浪涛声为自己奏响安魂曲。

全诗并未每句押韵，却音韵和谐，节奏鲜明，展现了诗人深厚的古典文学底蕴，"多鹧鸪"即是实写了记忆中重庆的地理风貌，鹧鸪声使人联想到"行不得也哥哥"的谐音，曾多次出现在历代古典诗词作品中。余光中在暗处用典，实则展现了自身创作从思想内容到情感，再到艺术风格，都与祖国大地有着不可分割的血肉联系。

★拓展延伸

余光中毕生笔耕不辍，其诗歌创作始终体现出强烈的主体情感与深厚的语言功底，能通过遣词用句体现他所推崇的传统与现代的结合，尤其是在对传统诗歌音韵格律进行适当的扬弃之后，将富有古典意蕴的语言意象与更为自由的现代派艺术形式相结合。

余光中诗歌得以广为传颂，也与特定的历史和时代因素相关，艺术性与时代性往往成为评价其诗歌的两极。2010年，余光中的作品《乡愁》被永春县文化馆改编为交响诗剧，诗人曾观看排演录像，创作者和观众在剧作中都找到了深切的文化归属感。诗歌的流传确实与特定历史环境下的社会评价有关，但也离不开其自身的文学价值。余诗的社会价值，或许也可帮助我们思考：什么样的诗歌才能达到广为传唱的程度？特定历史时期对文学的塑造，是否是"一期一会"般的无法被复制的文学史现象？

★思考练习

1. 如何理解本诗中"一个中国的青年"形象及其所要表达的个人情感？

2. 作为新时代的中国青年,你如何理解诗歌这一个体情感叙述与对祖国情感之间的实际联系?你是否认为诗歌仍具备抒发时代之音的魅力?

爱的史书

昌　耀

…………
…………

在不朽的荒原。
在荒原那个黎明的前夕，
有一头难产的母牛
独卧在冻土。
冷风萧萧，
只有一个路经这里的流浪汉
看到那求助的双眼
饱含了两颗痛楚的泪珠。
只有他理解这泪珠特定的象征。
　　——是时候了：
　　该出生的一定要出生！
　　该速朽的必定得速朽！

他在绳结上读着这个日子。
那里，有一双佩戴玉镯的手臂
将指掌抠进黑夜模拟的厚壁，
绞紧的辫发
搓揉出蕴积的电火。

在那不见青灯的旷野，
一个婴儿降落了。

笑了的流浪汉
读着这个日子,潜行在不朽的
荒原。

——你呵,大漠的居士,笑了的
流浪汉,既然你是诸种元素的衍生物,
既然你是基本粒子的聚合体,
面对物质变幻无涯的迷宫,
你似乎不应忧患,
　　　也无须欣喜。
你或许
曾属于一只
卧在史前排卵的昆虫;
你或许曾属于一滴
熔落古鼎享神的
浮脂。

设想你业已氧化的前生
织成了大礼服上传世的绶带;
期望你此生待朽的骨骸
可育作沙洲一株啸傲的红柳。

你应无穷的古老,超然时空之上;
你应无穷的年轻,占有不尽的未来。
你属于这宏观整体中的既不可多得、
也不该减少的总和。

你是风雨雷电合乎逻辑的选择。
你只当再现在这特定时空相交的一点。
但你毕竟是这星体赋予了感官的生物。

是岁月有意孕成的琴键。

为了遗传基因尚未透露的丑恶，
为了生命耐力创纪录的拼搏，
你既是牺牲品，又是享有者，
你既是苦行僧，又是欢乐佛。
…………
…………

是的，在善恶的角力中
爱的繁衍与生殖
比死亡的戕残更古老、
　　　　更勇武百倍！

《昌耀的诗》，人民文学出版社1998年版

★作者简介

昌耀(1936—2000),湖南桃源人,原名王昌耀,当代著名诗人,被誉为"当代新诗一座高峰"。1950年响应祖国号召,参加抗美援朝志愿军。其间,推出处女作《人桥》。1953年,在朝鲜战场负伤后转入河北省荣军学校读书,1955年调入青海省文联,长期在青海生活、工作。代表作有《划呀,划呀,父亲们!》《慈航》《斯人》《哈拉库图》《河床》等。出版有《昌耀抒情诗集》《昌耀的诗》《昌耀诗文总集》等多部诗集。

★作品导读

12章400余行的长诗《慈航》是当代新诗巅峰作品之一。本诗选自《慈航》第11章,其余各章分别是《爱与死》《记忆中的荒原》《彼岸》《众神》《众神的宠偶》《邂逅》《慈航》《净土》《净土(之二)》《沐礼》《极乐界》。

理解本诗及整首组诗,需抓住以下几点:

其一,诗人的经历与创作此诗时的心态。诗人20多岁时以先进者、文化人的身份远赴青海文联工作,不久被错划为"右派",开始了长达20多年在青海荒原、垦区颠沛流离的"劳改"生活。其间,曾得到一户藏族人家的关心和帮助,主人将家里的小女儿许配给昌耀,这是诗人长期苦难生活中的一抹光亮。本诗写于1981年,此时获得平反、从劫难中走出来不久的昌耀并未追随当时文坛追忆、反思过去苦难的主潮,而是以超越苦难的心态和仁者的目光,洞察民族乃至整个人类的缺失。用诗人自己的话来讲就是:如果不补上这个缺失,所有的反思和新的建设,都不是健康的,历史也不可能有真正的进步。这个"缺失"是什么呢?昌耀的思考和答案是:"爱的繁衍与生殖。"

其二,组诗的架构与对"慈航"的理解。"慈航"本为佛教名词,佛家宣称菩萨大发慈悲普度众生脱离生死苦海,喻之为航。昌耀的"慈航"引其文字寓意,并延伸为一次爱,一次寻觅爱的归宿的航程。而"慈航"悲悯、博大、新生的意味,则成为诗篇深厚博大的背景。正如诗评家叶橹所论:《慈航》象征告别过去的时代,同时又开启新的时代,诗人以自己二十余年来炼狱般的苦难与彻悟，试图在诗中建立起"爱的祭坛"，使人类有史以来就在不断呼唤的这种信仰，前所未有地饱满、真切。

整首诗的架构也即立足于此：一位落难中独坐荒原、对未来失去希冀的诗人幸运地遇见了一位土伯特老人与他的女儿，随后被引荐进其草原家族。他们以博大的爱，收留了这位孤独的"流放者"，土伯特女儿更是与他产生了纯洁的爱情，诗人终于再生性地成为这个家族的"赘婿"。这个在危难时刻拯救"流放者"（诗人）的家族，无疑带有人世间的大悲悯之心，是令"流放者"身心得以再生的"慈航"。

其三，对"爱的史书"的理解。第11章《爱的史书》中"不朽的荒原""有一头难产的母牛 独卧在冻土""不见青灯的旷野 一个婴儿降落了""笑了的流浪汉 读着这个日子，潜行在不朽的荒原"等极富生命象征意义的意象、画面，寓示着对生命来源与生命终结归宿的思考，传递着"爱的繁衍与生殖"可以拯救苦难者的积极信号。于是，诗人说出了"你既是苦行僧，又是欢乐佛"这样蕴含苦难与新生交织意味的诗句。

★拓展延伸

燎原是国内较早察觉昌耀诗特色与价值的诗评家，他说昌耀的诗是"一种绝对不接受时间冲刷的诗篇"，"那种以心灵与山河私语的唐诗宋词式的诗篇"，"古奥和滞涩是昌耀诗歌语言标志性的特征"。敬文东则在《对一个"口吃者"的精神分析——诗人昌耀论》中指出："昌耀是懂得缩小自己以进入世界和人生的少数几个当代中国诗人之一。"也有论者发现："他有时把长句子忽然压缩成短句子，把长诗压缩成绝句，就像把众人压缩成一个人，令人有'盲人骑瞎马，夜半临深池'的履险之感。无论是在老辈诗人中，还是在后辈诗人中，昌耀的语言冒险精神都是罕见的。其冒险精神不仅表现在对独特文句节奏的寻找上，也表现在对具体物象、叙述细节的发现和捕捉上。……广阔的昌耀通过物象与细节为其广阔渲染上苍凉与悲凉的颜色。"……以上这些见解，无疑对我们进一步理解昌耀其人、其诗具有启迪意义。

★思考练习

1. 大多数论者有一个共识,即"昌耀的诗以张扬生命在深重困境中的亢奋见长,将感悟和激情融于凝重、壮美的意象之中,饱经沧桑的情怀、古老开阔的西部人文背景、博大的生命意识,构成协调的诗歌整体。诗人后期的诗作趋向反思静悟,语言略趋平和,有很强的知性张力,形成宏大的诗歌个性"。请查阅昌耀在不同阶段创作的诗作,联系学界有关研究成果,谈谈你对上述共识的理解。

2. 查阅燎原《高地上的奴隶与圣者》一文〔常见出处为《昌耀诗文总集》(2000),《昌耀诗文选》(2019)〕,谈谈你对昌耀的诗和时代特殊性,以及"经典需要发现、阐释和建构"这一命题的理解。

尚义街六号

于 坚

尚义街六号
法国式的黄房子
老吴的裤子晾在二楼
喊一声　胯下就钻出戴眼镜的脑袋
隔壁的大厕所
天天清早排着长队
我们往往在黄昏光临
打开烟盒　打开嘴巴
打开灯
墙上钉着于坚的画
许多人不以为然
他们只认识梵高
老卡的衬衣　揉成一团抹布
我们用它拭手上的果汁
他在翻一本黄书
后来他恋爱了
常常双双来临
在这里吵架　在这里调情
有一天他们宣告分手
朋友们一阵轻松　很高兴
次日他又送来结婚的请柬
大家也衣冠楚楚　前去赴宴
桌上总是摊开朱小羊的手稿
那些字乱七八糟

这个杂种警察一样盯牢我们
面对那双红丝丝的眼睛
我们只好说得朦胧
像一首时髦的诗
李勃的拖鞋压着费嘉的皮鞋
他已经成名了　有一本蓝皮会员证
他常常躺在上边
告诉我们应当怎样穿鞋子
怎样小便　怎样洗短裤
怎样炒白菜　怎样睡觉　等等
八二年他从北京回来
外衣比过去深沉
他讲文坛内幕
口气像作协主席
茶水是老吴的　电表是老吴的
地板是老吴的　邻居是老吴的
媳妇是老吴的　胃舒平是老吴的
口痰烟头空气朋友　是老吴的
老吴的笔躲在抽桌里
很少露面
没有妓女的城市
童男子们老练地谈着女人
偶尔有裙子们进来
大家就扣好钮子
那年纪我们都渴望钻进一条裙子
又不肯弯下腰去
于坚还没有成名
每回都被教训
在一张旧报纸上
他写下许多意味深长的笔名

有一人大家都很害怕
他在某某处工作
"他来是有用心的，
我们什么也不要讲！"
有些日子天气不好
生活中经常倒霉
我们就攻击费嘉的近作
称朱小羊为大师
后来这只羊摸摸钱包
支支吾吾　闪烁其辞
八张嘴马上笑嘻嘻地站起
那是智慧的年代
许多谈话如果录音
可以出一本名著
那是热闹的年代
许多脸都在这里出现
今天你去城里问问
他们都大名鼎鼎
外面下着小雨
我们来到街上
空荡荡的大厕所
他第一回独自使用
一些人结婚了
一些人成名了
一些人要到西部
老吴也要去西部
大家骂他硬充汉子
心中惶惶不安
吴文光　你走了
今晚我去哪里混饭

恩恩怨怨　吵吵嚷嚷
大家终于走散
剩下一片空地板
像一张旧唱片　再也不响
在别的地方
我们常常提到尚义街六号
说是很多年后的一天
孩子们要来参观

《于坚诗集》，江苏凤凰文艺出版社2019年版

★作者简介

于坚(1954—),云南昆明人,银杏文学社、《他们》民间文学期刊创办人之一,"第三代"诗人主要代表,先锋派文学重要作家。1970年参加工作,从事过铆工、电焊工、搬运工等多种职业,1979年在油印刊物《犁》上发表诗作《记忆》,1980年考入云南大学中文系。主张关注日常生活,回到事物本身,拒绝隐喻,以口语入诗。在诗歌、散文、小说、摄影方面皆有突出成就,著有诗集《诗六十首》《对一只乌鸦的命名》《只有大海苍茫如幕》,散文集《棕皮手记》《人间笔记》《昆明记》《巴黎记》《密西西比河某处》等合计40余部。创作摄影集1部,执导纪录片4部。曾荣获《飞天》大学生诗歌奖、《联合报》新诗奖、鲁迅文学奖、朱自清散文奖等荣誉。

★作品导读

1986年《诗刊》第11期头条发表《尚义街六号》组诗,这是于坚的成名作。面对在当时具有创新意义的作品,现在的我们可以从两方面来学习感知:朗读和回到历史语境。诗歌学习重在读,首先从体会诗作的文字、节奏、情绪和意绪开始,这是一个由表及里、由整体到精微的习得逻辑。结合词语、短语语法以及诗意、诗情的转换,大家一边读,一边思考这首诗如何断句,如何停顿?可以化分成几个大的节次?比如开篇,可以这样读:尚义街‖六号 法国式的‖黄‖房子 老吴的‖裤子‖晾在‖二楼 喊一声胯下‖就钻出‖戴眼镜的‖脑袋……

回到历史语境,知人论世,则我们读者需有以下知识储备:本诗创作于20世纪80年代,正值中国社会开始经历深刻变革的时期,人们的思想观念、生活方式都发生着巨大的变化。"尚义街"作为昆明的一条老街,象征着那个时代的独特氛围和人们的生活状态。诗人以"口语化"、直抵生活实景的语言,将日常经验转化为诗歌,使这首诗具有了不同于"真实经验"的更多内涵。诗中的人物形象鲜明,有老吴这样的邻居,有李勃这样的朋友,还有诗人自己。他们或忙碌于生计,或闲坐于街头巷尾,或调侃自嘲,或畅谈人生理想,或回味过往岁月。这些场景既真实又生动,让人仿佛置身于那个时代的尚义街。诗中通过描述老吴，隔壁的大厕所，艺术青年们的聚会、写作、婚恋和人生选择等场景，捕捉了有年代感的日常生活的质朴美感。

从当时诗坛的变迁来看，早期朦胧诗洋溢的英雄主义、理性主义在现代条件下成为一种幻想，而怀疑精神、相对主义、个性发展成为主导。这使新生代诗人，也就是"第三代"诗人对外部世界的许多喜怒哀乐采取一种淡漠的、静观的局外人态度，对个体生命心平气和地观望和满不在乎地反讽。本诗体现了上述思潮。诗作没有精致、崇高的意象，仿佛都是从现实生活中信手拈来的片段，分开来看并无深意，一旦形成诗的结构，则不简单，它几乎是一代人生活方式、价值观念和审美习尚的缩影。在这里，高贵的"戏剧化"情感不见了，诗意的日常化和凡人意识得到强调，"诗人生存语言"在这里是同一的。正如有论者所分析的：在顺势而下的口语中，于坚力图以不动声色的冷处理，体现他对同代人精神内核的把握。"尚义街六号"是一些文艺青年的聚会点，他们在这里所谈论的，并非什么纯诗、古希腊之类，但你读后，却能体味出浓郁而温馨的人间味儿。它的"平淡寡味"却能渐渐将你引入诗的情感效应。你会发现，在这里，没有做作，没有"命运"感叹，他们自信自由地活着，蔑视着那些高贵的家伙，相互切磋着艺术，相互用善意的调侃维持内心的平衡……正像法国新小说大师格里叶所言："世界既不是有意义的，也不是荒诞的。它存在着，如此而已。"

★拓展延伸

这首诗的成功和意义，在于它生动展现了日常生活的诗意，并打破了当时诗歌创作的传统，为后来的诗歌创作提供了新的思路。正如有论者所言，当代很长一段时期，日常生活很少入诗，也很少被认为值得入诗。而《尚义街六号》却让我们看到日常生活本身所焕发出的清新诗意，这种诗意源于真实和真诚。与此相应的是，诗人对口语的出色运用，显示出口语所蕴含的诗性活力，这种诗性活力也来自生活本身，比如诗中反复提到的"脑袋""裙子""八张嘴"，就是日常语言中常见的表达。此外，这首诗里洋溢着的幽默感在当时也格外别致。这种幽默感以及内含其中的乐观素朴的人生态度，通常被认为是来自平民视角，这也许与作者曾在基层当工人的经历有关。诗里虽有调侃却并不尖刻，比如对已有作协会员证的文友的叙写，表达出对成名的渴望、羡慕，也伴随着自嘲。整首诗总体上洋溢着青春的气息，站在今天回望，它也以诗的形式保存了 20 世纪 80 年代精神氛围中非常动人的一面。

也有论者赞誉："如今，中国先锋派诗潮已在诗坛上成了热门话题。在众多的诗人中，于坚无疑是有代表性的。""在于坚的诗歌中，近代美学的'力'更轰鸣着一种野性的质朴，他的诗写得深厚而舒展，通过超越具象的多层思想内涵和不羁的情感与意志之潜流，宣叙人类非凡的力量，再现极富魅力和神秘感的高原精魂。于坚诗歌意象之间的延展力，衍生着强烈的动势和旷达不羁的意蕴。"这些见解，有助于我们进一步理解于坚诗歌的特点和意义，理解诗歌与日常生活的审美关系。

★ 思考练习

1. 《尚义街六号》这首诗是如何将日常生活转化为诗歌的？

2. 请找出诗中的幽默元素，并分析它们是如何与诗歌的主题和风格相结合的。

3. 查阅资料，结合作品，谈谈张枣、于坚诗歌道路的异同及意义。

散文部分

扫一扫
看泛读编年存目

散文概述

中国是诗的国度，也是文的国度。《尚书》《春秋》《左传》《史记》《汉书》《资治通鉴》等史书，《论语》《老子》《庄子》《孟子》《韩非子》《荀子》等诸子书，这些经典著作共同铸就了中华文脉的史学根基与文学丰碑。从两汉古文、唐宋八大家古文到明清时文、小品文，以及从经学、玄学、理学、心学、朴学等国学精粹到各类人文、社科类典籍，大都以散文形式书写。历经数千年的发展，散文已成为中国历史、文化和知识生产、传播的重要载体。

近代以降，伴随中国社会、文化和文学的转型，散文演进也进入现代期，并在新文学伊始就取得了突出成就。此时期散文作品数量之巨，文体品类之众，风格之多样，名家之丰富，异常醒目，"散文小品的成功，几乎在小说戏曲和诗歌之上"（鲁迅语），梁启超、鲁迅、周作人、朱自清、冰心、郁达夫、梁遇春、叶圣陶、丰子恺、林语堂、徐志摩等，几乎所有的文学大家、名家均写作散文，且多有名篇佳作，许多佳作自新文学伊始就进入大中小学校教材，成为一代代国人学习、体会和运用现代汉语、文学语言的启蒙范本与重要路径，这样的特点、功能直至今日依然如此。

需要注意的是，相较现代小说、新诗、话剧以更多来自国外影响的形式和姿态亮相新文学文坛，现代散文更多赓续了古典散文的传统，"这造成了现代散文创造的特殊困难"（钱理群语），意味着现代散文创作在五四时期的成功实践实属不易。这一成功固然离不开"为了对于旧文学的示威,在表示旧文学之自以为特长者,白话文学也并非做不到"(鲁迅语)的"文学革命"建设策略,但客观上显示和证实了散文在古今沟通方面,在展现作家性情、思想方面的文体特性和书写优势。

在中国现代文学史的第一个十年,散文创作的风貌、风采与精神"绚烂极了"(朱自清语)。"现代的散文之最大特征,是每一个作家的每一篇散文里所表现的个性,比从前的任何散文都来得强。"(郁达夫语)鲁迅此时期的散文作品主要收录在《朝花夕拾》《野草》中,《热风》《坟》《华盖集》的杂文作品则是对现代散文文体的拓展与创新。《朝花夕拾》回忆童年、少年时的生活情景和民间传说、习俗,常有精妙构思与神来之笔,展现出鲁迅诙谐、深情、柔和的一面。《野草》是一部大作,也是一部放眼世界文学园地都堪称经典的杰作,其在文学语言的实验,在个体生命体验的探思表现,以及"独语体"笔法方面均是空前而又迥异于同时期大多数作家的成功实践,充分展现了鲁迅非凡的艺术功力和创造力。周作人《吃茶》《乌篷船》《故乡的野菜》等名篇以细致简洁、平和恬淡又蕴含情趣的文笔书写日常生活,而其《谈龙集》《谈虎集》中的不少篇目则直指现实问题,金刚怒目,风格峻厉。朱自清《绿》《背影》《荷塘月色》《桨声灯影里的秦淮河》诸名篇书写人生,讲究意境,注重情思,古典神韵与新时代个体心绪有机融合。冰心的《往事》《寄小读者》自然真切、优美细腻且温暖,情理并茂,直抵人心。梁遇春被誉为"中国的爱利亚",其《春醪集》多谈哲理,"如星珠串天,处处闪眼"(废名语)。此外,文学研究会、创造社、新月派、现代评论派、白马湖作家群等其他作家的散文创作,亦是此时期散文发展的重要组成部分。

至20世纪三四十年代,时局剧烈动荡,国共之间的围剿与反围剿,红军长征,日军侵华,全民抗战,以及最终形成的国统区、沦陷区、敌后抗日根据地,后来的解放战争,都加速促成了此时期不同作家对个体生命存在、民族与国家命运更为深广、复杂的体验和发现,各类文学多元化的探寻与实验也随之展开。散文创作的突出现象和实绩首推"鲁迅式"杂文作品和丘东平、骆宾基、曹白、碧野、萧乾、范长江、白朗、华山、刘白羽等人新闻化、纪实性融合的报告文学写作。《伪自由书》《南腔北调集》《准风月谈》中的鲁迅杂文将政治、社会、历史、伦理、哲学与审美融为一体："'中国的大众的灵魂'，现在是反映在我的杂文里了。"（鲁迅语）这一时期的散文是"中国现代文学的新文体、新创造""现代中国的百科全书""一部活的现代中国人的'人史'"（钱理群语）。瞿秋白、唐弢、徐懋庸、聂绀弩等左翼作家的一批"鲁迅体"作品亦为这种全新的文学样式增色。此外，伴随时代的危机、低谷、矛盾、孤独、悲壮和曙光的出现，五四时期盛行的"闲话风""独语体"在这个阶段趋于细化、深化或忧愤，丰子恺侧重佛教义理的个体信仰式作品，郁达夫寄忧患于山水之间的游记散文，沈从文清新而又沉郁的乡土书写，何其芳、丽尼、陆蠡为代表的艺术散文写作，钱锺书、王了一幽默闲适、不乏讽喻的智性写作，周作人、林语堂、梁遇春、钟敬文、俞平伯或冲淡平和、或幽默机智、或闲适明远的小品文创作，朱自清、郑振铎、李健吾的旅欧笔记式作品，还有茅盾、巴金、老舍、闻一多、徐志摩、朱光潜、宗白华、丁玲、林徽因、萧红、张爱玲、文载道、纪果庵、柯灵、南星等人的散文作品，都为此时期散文发展做出了积极贡献。

　　新中国成立后第一个十年的散文创作，一方面表现为重大题材纪实叙事类作品兴盛，如老舍《我热爱新北京》、魏巍《谁是最可爱的人》、李若冰《在勘探的道路上》等作品；另一方面则表现为描绘日常生活的抒情散文、游记散文蓬勃发展，如周立波《灯》、冰心《小桔灯》、丰子恺《庐山面目》、碧野《天山景物记》等。到六七十年代，秦牧、邓拓、吴晗、唐弢、傅雷等人的知识性、杂文性或文艺类散文，杨朔、刘白羽、吴伯箫、袁鹰、何为、柯蓝、峻青等人的诗化散文影响广泛。新时期以后，巴金的"随想录"系列作品将个人检视与民族反思、个人批判与社会批判结合，深入解剖一代知识分子的内心世界，引领散文找回个性、真诚与批判的精神；张中行、金克木、季羡林、汪曾祺、杨绛、萧乾、施蛰存、陈柏尘等作家丰博古朴、沉静内敛、韵致儒雅、富于浓郁历史感和文化氛围的学者散文创作，贾平凹、刘成章、韩少功、宗璞、张洁、赵丽宏、张承志等人的作品或抒写乡土日常经验，或以女性视角体悟生命与社会存在，或着力文化探思与人文精神高扬，引起巨大反响。此外，徐迟《哥德巴赫猜想》、鲁光《中国姑娘》、袁厚春《省委第一书记》等报告文学，以及余光中、林海音、李敖、林清玄、席慕蓉等港澳台作家的散文，也在80年代备受瞩目。

90年代以来，一方面，散文创作进入繁荣期，公众广泛参与写作与阅读，散文的题材、形式和风格呈现多元化面貌，守正与创新并存；另一方面，在工业化、市场化、全球化与城镇化的冲击下，社会经历深刻转型，传统价值消解与重建、城乡关系剧变、人的异化与精神追寻等新旧矛盾交织，形成复杂的社会文化图景。受此影响，历史文化散文兴盛，聚焦于追本溯源、反思探寻和重塑重建；乡土散文则聚焦普通人日常生存状态与精神世界变迁，牧歌式、挽歌式作品增多；自然主义、生态主义散文以及"非虚构写作"渐兴，反映出人们对于审美现代性的追寻，对于人、自然、社会关系认知的深化和进步，以及对于纯虚构文学写作局限的审视和反拨；叙写新事物、新风景、新人物以及漫游式、沉浸式、行记类、地方类作品渐增，反映出时代和社会的新变或进步。

然而，对广大非专业读者，包括许多大学生而言，90年代以降30余年的散文风貌，人们的认知往往止步于"余秋雨散文热""刘亮程散文热""李娟散文热"等。实则以下现象亦是重要的：以史铁生、张承志、张炜、韩少功、王小波为代表的小说家们的散文写作，在"生命""寻根""反思""理想""反讽""理性"的探思与表达方面深刻、超拔或新异，闪耀着思想性与文学性的光芒，《我与地坛》《病隙碎笔》《心灵史》《清洁的精神》《生命的呼吸》《我跋涉的莽野》《灵魂的声音》《沉默的大多数》等杰作的语言、结构、意蕴、笔法、文风往往给人以强烈冲击和震撼，迥异于那些风和日丽式的散文作品；路遥、贾平凹、陈忠实、张承志、周涛、李天芳、马丽华、史小溪、陈长吟、和谷、王蓬、阿来、黄毅、刘亮程、红柯、于坚、雪漠、朱鸿、杨献平、王小忠、冯良、陈仓、李娟等人的"西部散文"具有鲜明的西部风格，其作品展现的西部精神往往被赋予文学精神意义，成为读者心中的精神原乡；余秋雨、王充闾、王宗仁、南帆、夏坚勇、李舫、穆涛、张锐锋、祝勇等散文家在历史文化散文写作方面或整体性体察中华文化，或出入古今中西之间，或就特定地域和历史阶段细微处加以遥想叙述，或在长篇历史散文方面做出新的实践；史铁生、汪曾祺、艾云、王小波、周国平、李敖、南帆等作家另一种风格的作品，演化出偏重于论说、叙述或寓意分析三种类型，是"审智散文"的重要收获，其特殊性在于以反讽、幽默或趣味理性的方式洞察、书写日常生活真相、新变及文化意义，往往发人之所未见，给人以警醒、启迪和精妙之感；余斌、张曼菱、张纯如、梁鸿、罗新、王蓬、李汉荣、蒋蓝、王若冰、唐荣尧、红尘、李元胜、黄灯等作家的散文写作注重调查、访谈、档案、口述史或影像志，开掘了散文写作的另一种面向，可归入"非虚构写作"，这是新世纪以来散文写作的新动态。其中，梁鸿的"梁庄系列"影响巨大，李娟的"阿勒泰系列""羊道三部曲"及《遥远的向日葵地》诸作则让非虚构散文的文学性显著增强；叶兆言、于坚、邱华栋、孔见、蒋蓝、范小青、吴景娅的城市记散文书写无疑丰富或提升了游记类、都市类散文写作的艺术经验。此外，谢冕、孙郁、王尧、陈平原、马未都、李敬泽、詹福瑞、刘跃进、朱鸿、丁帆、谢有顺、徐兆寿等学者散文、文化散文，迟子建、毕淑敏、王安忆、韩小蕙、叶梅、周晓枫、冯秋子、塞壬、潘向黎、毛尖、海男等女性散文写作，吴佳骏、北雁、阿微木依萝、侯磊、张怡微、羌人六、李达伟、王选、杜梨、马骏等年轻一代的散文写作，《美文》"大散文"专栏，《大家》"新散文"专栏，周闻道提倡的"在场主义散文"，鲁迅文学奖、"骏马奖"、华语传媒文学大奖、百花散文奖、朱自清散文奖、冰心散文奖、中国报人散文奖等，数量巨大的副刊散文、新媒体散文、各类散文选本，以及港澳台地区、海外华语作家的散文佳作，这些动态、现象、作品，共同构成了90年代以来散文发展的多样风貌。

　　散文是最古老、普及程度最高的文体之一。现代散文历经百年，在知识、思想、情感与文化普及，国民文学语言体认和人文素养涵养方面发挥了积极作用，不断建构着民族的、中国的、现代的文风。本单元精读部分选入8篇散文，其余名篇佳作以"存目编年"的形式在泛读中呈现。如是，百余年来现当代散文的通变轨迹，以及或开风气之先，或作为重要作家代表作，或在某个阶段产生积极影响，或作为散文创作新的探索与实验，可见一斑。

精读

影的告别

鲁　迅

人睡到不知道时候的时候，就会有影来告别，说出那些话——

有我所不乐意的在天堂里，我不愿去；有我所不乐意的在地狱里，我不愿去；有我所不乐意的在你们将来的黄金世界里，我不愿去。
然而你就是我所不乐意的。
朋友，我不想跟随你了，我不愿住。
我不愿意！
呜乎呜乎，我不愿意，我不如彷徨于无地。

我不过一个影，要别你而沉没在黑暗里了。然而黑暗又会吞并我，然而光明又会使我消失。
然而我不愿彷徨于明暗之间，我不如在黑暗里沉没。

然而我终于彷徨于明暗之间，我不知道是黄昏还是黎明。我姑且举灰黑的手装作喝干一杯酒，我将在不知道时候的时候独自远行。
呜乎呜乎，倘若黄昏，黑夜自然会来沉没我，否则我要被白天消失，如果现是黎明。

朋友，时候近了。
我将向黑暗里彷徨于无地。
你还想我的赠品。我能献你甚么呢？无已，则仍是黑暗和虚空而已。但是，我愿意只是黑暗，或者会消失于你的白天；我愿意只是虚空，决不占你的心地。

我愿意这样,朋友——

我独自远行,不但没有你,并且再没有别的影在黑暗里。只有我被黑暗沉没,那世界全属于我自己。

一九二四年九月二十四日。

《鲁迅全集》(第 2 卷),人民文学出版社 2005 年版

★作者简介

见小说部分。

★作品导读

本文选自散文诗集《野草》。《影的告别》作于1924年9月，同年12月发表于《语丝》。这篇文章以第一人称，记叙了一个影子向它的身体告别，独自离去，最终沉没在黑暗之中的心路历程。

《影的告别》表达出强烈的怀疑精神与鲜明的独立意志。作为一个影子的"我"，坦荡直接地质疑"天堂"，排斥"地狱"，拒绝"黄金世界"，更拒绝认同作为本体的肉身。影对自己的好恶爱憎不仅历历分明而且坚持到底，宁愿消亡也不与自己厌恶之物共生合流。影最终的独自远行和孤独沉没，是一曲无处容身的理想主义者的悲歌，也是一个清醒的灵魂对自己品性意志的慨然成全。

全文充满象征意味，以影—身之间的张力，指涉着灵魂—肉体、自我—他者、个体—群体、理想—现实之间的矛盾关系。《影的告别》在荒诞的情节、沉郁的氛围中，以影在未明时空中的彷徨，与身体分道扬镳的决绝，展现出人在这个不无羁绊的世界上的迷惘、撕裂和苦闷，以及主体精神所能达到的清醒、独立与坚持。

《影的告别》中坦荡执着的怀疑精神、集体狂欢中的个体沉思，表现出人作为"一根能思想的苇草"（帕斯卡尔语）的韧性和尊严，也是对乌托邦幻景的一道解毒剂。怀疑、追问和批评的精神是现代思想和现代学术的开端，是现代大学教育的目标之一，也是鲁迅呼唤的"真的人"不可或缺的品质。

★拓展延伸

《影的告别》以及《野草》是鲁迅在鼓励青年、批判社会之外，真正为自己写的作品。鲁迅一生的哲学都在《野草》里。孙玉石认为，"影"向人的告别，实际上是鲁迅与"影"所象征的消极思想的决裂。钱理群从"无"/"有"的哲学概念解读本篇，提出《影的告别》是"无"对"有"的拒绝，对已有的、将有的、既定的一切的拒绝。李欧梵、李天明等认为"形"与"影"的对话反映出作者内心的分裂与情感的困境;张洁宇在《独醒者与他的灯:鲁迅〈野草〉细读与研究》这部著作中指出,"《影的告别》也是继《秋夜》的尝试之后,以更加熟练的笔墨画出的第二幅'自画像'",彰显着鲁迅作为一个否定者和反抗者"终于完成的宣告";也有论者提出"影"与"形"之间的关系,是鲁迅与周作人兄弟关系的投射;等等。《影的告别》具有丰富的意蕴和多元解读的可能性,而这种多义性、再创造性也正是经典作品的共性与魅力所在。

★ **思考练习**

1. 象征是《影的告别》最主要的艺术手法。你认为"影"有哪些象征意味?

2. 王瑶先生在1961年发表的文章《论鲁迅的〈野草〉》中,追踪了《影的告别》与陶渊明《影答形》文本之间的可能性关联。中国古代文学中有哪些关于"影"的作品?鲁迅笔下的"影"与传统文学中的"影"有什么异同?

3. 鲁迅在《野草·死后》中有"现在又影一般的死掉了,连仇敌也不使知道,不肯给他们一点惠而不费的欢欣"之言。影的"告别"除了表达影的独立意志,还表现出"影"的哪些态度和品质?

给我的孩子们

丰子恺

我的孩子们！我憧憬于你们的生活，每天不止一次！我想委曲地说出来，使你们自己晓得。可惜到你们懂得我的话的意思的时候，你们将不复是可以使我憧憬的人了。这是何等可悲哀的事啊！

瞻瞻！你尤其可佩服。你是身心全部公开的真人。你什么事体都像拼命地用全副精力去对付。小小的失意，像花生米翻落地了，自己嚼了舌头了，小猫不肯吃糕了，你都要哭得嘴唇翻白，昏去一两分钟。外婆普陀去烧香买回来给你的泥人，你何等鞠躬尽瘁地抱他，喂他；有一天你自己失手把他打破了，你的号哭的悲哀，比大人们的破产，失恋，broken heart（心碎），丧考妣，全军覆没的悲哀都要真切。两把芭蕉扇做的脚踏车，麻雀牌堆成的火车，汽车，你何等认真地看待，挺直了嗓子叫"汪——"，"咕咕咕……"，来代替汽笛。宝姐姐讲故事给你听，说到"月亮姐姐挂下一只篮来，宝姐姐坐在篮里吊了上去，瞻瞻在下面看"的时候，你何等激昂地同她争，说"瞻瞻要上去，宝姐姐在下面看！"甚至哭到漫姑面前去求审判。我每次剃了头，你真心地疑我变了和尚，好几时不要我抱。最是今年夏天，你坐在我膝上发见了我腋下的长毛，当作黄鼠狼的时候，你何等伤心，你立刻从我身上爬下去，起初眼瞪瞪地对我端相，继而大失所望地号哭，看看，哭哭，如同对被判定了死罪的亲友一样。你要我抱你到车站里去，多多益善地要买香蕉，满满地撷了两手回来，回到门口时你已经熟睡在我的肩上，手里的香蕉不知落在哪里去了。这是何等可佩服的真率，自然，与热情！大人间的所谓"沉默"，"含蓄"，"深刻"的美德，比起你来，全是不自然的，病的，伪的！

你们每天做火车，做汽车，办酒，请菩萨，堆六面画，唱歌，全是自动的，创造创作的生活。大人们的呼号"归自然！""生活的艺术化！"

"劳动的艺术化！"在你们面前真是出丑得很了！依样画几笔画，写几篇文的人称为艺术家，创作家，对你们更要愧死！

你们的创作力，比大人真是强盛得多哩：瞻瞻！你的身体不及椅子的一半，却常常要搬动它，与它一同翻倒在地上；你又要把一杯茶横转来藏在抽斗里，要皮球停在壁上，要拉住火车的尾巴，要月亮出来，要天停止下雨。在这等小小的事件中，明明表示着你们的小弱的体力与智力不足以应付强盛的创作欲、表现欲的驱使，因而遭逢失败。然而你们是不受大自然的支配，不受人类社会的束缚的创造者，所以你的遭逢失败，例如火车尾巴拉不住，月亮呼不出来的时候，你们绝不承认是事实的不可能，总以为是爹爹妈妈不肯帮你们办到，同不许你们弄自鸣钟同例，所以愤愤地哭了，你们的世界何等广大！

你们一定想：终天无聊地伏在案上弄笔的爸爸，终天闷闷地坐在窗下弄引线的妈妈，是何等无气性的奇怪的动物！你们所视为奇怪动物的我与你们的母亲，有时确实难为了你们，摧残了你们，回想起来，真是不安心得很！

阿宝！有一晚你拿软软的新鞋子，和自己脚上脱下来的鞋子，给凳子的脚穿了，划袜立在地上，得意地叫"阿宝两只脚，凳子四只脚"的时候，你母亲喊着"龌龊了袜子！"立刻擒你到藤榻上，动手毁坏你的创作。当你蹲在榻上注视你母亲动手毁坏的时候，你的小心里一定感到"母亲这种人，何等杀风景而野蛮"吧！

瞻瞻！有一天开明书店送了几册新出版的毛边的《音乐入门》来。我用小刀把书页一张一张地裁开来，你侧着头，站在桌边默默地看。后来我从学校回来，你已经在我的书架上拿了一本连史纸印的中国装的《楚辞》，把它裁破了十几页，得意地对我说："爸爸！瞻瞻也会裁了！"瞻瞻！这在你原是何等成功的欢喜，何等得意的作品！却被我一个惊骇的"哼！"字喊得你哭了。那时候你也一定抱怨"爸爸何等不明"吧！

软软！你常常要弄我的长锋羊毫，我看见了总是无情地夺脱你。现在你一定轻视我，想道："你终于要我画你的画集的封面！"

最不安心的，是有时我还要拉一个你们所最怕的陆露沙医生来，教他用他的大手来摸你们的肚子，甚至用刀来在你们臂上割几下，还要教妈妈和漫姑擒住了你们的手脚，捏住了你们的鼻子，把很苦的水灌到你们的嘴里去。这在你们一定认为太无人道的野蛮举动吧！

孩子们！你们真果抱怨我，我倒欢喜；到你们的抱怨变为感谢的时候，我的悲哀来了！

我在世间，永没有逢到像你们这样出肺肝相示的人。世间的人群结合，永没有像你们样的彻底地真实而纯洁。最是我到上海去干了无聊的所谓"事"回来，或者去同不相干的人们做了叫做"上课"的一种把戏回来，你们在门口或车站旁等我的时候，我心中何等惭愧又欢喜！惭愧我为什么去做这等无聊的事，欢喜我又得暂时放怀一切地加入你们的真生活的团体。

但是，你们的黄金时代有限，现实终于要暴露的。这是我经验过来的情形，也是大人们谁也经验过的情形。我眼看见儿时的伴侣中的英雄，好汉，一个个退缩，顺从，妥协，屈服起来，到像绵羊的地步。我自己也是如此。"后之视今，亦犹今之视昔"，你们不久也要走这条路呢！

我的孩子们！憧憬于你们的生活的我，痴心要为你们永远挽留这黄金时代在这册子里。然这真不过像"蜘蛛网落花"，略微保留一点春的痕迹而已。且到你们懂得我这片心情的时候，你们早已不是这样的人，我的画在世间已无可印证了！这是何等可悲哀的事啊！

《缘缘堂随笔》，人民文学出版社 2018 年版

★作者简介

丰子恺（1898—1975），浙江嘉兴人，现代散文家、画家、音乐教育家、翻译家。开明书店的创办者之一，曾任开明书店编辑。1927年师从弘一法师（李叔同），皈依佛门。代表作有散文集《缘缘堂随笔》《缘缘堂再笔》《随笔二十篇》等，漫画集《子恺画集》《子恺漫画》《护生画集》等，翻译作品《苦闷的象征》《源氏物语》《不如归》等。

★作品导读

《给我的孩子们》是《子恺画集》的代序，记述画集里图画的故事，发表于1927年，后收入《缘缘堂随笔》。本文以亲切的笔触，通过与孩子们对话的方式，表达出一位父亲对儿童世界的欣赏、尊重和爱护，以及对成人世界的审视和反思。

对于孩子们，作者抛弃居高临下的教导姿态，而是投之以平等的，甚至仰视的赞赏目光。作者并不嘲笑斥责孩子们的"小题大做""任心随性"，而是肯定他们是"身心全部公开的真人"，赞叹他们的"真率、自然与热情"。作者赞叹孩子们旺盛的创造力，自省成人的管教是对孩子们创作的毁坏。作者并不向孩子们灌输成人世界的经验、技能或知识，也并不期盼孩子们感激"养育之恩"，而是对他们终将进入成人世界感到深深的惋惜和悲哀，并试图以自己的书画作品为孩子们保留下他们黄金时代的掠影。

《给我的孩子们》以明白晓畅的语言，充沛真挚的感情，展现出一种平等、有爱、互相尊重的父子关系，表现出作者儿童本位、存养天性、超越功利的教育思想，折射出作者崇尚自然的生活态度、返璞归真的审美品格。作者抛开传统儒家文化中"君君臣臣父父子子""父为子纲"等身份化、角色化的人际关系，远离功利主义的价值观念和社会风气，反对以成人的价值标准压制儿童身心的教育方式，清新有爱的文字之下屹立着一种超尘拔俗、充满尊重意识的人生观和教育理念。

★拓展延伸

五四新文化运动掀起了中国历史上第一次"儿童热"。从周作人"承认儿童有独立的生活"，到鲁迅的"救救孩子"，到冰心对儿童世界的赞颂，再到丰子恺笔下鲜活丰富的儿童世界……关于儿童和儿童教育的议题成为中国现代文学书写和讨论的焦点。现代知识分子呼吁不要将孩子看作"成人的预备""缩小版的大人"或"需驯化的小兽"，而是要将其看作与成人平等、有自己特点甚至更具创造力的人类群体。玛格丽特·米德在《文化与承诺》中将人类社会划分为前喻文化（晚辈向长辈学习经验）、并喻文化（知识在同辈之间平行扩散）、后喻文化（长辈向晚辈学习新兴知识技术）三个阶段，现代文学中的"儿童热"标志着中国从传统的前喻文化向现代后喻文化社会的转型。柄谷行人在《日本现代文学的起源》中对"儿童"的历史性以及固执幼年期的社会文化提出了反思。

★ **思考练习**

1. "儿童崇拜"的思想倾向，为中国现代文学、儿童文学带来了什么样的审美风尚？

2. 丰子恺一方面接续老子"生而不有""长而不宰"的自然哲学和佛教"众生平等"的生命观念、"慈悲"的精神价值，另一方面吸纳整合"以人为本"的现代教育思想，形成兼具个人特色、中国品格和现代精神的儿童教育理念，推进了中国传统文化的现代转型。我们需要思考：如何在家庭教育、学校教育、社会教育中践行丰子恺这种非功利、儿童本位、崇尚自然的教育思想？

"三八"节有感

丁 玲

"妇女"这两个字，将在什么时代才不被重视，不需要特别的被提出呢？

年年都有这一天。每年在这一天的时候，几乎是全世界的地方都开着会，检阅着她们的队伍。延安虽说这两年不如前年热闹，但似乎总有几个人在那里忙着。而且一定有大会，有演说的，有通电，有文章发表。

延安的妇女是比中国其它地方的妇女幸福的。甚至有很多人都在嫉羡地说："为什么小米把女同志吃得那么红胖？"女同志在医院，在休养所，在门诊部都占着很大的比例，似乎并没有使人惊奇，然而延安的女同志却仍不能免除那种幸运：不管在什么场合都最能作为有兴趣的问题被谈起。而且各种各样的女同志都可以得到她应得的非议。这些责难似乎都是严重而确当的。

女同志的结婚永远使人注意，而不会使人满意的。她们不能同一个男同志比较接近，更不能同几个都接近。她们被画家们讽刺："一个科长也嫁了么？"诗人们也说："延安只有骑马的首长，没有艺术家的首长，艺术家在延安是找不到漂亮的情人的。"然而她们也在某种场合聆听着这样的训词："他妈的，瞧不起我们老干部，说是土包子，要不是我们土包子，你想来延安吃小米！"但女人总是要结婚的。（不结婚更有罪恶，她将更多的被作为制造谣言的对象，永远被污蔑。）不是骑马的就是穿草鞋的，不是艺术家就是总务科长。她们都得生小孩。小孩也有各自的命运：有的被细羊毛线和花绒布包着，抱在保姆的怀里；有的被没有洗净的布片包着，扔在床头啼哭，而妈妈和爸爸都在大嚼着孩子的津贴（每月二十五元，价值二斤半猪肉），要是没有这笔津贴，也许他们根本就尝不到肉味。然而女同志究竟应该嫁谁呢，事实是这样，被逼着带孩子的一定可以得到公开的讥讽："回到家庭了的娜拉。"而有着保姆的女同志，每一个星期可以有一天最卫生的交际舞，虽说在背地里也会有难听的诽语悄声的传播着，然而只要她走到哪里，哪里就会热闹，不管骑马的，穿草鞋的，总务科长，艺术家们的眼睛都会望着她。这同一切的理论都无关，同一切主义思想也无关，同一切开会演说也无关。然而这都是人人知道，人人不说，而且在做着的现实。

离婚的问题也是一样。大抵在结婚的时候，有三个条件是必须注意到的。一、政治上纯洁不纯洁；二、年龄相貌差不多；三、彼此有无帮助。虽说这三个条件几乎是人人具备（公开的汉奸这里是没有的。而所谓帮助也可以说到鞋袜的缝补，甚至女性的安慰），但却一定堂皇地考虑到。而离婚的口实，一定是女同志的落后。我是最以为一个女人自己不进步而还要拖住她的丈夫为可耻的，可是让我们看一看她们是如何落后的。她们在没有结婚前都抱着有凌云的志向，和刻苦的斗争生活，她们在生理的要求和"彼此帮助"的蜜语之下结婚了，于是她们被逼着做了操劳的回到家庭的娜拉。她们也唯恐有"落后"的危险，她们四方奔走，厚颜地要求托儿所收留她们的孩子，要求刮子宫，宁肯受一切处分而不得不冒着生命的危险悄悄地去吃堕胎的药。而她们听着这样的回答："带孩子不是工作吗？你们只贪图舒服，好高骛远，你们到底做过一些什么了不起的政治工作！既然这样怕生孩子，生了又不肯负责，谁叫你们结婚呢？"于是她们不能免除"落后"的命运。一个有了工作能力的女人，而还能牺牲自己的事业去作为一个贤妻良母的时候，未始不被人所歌颂，但在十多年之后，她必然也逃不出"落后"的悲剧。即使在今天以我一个女人去看，这些"落后"分子，也实在不是一个可爱的女人。她们的皮肤在开始有褶皱，头发在稀少，生活的疲惫夺取她们最后的一点爱娇。她们处于这样的悲运，似乎是很自然的，但在旧社会里，她们或许会被称为可怜，薄命，然而在今天，却是自作孽，活该。不是听说法律上还在争论着离婚只须一方提出，或者必须双方同意的问题么？离婚大约多半都是男子提出的，假如是女人，那一定有更不道德的事，那完全该女人受诅咒。

我自己是女人，我会比别人更懂得女人的缺点，但我却更懂得女人的痛苦。她们不会是超时代的,不会是理想的,她们不是铁打的。她们抵抗不了社会一切的诱惑,和无声的压迫,她们每人都有一部血泪史,都有过崇高的感情(不管是升起的或沉落的,不管有幸与不幸,不管仍在孤苦奋斗或卷入庸俗),这对于来到延安的女同志说来更不冤枉,所以我是拿着很大的宽容来看一切被沦为女犯的人的。而且我更希望男子们,尤其是有地位的男子,和女人本身都把这些女人的过错看得与社会有联系些。少发空议论,多谈实际的问题,使理论与实际不脱节,在每个共产党员的修身上都对自己负责些就好了。

然而我们也不能不对女同志们,尤其是在延安的女同志有些小小的企望;而且勉励着自己,勉励着友好。

世界上从没有无能的人,有资格去获取一切。所以女人要取得平等,得首先强己。我不必说大家都懂的。而且,一定在今天会有人演说的"首先取得我们的政权"的大话,我只说作为一个阵线中的一员(无产阶级也好,抗战也好,妇女也好),每天所必须注意的事项。

第一、不要让自己生病。无节制的生活,有时会觉得浪漫,有诗意,可爱,然而对今天环境不适宜。没有一个人能比你自己还会爱你的生命些。没有什么东西比今天失去健康更不幸些。只有它同你最亲近,好好注意它,爱护它。

第二、使自己愉快。只有愉快里面才有青春,才有活力,才觉得生命饱满,才觉得能担受一切磨难,才有前途,才有享受。这种愉快不是生活的满足,而是生活的战斗和进取。所以必须每天都做点有意义的工作,都必须读点书,都能有东西给别人,游惰只使人感到生命的空白,疲软,枯萎。

第三、用脑子。最好养成一种习惯。改正不作思索,随波逐流的毛病。每说一句话,每做一件事,最好想想这话是否正确?这事是否处理的得当,不违背自己做人的原则,是否自己可以负责。只有这样才不会有后悔。这就是叫通过理性,这,才不会上当,被一切甜蜜所蒙蔽,被小利所诱,才不会浪费热情,浪费生命,而免除烦恼。

第四、下吃苦的决心,坚持到底。生为现代的有觉悟的女人,就要有认定牺牲一切蔷薇色的温柔的梦幻。幸福是暴风雨中的搏斗,而不是在月下弹琴，花前吟诗。假如没有最大的决心，一定会在中途停歇下来。不悲苦，即堕落。而这种支持下去的力量却必须在"有恒"中来养成。没有大的抱负的人是难于有这种不贪便宜，不图舒服的坚忍的。而这种抱负只有真真为人类，而非为自己的人才会有。

一九四二年"三八"节清晨

附记：文章已经写完了，自己再重看一次，觉得关于企望的地方，还有很多意见，但因发稿时间紧迫，也不能整理了。不过又有这样的感觉，觉得有些话假如是一个首长在大会中说来，或许有人认为痛快。然而却写在一个女人的笔底下，是很可以取消的。但既然写了就仍旧给那些有同感的人看看吧。

《丁玲全集》（第3卷），河北人民出版社2001年版

★ 作者简介

丁玲（1904—1986），湖南临澧人，原名蒋祎文，字冰之，现代著名作家、社会活动家。丁玲1936年到达陕北，是第一个奔赴延安的作家，毛泽东为其赋诗"昨日文小姐，今日武将军"。人民网李春雷认为"延安生活使她的文学创作发生了质变"；陈子善评论"丁玲能在作品中提出女性的地位"。代表作有《抹不去的乡愁》《风雨中忆萧红》《到前线去》等散文，《莎菲女士的日记》《太阳照在桑干河上》《我在霞村的时候》等小说。

★ 作品导读

本文写于1942年3月8日（国际劳动妇女节），次日发表于《解放日报》。《"三八"节有感》以女性的细腻观察和知识分子的批判锋芒，揭露当时革命队伍里的不良风气，关注革命女性的婚恋和生存的困境，坚守着作为文学基本使命的人文关怀。文中谈及的种种女性的困境发人深省，丁玲的思考和批判在跌宕起伏的历史洪流之中尤显可贵，是延安文学中最重要的女性主义文本。

《"三八"节有感》以质问的语气开篇，表现出强烈的问题意识。作者指出女性的婚恋问题在任何时代、所有场合总是处在受人非议、被人污蔑的境地：从未婚时的谣言，结婚对象的选择，到生育孩子后的生活，离婚和被离婚的理由……总是成为人们冷嘲热讽的谈资。革命女性婚后的"落后"，乃是源于追求革命事业与承担生育及家务之间的两难。人们仍然把养育孩子视为女性的天职，却对她们的疲惫困苦视而不见，"解放"后的女性仍然难逃因"落后"而被抛弃的命运。"家庭"与"社会"之间无论女性如何选择，终究落得被人非议鄙夷的结局。作者呼吁人们将女性看作有血有肉、有理想也有弱点的人，更加客观公平地看待女性的"过错"，以更负责任的态度克己修身。

丁玲也在文中思考女性的出路，勉励女性自强，提出四点希望："不要让自己生病""使自己愉快""用脑子""下吃苦的决心"，"强己"是"平等"的前提，"幸福是暴风雨中的搏斗"，"不悲苦，即堕落"。文章表现出鲜明的女性意识、批判精神、战斗精神，饱含着对女性境遇的深切关怀，对男女平等的积极争取，对女性自强的殷切希望。

★拓展延伸

常彬在《延安时期丁玲女性立场的坚持与放弃》里提出："在中国现代文学史上，从来没有一个女作家像丁玲这样关注妇女命运，这样强调妇女的自身解放，这样深刻地指出妇女问题的关键；也从来没有一个女作家像丁玲这样为了她所塑造的女性形象经受了那么多的磨难。"万国庆提出丁玲延安时期的创作表现出她在"五四"传统与"战时"文化规范之间的矛盾和徘徊。李杨在《"左"与"右"的辩证：再谈打开"延安文艺"的正确方式》一文中提出，丁玲等受到批评并非因为思想太"右"，而是因为太"左"，是"革命"与"革命后""继续革命"与"官僚主义"之间结构性矛盾的呈现。

不同角度的解读，一方面揭示出丁玲这篇佳作的特性和意义，另一方面也让我们思考何谓优秀的、伟大的创作。它应包含独立、批判、前瞻、问题意识、深切关怀，等等。而查阅、了解延安整风运动，毛泽东《在延安文艺座谈会上的讲话》，以及延安文艺研究方面的资料，将有助于我们进一步理解此时期的文学。

★思考练习

1. 在《"三八"节有感》中，作者对不良风气和社会现实进行揭示和批判之后，转而对女性同胞进行劝勉，从日常生活入手，呼唤女性自立自强，培养理性硬朗的生活态度。在延安整风运动中，丁玲曾反思本文，"只站在一部分身上说话而没有站在全党的立场说话"。晚年她再次反思本文，"仅从妇女本身来谈问题，说妇女要奋斗，要有见解……这是不足为法的……妇女要真正得到解放，得到自由，得到平等，必须整个社会、整个制度彻底改变，否则是不行的"。你是否认同丁玲对女性的企望？我们应该如何理解丁玲对本文态度的变化？

2. 近年来女性主义成为不容忽视的社会思潮。丁玲的《"三八"节有感》，对当下的社会风气和性别问题的讨论，是否有借鉴价值？价值何在？

雅 舍

梁实秋

到四川来,觉得此地人建造房屋最是经济。火烧过的砖,常常用来做柱子,孤零零的砌起四根砖柱,上面盖上一个木头架子,看上去瘦骨嶙嶙,单薄得可怜;但是顶上铺了瓦,四面编了竹篦墙,墙上敷了泥灰,远远的看过去,没有人能说不像是座房子。我现在住的"雅舍"正是这样一座典型的房子。不消说,这房子有砖柱,有竹篦墙,一切特点都应有尽有。讲到住房,我的经验不算少,什么"上支下摘"、"前廊后厦"、"一楼一底"、"三上三下"、"亭子间"、"茅草棚"、"琼楼玉宇"和"摩天大厦",各式各样,我都尝试过。我不论住在哪里,只要住得稍久,对那房子便发生感情,非不得已我还舍不得搬。这"雅舍",我初来时仅求其能蔽风雨,并不敢存奢望,现在住了两个多月,我的好感油然而生。虽然我已渐渐感觉它是并不能蔽风雨,因为有窗而无玻璃,风来则洞若凉亭,有瓦而空隙不少,雨来则渗如滴漏。纵然不能蔽风雨,"雅舍"还是自有它的个性。有个性就可爱。

"雅舍"的位置在半山腰,下距马路约有七八十层的土阶。前面是阡陌螺旋的稻田。再远望过去是几抹葱翠的远山,旁边有高粱地,有竹林,有水池,有粪坑,后面是荒僻的榛莽未除的土山坡。若说地点荒凉,则月明之夕,或风雨之日,亦常有客到。大抵好友不嫌路远,路远乃见情谊。客来则先爬几十级的土阶,进得屋来仍须上坡,因为屋内地板乃依山势而铺,一面高,一面低,坡度甚大,客来无不惊叹。我则久而安之,每日由书房走到饭厅是上坡,饭后鼓腹而出是下坡,亦不觉有大不便处。

"雅舍"共是六间,我居其二。篦墙不固,门窗不严,故我与邻人彼此均可互通声息。邻人轰饮作乐,咿唔诗章,喁喁细语,以及鼾声、喷嚏声、吭汤声、撕纸声、脱皮鞋声,均随时由门窗户壁的隙处荡漾而来，破我岑寂。入夜则鼠子瞰灯，才一合眼，鼠子便自由行动，或搬核桃在地板上顺坡而下，或吸灯油而推翻烛台，或攀援而上帐顶，或在门框桌脚上磨牙，使得人不得安枕。但是对于鼠子，我很惭愧地承认，我"没有法子"。"没有法子"一语是被外国人常常引用着的，以为这话最足代表中国人的懒惰隐忍的态度。其实我的对付鼠子并不懒惰。窗上糊纸，纸一戳就破；门户关紧，而相鼠有牙，一阵咬便是一个洞洞。试问还有什么法子？洋鬼子住到"雅舍"里，不也是"没有法子"？比鼠子更骚扰的是蚊子。"雅舍"的蚊风之盛，是我前所未见的。"聚蚊成雷"真有其事！每当黄昏时候，满屋里磕头碰脑的全是蚊子，又黑又大，骨骼都像是硬的。在别处蚊子早已肃清的时候，在"雅舍"则格外猖獗，来客偶不留心，则两腿伤处累累隆起如玉蜀黍，但是我仍安之。冬天一到，蚊子自然绝迹，明年夏天——谁知道我还是住在"雅舍"！

"雅舍"最宜月夜——地势较高，得月较先。看山头吐月，红盘乍涌，一霎间，清光四射，天空皎洁，四野无声，微闻犬吠，坐客无不悄然！舍前有两株梨树，等到月升中天，清光从树间筛洒而下，地上阴影斑斓，此时尤为幽绝。直到兴阑人散，归房就寝，月光仍然逼进窗来，助我凄凉。细雨濛濛之际，"雅舍"亦复有趣。推窗展望，俨然米氏章法，若云若雾，一片弥漫。但若大雨滂沱，我就又惶悚不安了。屋顶湿印到处都有，起初如碗大，俄而扩大如盆，继则滴水乃不绝，终乃屋顶灰泥突然崩裂，如奇葩初绽，砉然一声而泥水下注，此刻满室狼藉，抢救无及。此种经验，已数见不鲜。

"雅舍"之陈设，只当得简朴二字，但洒扫拂拭，不使有纤尘。我非显要，故名公巨卿之照片不得入我室；我非牙医，故无博士文凭张挂壁间；我不业理发，故丝织西湖十景以及电影明星之照片亦均不能张我四壁。我有一几一椅一榻，酣睡写读，均已有着，我亦不复他求。但是陈设虽简，我却喜欢翻新布置。西人常常讥笑妇人喜欢变更桌椅位置，以为这是妇人天性喜变之一证。诬否且不论，我是喜欢改变的。中国旧式家庭，陈设千篇一律，正厅上是一条案，前面一张八仙桌，一边一把靠椅，两旁是两把靠椅夹一只茶几。我以为陈设宜求疏落参差之致，最忌排偶。"雅舍"所有，毫无新奇，但一物一事之安排布置俱不从俗。

人入我室,即知此是我室。笠翁《闲情偶寄》之所论,正合我意。

"雅舍"非我所有,我仅是房客之一。但思"天地者万物之逆旅",人生本来如寄,我住"雅舍"一日,"雅舍"即一日为我所有。即使此一日亦不能算是我有,至少此一日"雅舍"所能给予之苦辣酸甜,我实躬受亲尝。刘克庄词:"客里似家家似寄。"我此时此刻卜居"雅舍","雅舍"即似我家。其实似家似寄,我亦分辨不清。

长日无俚,写作自遣,随想随写,不拘篇章,冠以"雅舍小品"四字,以示写作所在,且志因缘。

《梁实秋文集》(第2卷),鹭江出版社2002年版

★作者简介

梁实秋（1903—1987），浙江杭州人，出生于北京，原名梁治华，字实秋。1915年考入清华学校，1923年赴美留学，1926年回国任教。现代著名散文家、学者、文学批评家、翻译家。代表作有散文集《雅舍小品》《雅舍谈吃》《看云集》《槐园梦忆》，译作《莎士比亚全集》《沉思录》《呼啸山庄》等。

★作品导读

本文是散文集《雅舍小品》的代序，也是开篇之作，写于1940年。1937年，梁实秋离家孤身来到重庆。1939年，移居北碚雅舍，与友人吴景超一家同住，在此蛰居七年，其间翻译、创作了大量作品，其中包括《雅舍小品》。身处战乱年代，居于陋室之中，作者却以自己的性情为生活和文字赋予了平和、从容、潇洒、有趣的质感，可谓身居乱世，心在桃源。

"雅舍"之"雅"，首先在于作者以宽和的态度接纳种种不如意，并在生活中发现事物之美。作者初居此处只求其"能蔽风雨"，却渐渐发现它并不能蔽风雨。雅舍地处荒凉、结构简陋、屋体单薄、敞风漏雨、屋内有坡、行走不便、隔墙传音、老鼠肆虐、蚊子猖獗……作者却不怒不怨，随遇而安，以诙谐的笔墨笑谈各种囧事，以一双包容且满含趣味之眼，发现了这个"不能蔽风雨"的破屋的"个性"和"可爱"：偏远荒凉正可亲近山野，因地势高而适宜观月，因路远更见友人情谊……清光皎月，细雨迷蒙，趣事不断。

"雅舍"之雅，也在于作者以自己的方式，尽情舒张性灵。雅舍中的布置陈设，除尽炫耀权势、卖弄学历、沽名钓誉等世俗之气，崇尚简朴整洁。作者喜欢将陈设翻新布置，虽不见赏于西人，却合于自己喜欢改变的性情。作者喜爱将桌椅陈列得疏落参差，虽不合于中式传统，却别有一番风味。物事虽简，却件件经心，皆合于"我"的性情，绝不从俗。

"雅舍"之雅，更在于作者对人生的真切体味和豁朗领悟。人生如寄，什么是人可以真正拥有的呢？哪里又可以说是人真正的家呢？作者的回答正是其人生观的绝佳写照：所遇所寄之处，便如同家一般；无论屋舍是我所有，非我所有，在此处体验到的酸甜苦辣等人生滋味，均是我所亲历亲尝。不执着，不虚无，随遇而安，心生欢喜。

本文骈散相间，雅俗共存：雅致整洁的文言与浅近活泼的白话交替穿插，句式错落有致，相得益彰。作者对中外典故趣闻信手拈来，于谈古论今间舒展个人性灵。本文上承中国古代散文传统，又被赋予"语语须有个我在"（胡适语）的现代人文精神。幽默诙谐，不凝滞于物，亦不从流俗。胸中有天地而从容淡泊，笔下行云流水，收放自如，堪称中国现代散文典范。

★拓展延伸

梁实秋"闲适"的散文风格，是从他坚定的新人文主义、自由主义、古典主义的思想根底上生发而来的。罗钢在《梁实秋与新人文主义》中提出，梁实秋借鉴美国新人文主义思想家白璧德对西方浪漫主义文学的批判，对五四新文学运动作了整体性的批判和否定，展现出新人文主义者的批判锋芒。刘川鄂在《梁实秋与中国自由主义文学》中提出梁实秋是20世纪中国自由主义文学理论的代表人物，是中国文学史上第一个明确提出文学"发于人性，基于人性，亦止于人性"的理论家。俞兆平的《梁实秋的古典主义文学理论体系》提出梁实秋倡导节制和秩序，是中国现代古典主义文学思潮理论的奠基人。……今天，我们身处新时代，回望这一经典作品，需要了解众多学人的洞见，了解一部作品形成的历史条件和特殊所指，也需要在新的历史条件下以历史的、审美的心态走进文本，理解"闲适"的文风、旨趣及意义。

★思考练习

1. 梁实秋是新人文主义理念坚定的倡导者和实践者。新人文主义提倡的"以人为本""理智节制情感""均衡和谐"等理念，如何影响塑造了梁实秋《雅舍》的艺术风格？

2. 中国古典文学中不乏身居陋室、抒发性情的作品，如陶渊明的《归园田居》、刘禹锡的《陋室铭》、白居易的《庐山草堂记》、杜甫的《茅屋为秋风所破歌》等。梁实秋的《雅舍》与刘禹锡的《陋室铭》，在时代背景、语言表达、艺术风格、文化态度、思想精神等方面有哪些异同？

3. 抗战时期，茅盾、老舍、巴金、冰心、梁实秋等作家在重庆期间，留下了不少展现当地风土人情的文学作品，如《腐蚀》《鼓书艺人》《寒夜》《鸽子》等。梁实秋的《雅舍》在20世纪三四十年代中国作家的重庆书写中，有何独特价值？

再忆萧珊

巴　金

昨夜梦见萧珊，她拉住我的手，说："你怎么成了这个样子？"我安慰她："我不要紧。"她哭起来。我心里难过，就醒了。

病房里有淡淡的灯光。每夜临睡前，陪伴我的儿子或者女婿总是把一盏开着的台灯放在我的床脚。夜并不静，附近通宵施工，似乎在搅拌混凝土。此外我还听见知了的叫声。在数九的冬天哪里来的蝉叫？原来是我的耳鸣。

这一夜我儿子值班，他静静地睡在靠墙放的帆布床上。过了好一阵子，他翻了一个身。

我醒着，我在追寻萧珊的哭声。耳朵倒叫得更响了。……我终于轻轻地唤出了萧珊的名字："蕴珍。"我闭上眼睛。房间马上变换了。

在我们家中，楼下寝室里，她睡在我旁边另一张床上，小声嘱咐我："你有什么委屈，不要瞒住我，千万不能吞在肚里啊！"……

在中山医院的病房里，我站在床前，她含泪地望着我说："我不愿离开你。没有我，谁来照顾你啊？！"……

在中山医院的太平间，担架上一个带人形的白布包，我弯下身子接连拍着，无声地哭唤："蕴珍，我在这里，我在这里……"

我用铺盖蒙住脸。我真想大叫两声。我快要给憋死了。"我到哪里去找她？！"我连声追问自己。我又回到了华东医院的病房。耳边仍是早已习惯的耳鸣。

她离开我十二年了。十二年，多么长的日日夜夜！每次我回到家门口，眼前就出现一张笑脸，一个亲切的声音向我迎来，可是走进院子，却只见一些高高矮矮的没有花的绿树。上了台阶，我环顾四周，她最后一次离家的情景还历历在目：她穿得整整齐齐，有些急躁，有点伤感，又似乎充满希望，走到门口还回头张望。……仿佛车子才开走不久，大门刚刚关上。不,她不是从这两扇绿色大铁门出去的。以前门铃也没有这样悦耳的声音。十二年前更不会有开门进来的挎书包的小姑娘。……为什么偏偏她的面影不能在这里再现?为什么不让她看见活泼可爱的小端端?

我仿佛还站在台阶上等待着车子的驶近,等待一个人回来。这样长的等待!十二年了!甚至在梦里我也听不见她那清脆的笑声。我记得的只是孩子们捧着她的骨灰盒回家的情景。这骨灰盒起初给放在楼下我的寝室内床前五斗橱上。后来"文革"收场,给封闭了十年的楼上她的睡房启封,我又同骨灰盒一起搬上二楼,她仍然伴着我度过无数的长夜。我摆脱不了那些做不完的梦。总是那一双泪汪汪的眼睛!总是那一副前额皱成"川"字的愁颜!总是那无限关心的叮咛劝告!好像我有满腹的委屈瞒住她,好像我摔倒在泥淖中不能自拔,好像我又给打翻在地让人踏上一脚。……每夜每夜,我都听见床前骨灰盒里她的小声呼唤,她的低声哭泣。

怎么我今天还做这样的梦?怎么我现在还甩不掉那种种精神的枷锁?……悲伤没有用。我必须结束那一切梦景。我应当振作起来,即使是最后的一次。骨灰盒还放在我的家中,亲爱的面容还印在我的心上,她不会离开我,也从未离开我。做了十年的"牛鬼",我并不感到孤单。我还有勇气迈步走向我的最终目标——死亡。我的遗物将献给国家,我的骨灰将同她的骨灰搅拌在一起,洒在园中给花树做肥料。

……闹钟响了。听见铃声,我疲倦地睁大眼睛,应当起床了。床头小柜上的闹钟是我从家里带来的。我按照冬季的作息时间:六点半起身。儿子帮忙我穿好衣服,扶我下床。他不知道前一夜我做了些什么梦,醒了多少次。

1984年1月21日

《巴金全集》(第16卷),人民文学出版社1991年版

★作者简介

见小说部分。

★作品导读

本文选自《随想录》。《随想录》写作历时8年，共150篇，总计42万字，笔触朴实，情感真挚，反思"文化大革命"带来的人生苦难与精神异化，充满自省与忏悔精神，被誉为"一部说真话的大书""继鲁迅杂文后中国散文史上的又一座丰碑"，巴金也因此被称为"二十世纪中国文学的良心"。

《再忆萧珊》作于1984年。萧珊原名陈蕴珍，与巴金通信相识8年后，二人于1944年旅行结婚，鹣鲽情深厮守28年。萧珊在"文化大革命"中受巴金牵连被批斗，于1972年患癌孤独去世。巴金在妻子过世6年后作《怀念萧珊》，12年后作《再忆萧珊》，以淋漓泪文浇心中块垒。萧珊去世后，巴金将妻子的骨灰盒置于床边，相对共眠。巴金在《怀念萧珊》中追忆二人最后的相处与离别的种种细节，在《再忆萧珊》中记录下自己经年之后仍然痛彻心扉、任时光冲刷而萦绕不灭的泣血情思。2005年，巴金过世，两人骨灰一起撒入东海。

《再忆萧珊》始于梦境，终于梦醒。一位饱受耳鸣困扰的白发老者，心中俱是对已逝所爱的无尽思念与等待。他的梦中满是妻子的关爱和宽慰，恍惚间追寻着妻子的哭声；他在梦醒时决意振作，并憧憬着死后的重逢。"每夜，每夜我都听见床前骨灰盒里她的小声呼唤，她的低声哭泣"，字里行间痛陈着"文化大革命"加诸人身上的无可挽回、无法愈合的创伤，"做了十年的牛鬼，我并不感到孤单"，字字句句铭刻着历史狂澜中爱人之间的柔柔密语和默默相守，诉说着生死变局中人的顽强爱意与不灭深情。"我仿佛还站在台阶上等待车子的驶近，等待一个人回来"，真挚不移的情感穿越生死的两隔，拒绝记忆的褪色，无视时间的飞逝，执着地牵系在所爱身上。

《怀念萧珊》与《再忆萧珊》二文以朴拙无华的语言吐露真情，是感人至深的爱的不朽乐章，是发人深省的历史文档，也是中国现代散文中值得铭记的经典。

★拓展延伸

巴金将《随想录》视为"遗嘱""思想汇报""人生收支总账""真话""'文革'博物馆""忏悔录""自我解剖"。《随想录》不仅是个人的情感书写,一个文学史文本,也是一个思想史文本。

《随想录》是巴金散文研究的重心,相关研究多从思想方面入手。周晓琳在《中国文学的忏悔意识》中提出"巴金是中国文坛上第一位以忏悔者形象出现的作家,将忏悔意识带进了新时期文坛"。祥耘等提出,中国现代知识分子的忏悔意识是融合了中国传统儒家"内圣"思想、西方基督教原罪观念与卢梭《忏悔录》等思想精华的结晶。刘喜录认为《随想录》是体现中国当代知识分子在"自救"与"被救"之间矛盾心态的经典文本。孙祖娟在《执着中的升华——〈怀念萧珊〉琐议》中推崇巴金的婚恋态度。陈思和在《巴金的意义》中肯定巴金"以'讲真话'来维护良知与操守的精神,正是近百年积淀下来的中国现代知识分子的精神传统"。以上信息,有助于我们深入理解巴金《随想录》的特色与内涵。

★思考练习

1. 《随想录》中有诸多关于梦和疾病的书写,巴金曾言:"我写因为我有话要说,我发表因为我欠债要还……我不把它们倾吐出来,清除干净,就无法不做噩梦,就不能平静地度过我晚年的最后日子,甚至可以说我永远闭不了眼睛。""梦"与"疾病"的隐喻在文中有哪些涵义?

2. 关于《随想录》的争议一直不断:作品发表之初有人指责巴金"犯了错误""坚持不同政见",此后又有人对他是否说了真话、是否说了全部的真话、是否说了足够深刻的真话提出疑问。我们应如何看待巴金《随想录》的价值?

我与地坛

史铁生

一

我在好几篇小说中都提到过一座废弃的古园,实际上就是地坛。许多年前旅游业还没有开展,园子荒芜冷落得如同一片野地,很少被人记起。

地坛离我家很近。或者说我家离地坛很近。总之,只好认为这是缘分。地坛在我出生前四百多年就坐落在那儿了,而自从我的祖母年轻时带着我父亲来到北京,就一直住在离它不远的地方——五十多年间搬过几次家,可搬来搬去总是在它周围,而且是越搬离它越近了。我常觉得这中间有着宿命的味道:仿佛这古园就是为了等我,而历尽沧桑在那儿等待了四百多年。

它等待我出生,然后又等待我活到最狂妄的年龄上忽地残废了双腿。四百多年里,它一面剥蚀了古殿檐头浮夸的琉璃,淡褪了门壁上炫耀的朱红,坍圮了一段段高墙又散落了玉砌雕栏,祭坛四周的老柏树愈见苍幽,到处的野草荒藤也都茂盛得自在坦荡。这时候想必我是该来了。十五年前的一个下午,我摇着轮椅进入园中,它为一个失魂落魄的人把一切都准备好了。那时,太阳循着亘古不变的路途正越来越大,也越红。在满园弥漫的沉静光芒中,一个人更容易看到时间,并看见自己的身影。

自从那个下午我无意中进了这园子,就再没长久地离开过它。我一下子就理解了它的意图,正如我在一篇小说中所说的:"在人口密聚的城市里,有这样一个宁静的去处,像是上帝的苦心安排。"

两条腿残废后的最初几年,我找不到工作,找不到去路,忽然间几乎什么都找不到了,我就摇了轮椅总是到它那儿去,仅为着那儿是可以逃避一个世界的另一个世界。我在那篇小说中写道:"没处可去我便一天到晚耗在这园子里。跟上班下班一样,别人去上班我就摇了轮椅到这儿来。""园子无人看管,上下班时间有些抄近路的人们从园中穿过,园子里活跃一阵,过后便沉寂下来。""园墙在金晃晃的空气中斜切下一溜阴凉,我把轮椅开进去,把椅背放倒,坐着或是躺着,看书或者想事,撅一杈树枝左右拍打,驱赶那些和我一样不明白为什么要来这世上的小昆虫。""蜂儿如一朵小雾稳稳地停在半空;蚂蚁摇头晃脑捋着触须,猛然间想透了什么,转身疾行而去;瓢虫爬得不耐烦了,累了,祈祷一回便支开翅膀,忽悠一下升空了;树干上留着一只蝉蜕,寂寞如一间空屋;露水在草叶上滚动,聚集,压弯了草叶轰然坠地摔开万道金光。""满园子都是草木竞相生长弄出的响动,窸窸窣窣窸窸窣窣片刻不息。"这都是真实的记录,园子荒芜但并不衰败。

除去几座殿堂我无法进去,除去那座祭坛我不能上去而只能从各个角度张望它,地坛的每一棵树下我都去过,差不多它的每一米草地上都有过我的车轮印。无论是什么季节,什么天气,什么时间,我都在这园子里待过。有时候待一会儿就回家,有时候就待到满地上都亮起月光。记不清都是在它的哪些角落里了。我一连几小时专心致志地想关于死的事,也以同样的耐心和方式想过我为什么要出生。这样想了好几年,最后事情终于弄明白了:一个人,出生了,这就不再是一个可以辩论的问题,而只是上帝交给他的一个事实;上帝在交给我们这件事实的时候,已经顺便保证了它的结果,所以死是一件不必急于求成的事,死是一个必然会降临的节日。这样想过之后我安心多了,眼前的一切不再那么可怕。比如你起早熬夜准备考试的时候,忽然想起有一个长长的假期在前面等待你,你会不会觉得轻松一点儿?并且庆幸并且感激这样的安排?

剩下的就是怎样活的问题了。这却不是在某一个瞬间就能完全想透的,不是能够一次性解决的事,怕是活多久就要想它多久了,就像是伴你终生的魔鬼或恋人。所以,十五年了,我还是总得到那古园里去,去它的老树下或荒草边或颓墙旁,去默坐,去呆想,去推开耳边的嘈杂理一理纷乱的思绪,去窥看自己的心魂。十五年中,这古园的形体被不能理解它的人肆意雕琢,幸好有些东西是任谁也不能改变它的。譬如祭坛石门中的落日,寂静的光辉平铺的一刻,地上的每一个坎坷都被映照得灿烂；譬如在园中最为落寞的时间，一群雨燕便出来高歌，把天地都叫喊得苍凉；譬如冬天雪地上孩子的脚印，总让人猜想他们是谁，曾在哪儿做过些什么，然后又都到哪儿去了；譬如那些苍黑的古柏，你忧郁的时候它们镇静地站在那儿，你欣喜的时候它们依然镇静地站在那儿，它们没日没夜地站在那儿从你没有出生一直站到这个世界上又没了你的时候；譬如暴雨骤临园中，激起一阵阵灼烈而清纯的草木和泥土的气味，让人想起无数个夏天的事件；譬如秋风忽至，再有一场早霜，落叶或飘摇歌舞或坦然安卧，满园中播散着熨帖而微苦的味道。味道是最说不清楚的，味道不能写只能闻，要你身临其境去闻才能明了。味道甚至是难于记忆的，只有你又闻到它你才能记起它的全部情感和意蕴。所以我常常要到那园子里去。

二

现在我才想到，当年我总是独自跑到地坛去，曾经给母亲出了一个怎样的难题。

她不是那种光会疼爱儿子而不懂得理解儿子的母亲。她知道我心里的苦闷，知道不该阻止我出去走走，知道我要是老待在家里结果会更糟，但她又担心我一个人在那荒僻的园子里整天都想些什么。我那时脾气坏到极点，经常是发了疯一样地离开家，从那园子里回来又中了魔似的什么话都不说。母亲知道有些事不宜问，便犹犹豫豫地想问而终于不敢问，因为她自己心里也没有答案。她料想我不会愿意她跟我一同去，所以她从未这样要求过，她知道得给我一点儿独处的时间，得有这样一段过程。她只是不知道这过程得要多久和这过程的尽头究竟是什么。每次我要动身时，她便无言地帮我准备，帮助我上了轮椅车，看着我摇车拐出小院；这以后她会怎样，当年我不曾想过。

有一回我摇车出了小院，想起一件什么事又返身回来，看见母亲仍站在原地，还是送我走时的姿势，望着我拐出小院去的那处墙角，对我的回来竟一时没有反应。待她再次送我出门的时候，她说："出去活动活动，去地坛看看书，我说这挺好。"许多年以后我才渐渐听出，母亲这话实际上是自我安慰，是暗自的祷告，是给我的提示，是恳求与嘱咐。只是在她猝然去世之后，我才有余暇设想，当我不在家里的那些漫长的时间，她是怎样心神不定坐卧难宁，兼着痛苦与惊恐与一个母亲最低限度的祈求。现在我可以断定，以她的聪慧和坚忍，在那些空落的白天后的黑夜，在那不眠的黑夜后的白天，她思来想去最后准是对自己说："反正我不能不让他出去，未来的日子是他自己的，如果他真的要在那园子里出什么事，这苦难也只好我来承担。"在那段日子里——那是好几年前的一段日子，我想我一定使母亲做过最坏的准备了，但她从来没有对我说过："你为我想想。"事实上我也真的没为她想过。那时她的儿子还太年轻，还来不及为母亲想，他被命运击昏了头，一心以为自己是世上最不幸的一个，不知道儿子的不幸在母亲那儿总是要加倍的。她有一个长到二十岁上忽然截瘫了的儿子，这是她惟一的儿子；她情愿截瘫的是自己而不是儿子，可这事无法代替；她想，只要儿子能活下去哪怕自己去死呢也行，可她又确信一个人不能仅仅是活着，儿子得有一条路走向自己的幸福；而这条路呢，没有谁能保证她的儿子终于能找到——这样一个母亲，注定是活得最苦的母亲。

有一次与一个作家朋友聊天，我问他学写作的最初动机是什么？他想了一会儿说："为我母亲。为了让她骄傲。"我心里一惊，良久无言。回想自己最初写小说的动机，虽不似这位朋友的那般单纯，但如他一样的愿望我也有，且一经细想，发现这愿望也在全部动机中占了很大比重。这位朋友说："我的动机太低俗了吧？"我光是摇头，心想低俗并不见得低俗，只怕是这愿望过于天真了。他又说："我那时真就是想出名，出了名让别人羡慕我母亲。"我想，他比我坦率。我想，他又比我幸福，因为他的母亲还活着。而且我想，他的母亲也比我的母亲运气好，他的母亲没有一个双腿残废的儿子，否则事情就不这么简单。

在我的头一篇小说发表的时候，在我的小说第一次获奖的那些日子里，我真是多么希望我的母亲还活着。我便又不能在家里待了，又整天整天独自跑到地坛去，心里是没头没尾的沉郁和哀怨，走遍整个园子却怎么也想不通：母亲为什么就不能再多活两年？为什么在她儿子就快要碰撞开一条路的时候，她却忽然熬不住了？莫非她来此世上只是为了替儿子担忧，却不该分享我的一点点快乐？她匆匆离我去时才只有四十九岁呀！有那么一会，我甚至对世界对上帝充满了仇恨和厌恶。后来我在一篇题为《合欢树》的文章中写道："坐在小公园安静的树林里，我闭上眼睛，想：上帝为什么早早地召母亲回去呢？很久很久，迷迷糊糊地，我听见了回答：'她心里太苦了。上帝看她受不住了，就召她回去。'我似乎得到一点儿安慰，睁开眼睛，看见风正从树林里穿过。"小公园，指的也是地坛。

只是到了这时候，纷纭的往事才在我眼前幻现得清晰，母亲的苦难与伟大才在我心中渗透得深彻。上帝的考虑，也许是对的。

摇着轮椅在园中慢慢走，又是雾罩的清晨，又是骄阳高悬的白昼，我只想着一件事：母亲已经不在了。在老柏树旁停下，在草地上在颓墙边停下，又是处处虫鸣的午后，又是鸟儿归巢的傍晚，我心里只默念着一句话：可是母亲已经不在了。把椅背放倒，躺下，似睡非睡挨到日没，坐起来，心神恍惚，呆呆地直坐到古祭坛上落满黑暗然后再渐渐浮起月光，心里才有点儿明白，母亲不能再来这园中找我了。

曾有过好多回，我在这园子里待得太久了，母亲就来找我。她来找我又不想让我发觉，只要见我还好好地在这园子里，她就悄悄转身回去，我看见过几次她的背影。我也看见过几回她四处张望的情景，她视力不好，端着眼镜像在寻找海上的一条船，她没看见我时我已经看见她了，待我看见她也看见我了我就不去看她，过一会我再抬头看她就又看见她缓缓离去的背影。我单是无法知道有多少回她没有找到我。有一回我坐在矮树丛中，树丛很密，我看见她没有找到我；她一个人在园子里走，走过我的身旁，走过我经常待的一些地方，步履茫然又急迫。我不知道她已经找了多久还要找多久，我不知道为什么我决意不喊她——但这绝不是小时候的捉迷藏，这也许是出于长大了的男孩子的倔强或羞涩？但这倔强只留给我痛悔，丝毫也没有骄傲。我真想告诫所有长大了的男孩子，千万不要跟母亲来这套倔强，羞涩就更不必，我已经懂了可我已经来不及了。

儿子想使母亲骄傲，这心情毕竟是太真实了，以致使"想出名"这一声名狼藉的念头也多少改变了一点儿形象。这是个复杂的问题，且不去管它了罢。随着小说获奖的激动逐日暗淡，我开始相信，至少有一点我是想错了：我用纸笔在报刊上碰撞开的一条路，并不就是母亲盼望我找到的那条路。年年月月我都到这园子里来，年年月月我都要想，母亲盼望我找到的那条路到底是什么。母亲生前没给我留下过什么隽永的哲言，或要我恪守的教诲，只是在她去世之后，她艰难的命运、坚忍的意志和毫不张扬的爱，随光阴流转，在我的印象中愈加鲜明深刻。

有一年，十月的风又翻动起安详的落叶，我在园中读书，听见两个散步的老人说："没想到这园子有这么大。"我放下书，想，这么大一座园子，要在其中找到她的儿子，母亲走过了多少焦灼的路。多年来我头一次意识到，这园中不单是处处都有过我的车辙，有过我的车辙的地方也都有过母亲的脚印。

三

如果以一天中的时间来对应四季，当然春天是早晨，夏天是中午，秋天是黄昏，冬天是夜晚。如果以乐器来对应四季，我想春天应该是小号，夏天是定音鼓，秋天是大提琴，冬天是圆号和长笛。要是以这园子里的声响来对应四季呢？那么，春天是祭坛上空漂浮着的鸽子的哨音，夏天是冗长的蝉歌和杨树叶子哗啦啦地对蝉歌的取笑，秋天是古殿檐头的风铃响，冬天是啄木鸟随意而空旷的啄木声。以园中的景物对应四季，春天是一径时而苍白时而黑润的小路，时而明朗时而阴晦的天上摇荡着串串杨花；夏天是一条条耀眼而灼人的石凳，或阴凉而爬满了青苔的石阶，阶下有果皮，阶上有半张被坐皱的报纸；秋天是一座青铜的大钟，在园子的西北角上曾丢弃着一座很大的铜钟，铜钟与这园子一般年纪，浑身挂满绿锈，文字已不清晰；冬天，是林中空地上几只羽毛蓬松的老麻雀。以心绪对应四季呢？春天是卧病的季节，否则人们不易发觉春天的残忍与渴望；夏天，情人们应该在这个季节里失恋，不然就似乎对不起爱情；秋天是从外面买一棵盆花回家的时候，把花搁在阔别了的家中，并且打开窗户把阳光也放进屋里，慢慢回忆慢慢整理一些发过霉的东西；冬天伴着火炉和书，一遍遍坚定不死的决心，写一些并不发出的信。还可以用艺术形式对应四季，这样春天就是一幅画，夏天是一部长篇小说，秋天是一首短歌或诗，冬天是一群雕塑。以梦呢？以梦对应四季呢？春天是树尖上的呼喊，夏天是呼喊中的细雨，秋天是细雨中的土地，冬天是干净的土地上的一只孤零的烟斗。

因为这园子，我常感恩于自己的命运。

我甚至现在就能清楚地看见，一旦有一天我不得不长久地离开它，我会怎样想念它，我会怎样想念它并且梦见它，我会怎样因为不敢想念它而梦也梦不到它。

四

现在让我想想，十五年中坚持到这园子来的人都是谁呢？好像只剩了我和一对老人。

十五年前，这对老人还只能算是中年夫妇，我则货真价实还是个青年。他们总是在薄暮时分来园中散步，我不大弄得清他们是从哪边的园门进来，一般来说他们是逆时针绕这园子走。男人个子很高，肩宽腿长，走起路来目不斜视，胯以上直至脖颈挺直不动，他的妻子攀了他一条胳膊走，也不能使他的上身稍有松懈。女人个子却矮，也不算漂亮，我无端地相信她必出身于家道中衰的名门富族；她攀在丈夫胳膊上像个娇弱的孩子，她向四周观望似总含着恐惧，她轻声与丈夫谈话，见有人走近就立刻怯怯地收住话头。我有时因为他们而想起冉阿让与柯赛特，但这想法并不巩固，他们一望即知是老夫老妻。两个人的穿着都算得上考究，但由于时代的演进，他们的服饰又可以称为古朴了。他们和我一样，到这园子里来几乎是风雨无阻，不过他们比我守时。我什么时间都可能来，他们则一定是在暮色初临的时候。刮风时他们穿了米色风衣，下雨时他们打了黑色的雨伞，夏天他们的衬衫是白色的裤子是黑色的或米色的，冬天他们的呢子大衣又都是黑色的，想必他们只喜欢这三种颜色。他们逆时针绕这园子一周，然后离去。他们走过我身旁时只有男人的脚步响，女人像是贴在高大的丈夫身上跟着漂移。我相信他们一定对我有印象，但是我们没有说过话，我们互相都没有想要接近的表示。十五年中，他们或许注意到一个小伙子进入了中年，我则看着一对令人羡慕的中年情侣不觉中成了两个老人。

曾有过一个热爱唱歌的小伙子，他也是每天都到这园中来，来唱歌，唱了好多年，后来不见了。他的年纪与我相仿，他多半是早晨来，唱半小时或整整唱一个上午，估计在另外的时间里他还得上班。我们经常在祭坛东侧的小路上相遇，我知道他是到东南角的高墙下去唱歌，他一定猜想我去东北角的树林里做什么。我找到我的地方，抽几口烟，便听见他谨慎地整理歌喉了。他反反复复唱那么几首歌。"文化革命"没过去的时候，他唱"蓝蓝的天上白云飘，白云下面马儿跑……"我老也记不住这歌的名字。"文革"后，他唱《货郎与小姐》中那首最为流传的咏叹调。"卖布——卖布嘞，卖布——卖布嘞！"我记得这开头的一句他唱得很有声势，在早晨清澈的空气中，货郎跑遍园中的每一个角落去恭维小姐。"我交了好运气，我交了好运气，我为幸福唱歌曲……"然后他就一遍一遍地唱，不让货郎的激情稍减。依我听来，他的技术不算精到，在关键的地方常出差错，但他的嗓子是相当不坏的，而且唱一个上午也听不出一点疲惫。太阳也不疲惫，把大树的影子缩小成一团，把疏忽大意的蚯蚓晒干在小路上。将近中午，我们又在祭坛东侧相遇，他看一看我，我看一看他，他往北去，我往南去。日子久了，我感到我们都有结识的愿望，但似乎都不知如何开口，于是互相注视一下终又都移开目光擦身而过；这样的次数一多，便更不知如何开口了。终于有一天——一个丝毫没有特点的日子，我们互相点了一下头。他说："你好。"我说："你好。"他说："回去啦？"我说："是，你呢？"他说："我也该回去了。"我们都放慢脚步（其实我是放慢车速），想再多说几句，但仍然是不知从何说起，这样我们就都走过了对方，又都扭转身子面向对方。他说："那就再见吧。"我说："好，再见。"便互相笑笑各走各的路了。但是我们没有再见，那以后，园中再没了他的歌声，我才想到，那天他或许是有意与我道别的，也许他考上了哪家专业的文工团或歌舞团了吧？真希望他如他歌里所唱的那样，交了好运气。

　　还有一些人，我还能想起一些常到这园子里来的人。有一个老头，算得一个真正的饮者；他在腰间挂一个扁瓷瓶，瓶里当然装满了酒，常来这园中消磨午后的时光。他在园中四处游逛，如果你不注意你会以为园中有好几个这样的老头，等你看过了他卓尔不群的饮酒情状，你就会相信这是个独一无二的老头。他的衣着过分随便，走路的姿态也不慎重,走上五六十米路便选定一处地方,一只脚踏在石凳上或土埂上或树墩上,解下腰间的酒瓶,解酒瓶的当儿眯起眼睛把一百八十度视角内的景物细细看一遭,然后以迅雷不及掩耳之势倒一大口酒入肚,把酒瓶摇一摇再挂向腰间,平心静气地想一会儿什么,便走下一个五六十米去。

还有一个捕鸟的汉子,那岁月园中人少,鸟却多,他在西北角的树丛中拉一张网,鸟撞在上面,羽毛戗在网眼里便不能自拔。他单等一种过去很多而现在非常罕见的鸟,其他的鸟撞在网上他就把它们摘下来放掉,他说已经有好多年没等到那种罕见的鸟了,他说他再等一年看看到底还有没有那种鸟,结果他又等了好多年。早晨和傍晚,在这园子里可以看见一个中年女工程师,早晨她从北向南穿过这园子去上班,傍晚她从南向北穿过这园子回家,事实上我并不了解她的职业或者学历,但我以为她必是学理工的知识分子,别样的人很难有她那般的素朴并优雅。当她在园子穿行的时刻,四周的树林也仿佛更加幽静,清淡的日光中竟似有悠远的琴声,比如说是那曲《献给艾丽丝》才好。我没有见过她的丈夫,没有见过那个幸运的男人是什么样子,我想像过却想像不出,后来忽然懂了想像不出才好,那个男人最好不要出现。她走出北门回家去,我竟有点儿担心,担心她会落入厨房,不过,也许她在厨房里劳作的情景更有另外的美吧,当然不能再是《献给艾丽丝》,是个什么曲子呢?

还有一个人,是我的朋友,他是个最有天赋的长跑家,但他被埋没了。他因为在"文革"中出言不慎而坐了几年牢,出来后好不容易找了个拉板车的工作,样样待遇都不能与别人平等,苦闷极了便练习长跑。那时他总来这园子里跑,我用手表为他计时。他每跑一圈向我招一下手,我就记下一个时间。每次他要环绕这园子跑二十圈,大约两万米。他盼望以他的长跑成绩来获得政治上真正的解放,他以为记者的镜头和文字可以帮他做到这一点。第一年他在春节环城赛上跑了第十五名,他看见前十名的照片都挂在了长安街的新闻橱窗里,于是有了信心。第二年他跑了第四名,可是新闻橱窗里只挂了前三名的照片,他没灰心。第三年他跑了第七名,橱窗里挂前六名的照片,他有点儿怨自己。第四年他跑了第三名,橱窗里却只挂了第一名的照片。第五年他跑了第一名——他几乎绝望了,橱窗里只有一幅环城赛群众场面的照片。那些年我们俩常一起在这园子里待到天黑，开怀痛骂，骂完沉默着回家，分手时再互相叮嘱：先别去死，再试着活一活看。现在他已经不跑了，年岁太大了，跑不了那么快了。最后一次参加环城赛，他以三十八岁之龄又得了第一名并且破了纪录，有一位专业队的教练对他说："我要是十年前发现你就好了。"他苦笑一下什么也没说，只在傍晚又来这园中找到我，把这事平静地向我叙说一遍。不见他已有好几年了，现在他和妻子和儿子住在很远的地方。

这些人现在都不到园子里来了，园子里差不多完全换了一批新人。十五年前的旧人，现在就剩我和那对老夫老妻了。有那么一段时间，这老夫老妻中的一个也忽然不来，薄暮时分惟男人独自来散步，步态也明显迟缓了许多，我悬心了很久，怕是那女人出了什么事。幸好过了一个冬天那女人又来了，两个人仍是逆时针绕着园子走，一长一短两个身影恰似钟表的两支指针；女人的头发白了许多，但依旧攀着丈夫的胳膊走得像个孩子。"攀"这个字用得不恰当了，或许可以用"搀"吧，不知有没有兼具这两个意思的字。

五

我也没有忘记一个孩子———一个漂亮而不幸的小姑娘。十五年前的那个下午，我第一次到这园子里来就看见了她，那时她大约三岁，蹲在斋宫西边的小路上捡树上掉落的"小灯笼"。那儿有几棵大栾树，春天开一簇簇细小而稠密的黄花，花落了便结出无数如同三片叶子合抱的小灯笼，小灯笼先是绿色，继而转白，再变黄，成熟了掉落得满地都是。小灯笼精巧得令人爱惜，成年人也不免捡了一个还要捡一个。小姑娘咿咿呀呀地跟自己说着话，一边捡小灯笼；她的嗓音很好，不是她那个年龄所常有的那般尖细，而是很圆润甚或是厚重，也许是因为那个下午园子里太安静了。我奇怪这么小的孩子怎么一个人跑来这园子里？我问她住在哪儿？她随手指一下，就喊她的哥哥，沿墙根一带的茂草之中便站起一个七八岁的男孩，朝我望望，看我不像坏人便对他的妹妹说："我在这儿呢！"又伏下身去，他在捉什么虫子。他捉到螳螂、蚂蚱、知了和蜻蜓，来取悦他的妹妹。有那么两三年，我经常在那几棵大栾树下见到他们，兄妹俩总是在一起玩，玩得和睦融洽，都渐渐长大了些。之后有很多年没见到他们。我想他们都在学校里吧，小姑娘也到了上学的年龄，必是告别了孩提时光，没有很多机会来这儿玩了。这事很正常，没理由太搁在心上，若不是有一年我又在园中见到他们，肯定就会慢慢把他们忘记。

　　那是个礼拜日的上午。那是个晴朗而令人心碎的上午，时隔多年，我竟发现那个漂亮的小姑娘原来是个弱智的孩子。我摇着车到那几棵大栾树下去，恰又是遍地落满了小灯笼的季节；当时我正为一篇小说的结尾所苦，既不知为什么要给它那样一个结尾，又不知何以忽然不想让它有那样一个结尾，于是从家里跑出来，想依靠着园中的镇静，看看是否应该把那篇小说放弃。我刚刚把车停下，就见前面不远处有几个人在戏耍一个少女，作出怪样子来吓她，又喊又笑地追逐她拦截她，少女在几棵大树间惊惶地东跑西躲，却不松手揪卷在怀里的裙裾，两条腿袒露着也似毫无察觉。我看出少女的智力是有些缺陷，却还没看出她是谁。我正要驱车上前为少女解围，就见远处飞快地骑车来了个小伙子，于是那几个戏耍少女的家伙望风而逃。小伙子把自行车支在少女近旁，怒目望着那几个四散逃窜的家伙，一声不吭喘着粗气，脸色如暴雨前的天空一样一会儿比一会儿苍白。这时我认出了他们，小伙子和少女就是当年那对小兄妹。我几乎是在心里惊叫了一声，或者是哀号。世上的事常常使上帝的居心变得可疑。小伙子向他的妹妹走去。少女松开了手，裙裾随之垂落下来，很多很多她捡的小灯笼便撒落了一地，铺散在她脚下。她仍然算得上漂亮，但双眸迟滞没有光彩。她呆呆地望着那群跑散的家伙，望着极目之处的空寂，凭她的智力绝不可能把这个世界想明白吧？大树下，破碎的阳光星星点点，风把遍地的小灯笼吹得滚动，仿佛喑哑地响着无数小铃铛。哥哥把妹妹扶上自行车后座，带着她无言地回家去了。

　　无言是对的。要是上帝把漂亮和弱智这两样东西都给了这个小姑娘，就只有无言和回家去是对的。

　　谁又能把这世界想个明白呢？世上的很多事是不堪说的。你可以抱怨上帝何以要降诸多苦难给这人间，你也可以为消灭种种苦难而奋斗，并为此享有崇高与骄傲，但只要你再多想一步你就会坠入深深的迷茫了：假如世界上没有了苦难，世界还能够存在么？要是没有愚钝，机智还有什么光荣呢？要是没了丑陋，漂亮又怎么维系自己的幸运？要是没有了恶劣和卑下，善良与高尚又将如何界定自己又如何成为美德呢？要是没有了残疾，健全会否因其司空见惯而变得腻烦和乏味呢？我常梦想着在人间彻底消灭残疾，但可以相信，那时将由患病者代替残疾人去承担同样的苦难。如果能够把疾病也全数消灭，那么这份苦难又将由（比如说）相貌丑陋的人去承担了。就算我们连丑陋，连愚昧和卑鄙和一切我们所不喜欢的事物和行为，也都可以统统消灭掉，所有的人都一样健康、漂亮、聪慧、高尚，结果会怎样呢？怕是人间的剧目就全要收场了，一个失去差别的世界将是一潭死水，是一块没有感觉没有肥力的沙漠。

看来差别永远是要有的。看来就只好接受苦难——人类的全部剧目需要它，存在的本身需要它。看来上帝又一次对了。

于是就有一个最令人绝望的结论等在这里：由谁去充任那些苦难的角色？又有谁去体现这世间的幸福、骄傲和快乐？只好听凭偶然，是没有道理好讲的。

就命运而言，休论公道。

那么，一切不幸命运的救赎之路在哪里呢？

设若智慧或悟性可以引领我们去找到救赎之路，难道所有的人都能够获得这样的智慧和悟性吗？

我常以为是丑女造就了美人。我常以为是愚氓举出了智者。我常以为是懦夫衬照了英雄。我常以为是众生度化了佛祖。

六

设若有一位园神，他一定早已注意到了，这么多年我在这园里坐着，有时候是轻松快乐的，有时候是沉郁苦闷的，有时候优哉游哉，有时候恓惶落寞，有时候平静而且自信，有时候又软弱，又迷茫。其实总共只有三个问题交替着来骚扰我，来陪伴我。第一个是要不要去死，第二个是为什么活，第三个，我干吗要写作。

现在让我看看，它们迄今都是怎样编织在一起的吧。

你说，你看穿了死是一件无需乎着急去做的事，是一件无论怎样耽搁也不会错过的事，便决定活下去试试？是的，至少这是很关键的因素。为什么要活下去试试呢？好像仅仅是因为不甘心，机会难得，不试白不试，腿反正是完了，一切仿佛都要完了，但死神很守信用，试一试不会额外再有什么损失。说不定倒有额外的好处呢是不是？我说过，这一来我轻松多了，自由多了。为什么要写作呢？作家是两个被人看重的字，这谁都知道。为了让那个躲在园子深处坐轮椅的人，有朝一日在别人眼里也稍微有点儿光彩，在众人眼里也能有个位置，哪怕那时再去死呢也就多少说得过去了。开始的时候就是这样想，这不用保密，这些现在不用保密了。

我带着本子和笔，到园中找一个最不为人打扰的角落，偷偷地写。那个爱唱歌的小伙子在不远的地方一直唱。要是有人走过来，我就把本子合上把笔叼在嘴里。我怕写不成反落得尴尬。我很要面子。可是你写成了，而且发表了。人家说我写的还不坏，他们甚至说：真没想到你写得这么好。我心说你们没想到的事还多着呢。我确实有整整一宿高兴得没合眼。我很想让那个唱歌的小伙子知道，因为他的歌也毕竟是唱得不错。我告诉我的长跑家朋友的时候，那个中年女工程师正优雅地在园中穿行；长跑家很激动，他说好吧，我玩命跑，你玩命写。这一来你中了魔了，整天都在想哪一件事可以写，哪一个人可以让你写成小说。是中了魔了，我走到哪儿想到哪儿，在人山人海里只寻找小说。要是有一种小说试剂就好了，见人就滴两滴看他是不是一篇小说；要是有一种小说显影液就好了，把它泼满全世界看看都是哪儿有小说。中了魔了，那时我完全是为了写作活着。结果你又发表了几篇，并且出了一点儿小名，可这时你越来越感到恐慌。我忽然觉得自己活得像个人质，刚刚有点儿像个人了却又过了头，像个人质，被一个什么阴谋抓了来当人质，不定哪天被处决，不定哪天就完蛋。你担心要不了多久你就会文思枯竭，那样你就又完了。凭什么我总能写出小说来呢？凭什么那些适合做小说的生活素材就总能送到一个截瘫者跟前来呢？人家满世界跑都有枯竭的危险，而我坐在这园子里凭什么可以一篇接一篇地写呢？你又想到死了。

我想见好就收吧。当一名人质实在是太累了太紧张了,太朝不保夕了。我为写作而活下来,要是写作到底不是我应该干的事,我想我再活下去是不是太冒傻气了?你这么想着你却还在绞尽脑汁地想写。我好歹又拧出点儿水来,从一条快要晒干的毛巾上。恐慌日甚一日,随时可能完蛋的感觉比完蛋本身可怕多了,所谓不怕贼偷就怕贼惦记,我想人不如死了好,不如不出生的好,不如压根儿没有这个世界的好。可你并没有去死。我又想到那是一件不必着急的事。可是不必着急的事并不证明是一件必要拖延的事呀?你总是决定活下来,这说明什么?是的,我还是想活。人为什么活着?因为人想活着,说到底是这么回事,人真正的名字叫作:欲望。可我不怕死,有时候我真的不怕死。有时候——说对了。不怕死和想去死是两回事,有时候不怕死的人是有的,一生下来就不怕死的人是没有的。我有时候倒是怕活。可是怕活不等于不想活呀!可我为什么还想活呢?因为你还想得到点儿什么,你觉得你还是可以得到点儿什么的,比如说爱情,比如说价值感之类,人真正的名字叫欲望。这不对吗?我不该得到点儿什么吗?没说不该。可我为什么活得恐慌,就像个人质?后来你明白了,你明白你错了,活着不是为了写作,而写作是为了活着。你明白了这一点是在一个挺滑稽的时刻。那天你又说你不如死了好,你的一个朋友劝你:你不能死,你还得写呢,还有好多好作品等着你去写呢。这时候你忽然明白了,你说:只是因为我活着,我才不得不写作。或者说只是因为你还想活下去,你才不得不写作。是的,这样说过之后我竟然不那么恐慌了。就像你看穿了死之后所得的那份轻松?一个人质报复一场阴谋的最有效的办法是把自己杀死。我看出我得先把我杀死在市场上,那样我就不用参加抢购题材的风潮了。你还写吗?还写。你真的不得不写吗?人都忍不住要为生存找一些牢靠的理由。你不担心你会枯竭了?我不知道,不过我想,活着的问题在死前是完不了的。

这下好了,您不再恐慌了不再是个人质了,您自由了。算了吧你,我怎么可能自由呢?别忘了人真正的名字是:欲望。所以您得知道,消灭恐慌的最有效的办法就是消灭欲望。可是我还知道,消灭人性的最有效的办法也是消灭欲望。那么,是消灭欲望同时也消灭恐慌呢?还是保留欲望同时也保留人性？

我在这园子里坐着，我听见园神告诉我：每一个有激情的演员都难免是一个人质。每一个懂得欣赏的观众都巧妙地粉碎了一场阴谋。每一个乏味的演员都是因为他老以为这戏剧与自己无关。每一个倒霉的观众都是因为他总是坐得离舞台太近了。

我在这园子里坐着，园神成年累月地对我说：孩子，这不是别的，这是你的罪孽和福祉。

七

要是有些事我没说，地坛，你别以为是我忘了，我什么也没忘，但是有些事只适合收藏。不能说，也不能想，却又不能忘。它们不能变成语言，它们无法变成语言，一旦变成语言就不再是它们了。它们是一片朦胧的温馨与寂寥，是一片成熟的希望与绝望，它们的领地只有两处：心与坟墓。比如说邮票，有些是用于寄信的，有些仅仅是为了收藏。

如今我摇着车在这园子里慢慢走，常常有一种感觉，觉得我一个人跑出来已经玩得太久了。有一天我整理我的旧相册，看见一张十几年前我在这园子里照的照片——那个年轻人坐在轮椅上，背后是一棵老柏树，再远处就是那座古祭坛。我便到园子里去找那棵树。我按着照片上的背景找很快就找到了它，按着照片上它枝干的形状找，肯定那就是它。但是它已经死了，而且在它身上缠绕着一条碗口粗的藤萝。我当然记得园工们种那棵藤萝时的情景，我却不记得是在什么时候它已经长到了碗口粗。有一天我在这园子碰见一个老太太，她说："哟，你还在这儿哪？"她问我："你母亲还好吗？""您是谁？""你不记得我，我可记得你。有一回你母亲来这儿找你，她问我您看没看见一个摇轮椅的孩子？……"我忽然觉得，我一个人跑到这世界上来玩真是玩得太久了。有一天夜晚，我独自坐在祭坛边的路灯下看书，忽然从那漆黑的祭坛里传出一阵阵唢呐声；四周都是参天古树，方形祭坛占地几百平方米空旷坦荡独对苍天，我看不见那个吹唢呐的人，惟唢呐声在星光寥寥的夜空里低吟高唱，时而悲怆时而欢快，时而缠绵时而苍凉，或许这几个词都不足以形容它，我清清醒醒地听出它响在过去，响在现在，响在未来，回旋飘转亘古不散。

必有一天，我会听见喊我回去。

那时您可以想像一个孩子，他玩累了可他还没玩够呢，心里好些新奇的念头甚至等不及到明天。也可以想像是一个老人，无可置疑地走向他的安息地，走得任劳任怨。还可以想像一对热恋中的情人，互相一次次说"我一刻也不想离开你"，又互相一次次说"时间已经不早了"，时间不早了可我一刻也不想离开你，一刻也不想离开你可时间毕竟是不早了。

我说不好我想不想回去。我说不好是想还是不想，还是无所谓。我说不好我是像那个孩子，还是像那个老人，还是像一个热恋中的情人。很可能是这样：我同时是他们三个。我来的时候是个孩子，他有那么多孩子气的念头所以才哭着喊着闹着要来，他一来一见到这个世界便立刻成了不要命的情人，而对一个情人来说，不管多么漫长的时光也是稍纵即逝，那时他便明白，每一步每一步，其实一步步都是走在回去的路上。当牵牛花初开的时节，葬礼的号角就已吹响。

但是太阳，他每时每刻都是夕阳也都是旭日。当他熄灭着走下山去收尽苍凉残照之际，正是他在另一面燃烧着爬上山巅布散烈烈朝晕之时。那一天，我也将沉静着走下山去，扶着我的拐杖。那一天，在某一处山洼里，势必会跑上来一个欢蹦的孩子，抱着他的玩具。

当然，那不是我。

但是，那不是我吗？

宇宙以其不息的欲望将一个歌舞炼为永恒。这欲望有怎样一个人间的姓名，大可忽略不计。

《我与地坛》，人民文学出版社 2011 年版

★作者简介

史铁生（1951—2010），北京人，作家、散文家。1967年，史铁生毕业于清华大学附中，1969年到陕西延安地区插队，1972年因病致瘫回京，在工厂工作数年，后来患尿毒症，靠透析维持生命，并在逝世后捐献遗体。代表作有小说集《命若琴弦》，散文集《自言自语》《我与地坛》《病隙碎笔》，长篇小说《务虚笔记》等。

★作品导读

本文选自散文集《我与地坛》，写于1989—1990年，当时，史铁生的双腿因病残疾近二十年，照顾他多年的母亲也已过世。

《我与地坛》以极其内敛的文字，追忆母亲对自己的默默照顾、萦萦牵挂、深深理解、毫不张扬却坚韧温柔的爱。作者对母亲的理解和无尽怀念从字里行间自然流淌，感人肺腑，动人心弦；同时也叙写了"我"在地坛公园的所见所思，作者长年在此观万物、观众生、观自己的所在。露水、古柏、小路、杨花的微妙瞬间，瓢虫、蝉蜕、雨燕、鸽哨的万千姿态，暴雨、月光、阳光、秋风的时时变幻……地坛公园的景象正如作者的内心世界，看似荒芜却有万物生长，寂静中自有万籁共吟。作者以一颗温润的心，关心着身边来来去去的人，照映着种种酸甜苦辣的人生：一对互相搀扶、十五年如一日的夫妇，一个爱唱歌的小伙子，一位饮者，一名捕鸟的汉子，一个中年女工程师，一个有天赋的长跑家，一个漂亮而不幸的小姑娘……

《我与地坛》中最具启发性的是作者对生死问题的直接触摸和深度思考。加缪在《西绪福斯神话》中提出："只有一个真正严肃的哲学问题，那就是自杀。判断人值得生存与否，就是回答哲学的基本问题。"作者长时间专注地思索着，追问着，在"生存还是毁灭"的问题上寻找自己的答案。这是一个在绝境中艰苦跋涉的孤独灵魂对人类最根本问题的烛照，对生命意义的探寻与坚持。《我与地坛》中闪耀着熠熠不灭的神性光辉，作者在孤寂中时时与神、与心灵对话，坦诚忏悔、执着于善，试图从超验和宇宙的角度理解世界、苦难和命运，令信仰的力量超越平凡的生活和深重的苦难，成为人向着终极意义攀缘的支撑。

史铁生的文字简单、平静、深刻、温暖，富有哲理。《我与地坛》是作者在此岸与彼岸之间百转千回、独自求索的痕迹，是他在漫长而苦涩的岁月里对生命再三叩问和沉思的结果，承载着他对世间百态的洞察，对生命本质的理解，彰显着作为"一根能思想的苇草"的人的尊严与意义。

★拓展延伸

《我与地坛》被认为是中国当代最优秀的散文之一，引发众多学人、读者的关注与研究，如李建军提出史铁生是一位思想者、一位"最具理想主义精神的作家"。陈顺馨在《论史铁生创作的精神历程》中开掘知青经历对史铁生创作的影响：关注人的困境、迷宫式的精神建构、现代主义艺术手法与自然审美取向之间的矛盾等。吴俊在《当代西绪福斯神话》中对史铁生作品进行心理分析，发掘出残疾主题、自卑情结、宿命意识等丰富意蕴。邓晓芒在《史铁生的哲学观》中提出史铁生的命运观"在中国前所未有"，他在对彼岸世界的眺望中，找到"此岸的生命力勃发的强劲动力"。胡山林在《史铁生创作的终极关怀精神》中提出史铁生作品中深邃、高远而又强大的精神力量是来自对人类的终极关怀，即对"人在何处""我是谁""人的命运""人的意义"等根本问题的关心和思考。

★思考练习

1. "残疾经验"构成了史铁生小说和散文的一大主题。史铁生也曾提出残疾问题值得更加深入和广泛的研究，比如广义的人的残疾——人的命运的局限。因病致残的经历为史铁生的散文创作带来了哪些影响？史铁生的作品可以为我们关注残疾人群体带来哪些启示？

2. 史铁生的作品带有强烈的回忆特质，渗透着梦幻与回忆交织的美学色彩。创伤、记忆与文学写作有何关系？文学写作的过程是如何重塑人的记忆，并在创伤之上重建人的生命体验的？

苏东坡突围

余秋雨

1

住在这远离闹市的半山居所里,安静是有了,但寂寞也来了,有时还来得很凶猛,特别在深更半夜。只得独个儿在屋子里转着圈,拉下窗帘,隔开窗外壁立的悬崖和翻卷的海潮,眼睛时不时地瞟着床边那乳白色的电话。它竟响了,急忙冲过去,是台北《中国时报》社打来的,一位不相识的女记者,说我的《文化苦旅》一书在台湾销售情况很好,因此要作越洋电话采访。问了我许多问题,出身、经历、爱好,无一遗漏。最后一个问题是:"在中国文化史上,您最喜欢哪一位文学家?"我回答:苏东坡。她又问:"他的作品中,您最喜欢哪几篇?"我回答:在黄州写赤壁的那几篇。记者小姐几乎没有停顿就接口道:"您是说《念奴娇·赤壁怀古》和前、后《赤壁赋》?"我说对,心里立即为苏东坡高兴,他的作品是中国文人的通用电码,一点就着,哪怕是半山深夜、海峡阻隔、素昧平生。

放下电话,我脑子中立即出现了黄州赤壁。去年夏天刚去过,印象还很深刻。记得去那儿之前,武汉的一些朋友纷纷来劝阻,理由是著名的赤壁之战并不是在那里打的,苏东坡怀古怀错了地方,现在我们再跑去认真凭吊,说得好听一点是将错就错,说得难听一点是错上加错,天那么热,路那么远,何苦呢?

我知道多数历史学家不相信那里是真的打赤壁之战的地方,他们大多说是在嘉鱼县打的。但最近几年,湖北省的几位中青年历史学家持相反意见,认为苏东坡怀古没怀错地方,黄州赤壁正是当时大战的主战场。对于这个争论我一直兴致勃勃地关心着,不管争论前景如何,黄州我还是想去看看的,不是从历史的角度看古战场的遗址,而是从艺术的角度看苏东坡的情怀。大艺术家即便错,也会错出魅力来。好像王尔德说过，在艺术中只有美丑而无所谓对错。

于是我还是去了。

这便是黄州赤壁。赭红色的陡峭石坡直逼着浩荡东去的大江，坡上有险道可以攀登俯瞰，江面有小船可供荡桨仰望，地方不大，但一俯一仰之间就有了气势，有了伟大与渺小的比照，有了视觉空间的变异和倒错，因此也就有了游观和冥思的价值。客观景物只提供一种审美可能，而不同的游人才使这种可能获得不同程度的实现。苏东坡以自己的精神力量给黄州的自然景物注入了意味，而正是这种意味，使无生命的自然形式变成美。因此不妨说，苏东坡不仅是黄州自然美的发现者，而且也是黄州自然美的确定者和构建者。

但是，事情的复杂性在于，自然美也可倒过来对人进行确定和构建。苏东坡成全了黄州，黄州也成全了苏东坡，这实在是一种相辅相成的有趣关系。苏东坡写于黄州的那些杰作，既宣告着黄州进入了一个新的美学等级，也宣告着苏东坡进入了一个新的人生阶段，两方面一起提升，谁也离不开谁。

苏东坡走过的地方很多，其中不少地方远比黄州美丽，为什么一个僻远的黄州还能给他如此巨大的惊喜和震动呢？他为什么能把如此深厚的历史意味和人生意味投注给黄州呢？黄州为什么能够成为他一生中最重要的人生驿站呢？这一切，决定于他来黄州的原因和心态。他从监狱里走来，他带着一个极小的官职，实际上以一个流放罪犯的身份走来，他带着官场和文坛泼给他的浑身脏水走来，他满心侥幸又满心绝望地走来。他被人押着，远离自己的家眷，没有资格选择黄州之外的任何一个地方，朝着这个当时还很荒凉的小镇走来。

他很疲倦，他很狼狈，出汴梁、过河南、渡淮河、进湖北、抵黄州，萧条的黄州没有给他预备任何住所，他只得在一所寺庙中住下。他擦一把脸，喘一口气，四周一片静寂，连一个朋友也没有，他闭上眼睛摇了摇头。他不知道，此时此刻，他完成了一次永载史册的文化突围。黄州，注定要与这位伤痕累累的突围者进行一场继往开来的壮丽对话。

2

　　人们有时也许会傻想，像苏东坡这样让中国人共享千年的大文豪，应该是他所处的时代的无上骄傲，他周围的人一定会小心地珍惜他，虔诚地仰望他，总不愿意去找他的麻烦吧？事实恰恰相反，越是超时代的文化名人，往往越不能相容于他所处的具体时代。中国世俗社会的机制非常奇特，它一方面愿意播扬和轰传一位文化名人的声誉，利用他、榨取他、引诱他，另一方面从本质上却把他视为异类，迟早会排拒他、糟践他、毁坏他。起哄式的传扬，转化为起哄式的贬损，两种起哄都起源于自卑而狡黠的觊觎心态，两种起哄都与健康的文化氛围南辕北辙。

　　苏东坡到黄州来之前正陷于一个被文学史家称为"乌台诗狱"的案件中，这个案件的具体内容是特殊的，但集中反映了文化名人在中国社会的普遍遭遇，很值得说一说。搞清了这个案件中各种人的面目，才能理解苏东坡到黄州来究竟是突破了一个什么样的包围圈。

　　为了不使读者把注意力耗费在案件的具体内容上，我们不妨先把案件的底交代出来。即便站在朝廷的立场上，这也完全是一个莫须有的可笑事件。一群大大小小的文化官僚硬说苏东坡在很多诗中流露了对政府的不满和不敬，方法是对他诗中的词句和意象作上纲上线的推断和诠释，搞了半天连神宗皇帝也不太相信，在将信将疑之间几乎不得已地判了苏东坡的罪。

　　在中国古代的皇帝中，宋神宗绝对是不算坏的，在他内心并没有迫害苏东坡的任何企图，他深知苏东坡的才华，他的祖母光献太皇太后甚至竭力要保护苏东坡，而他又是非常尊重祖母意见的，在这种情况下，苏东坡不是非常安全吗？然而，完全不以神宗皇帝和太皇太后的意志为转移，名震九州、官居太守的苏东坡还是下了大狱。这一股强大而邪恶的力量，就很值得研究了。

　　这件事说来话长。在专制制度下的统治者也常常会摆出一种重视舆论的姿态，有时甚至还设立专门在各级官员中找岔子、寻毛病的所谓谏官，充当朝廷的耳目和喉舌。乍一看这是一件好事，但实际上弊端甚多。这些具有舆论形象的谏官所说的话，别人无法申辩，也不存在调查机制和仲裁机制，一切都要赖仗于他们的私人品质，但对私人品质的考察机制同样也不具备，因而所谓舆论云云常常成为一种歪曲事实、颠倒是非的社会灾难。这就像现代的报纸如果缺乏足够的职业道德又没有相应的法规制约，信马由缰，随意褒贬，受伤害者无处可以说话，不知情者却误以为白纸黑字是舆论所在，这将会给人们带来多大的混乱！苏东坡早就看出这个问题的严重性，认为这种不受任何制约的所谓舆论和批评，足以改变朝廷决策者的心态，又具有很大的政治杀伤力（"言及乘舆，则天子改容，事关廊庙，则宰相待罪"），必须予以警惕，但神宗皇帝由于自身地位的不同无法意识到这一点。没想到，正是苏东坡自己尝到了他预言过的苦果，而神宗皇帝为了维护自己尊重舆论的形象，当批评苏东坡的言论几乎不约而同地聚合在一起时，他也不能为苏东坡讲什么话了。

那么，批评苏东坡的言论为什么会不约而同地聚合在一起呢？我想最简要的回答是他弟弟苏辙说的那句话："东坡何罪？独以名太高。"他太出色、太响亮，能把四周的笔墨比得十分寒碜，能把同代的文人比得有点狼狈，引起一部分人酸溜溜的嫉恨，然后你一拳我一脚地糟践，几乎是不可避免的。在这场可耻的围攻中，一些品格低劣的文人充当了急先锋。

例如舒亶。这人可称之为"检举揭发专业户"，在揭发苏东坡的同时他还揭发了另一个人，那人正是以前推荐他做官的大恩人。这位大恩人给他写了一封信，拿了女婿的课业请他提意见、辅导，这本是朋友间非常正常的小事往来，没想到他竟然忘恩负义地给皇帝写了一封莫名其妙的检举揭发信，说我们两人都是官员，我又在舆论领域，他让我辅导他女婿总不大妥当。皇帝看了他的检举揭发，也就降了那个人的职。这简直是东郭先生和狼的故事。就是这么一个让人恶心的人，与何正臣等人相呼应，写文章告诉皇帝，苏东坡到湖州上任后写给皇帝的感谢信中"有讥切时事之言"。苏东坡的这封感谢信皇帝早已看过，没发现问题，舒亶却苦口婆心地一款一款分析给皇帝听，苏东坡正在反您呢，反得可凶呢，而且已经反到了"流俗翕然，争相传诵，忠义之士，无不愤惋"的程度！"愤"是愤苏东坡，"惋"是惋皇上。有多少忠义之士在"愤恍"呢？他说是"无不"，也就是百分之百，无一遗漏。这种数量统计完全无法验证，却能使注重社会名声的神宗皇帝心头一咯噔。

又如李定。这是一个曾因母丧之后不服孝而引起人们唾骂的高官，对苏东坡的攻击最凶。他归纳了苏东坡的许多罪名，但我仔细鉴别后发现，他特别关注的是苏东坡早年的贫寒出身、现今在文化界的地位和社会名声。这些都不能列入犯罪的范畴，但他似乎压抑不住地对这几点表示出最大的愤慨。说苏东坡"起于草野垢贱之余"、"初无学术，滥得时名"、"所为文辞，虽不中理，亦足以鼓动流俗"，等等。苏东坡的出身引起他的不服且不去说它，硬说苏东坡不学无术、文辞不好，实在使我惊讶不已了。但他不这么说也就无法断言苏东坡的社会名声和世俗鼓动力是"滥得"。总而言之，李定的攻击在种种表层动机下显然埋藏着一个最深秘的元素：妒忌。无论如何，诋毁苏东坡的学问和文采毕竟是太愚蠢了，这在当时加不了苏东坡的罪，而在以后却成了千年笑柄。但是妒忌一深就会失控，他只会找自己最痛恨的部位来攻击，已顾不得哪怕是装装样子的可信性和合理性了。

又如王圭。这是一个跋扈和虚伪的老人。他凭着资格和地位自认为文章天下第一，实际上他写诗作文绕来绕去都离不开"金玉锦绣"这些字眼，大家暗暗掩口而笑，他还自我感觉良好。现在，一个后起之秀苏东坡名震文坛，他当然要想尽一切办法来对付。有一次他对皇帝说："苏东坡对皇上确实有二心。"皇帝问："何以见得？"他举出苏东坡一首写桧树的诗中有"蛰龙"二字为证，皇帝不解，说："诗人写桧树，和我有什么关系？"他说："写到了龙还不是写皇帝吗？"皇帝倒是头脑清醒，反驳道："未必，人家叫诸葛亮还叫卧龙呢！"这个王圭用心如此低下，文章能好到哪儿去呢？更不必说与苏东坡来较量了。几缕白发有时能够冒充师长、掩饰邪恶，却欺骗不了历史。历史最终也没有因为年龄把他的名字排列在苏东坡的前面。

又如李宜之。这又是另一种特例，做着一个芝麻绿豆小官，在安徽灵璧县听说苏东坡以前为当地一个园林写的一篇园记中有劝人不必热衷于做官的词句，竟也写信给皇帝检举揭发，并分析说这种思想会使人们缺少进取心，也会影响取士。看来这位李宜之除了心术不正之外，智力也大成问题，你看他连诬陷的口子都找得不伦不类。但是，在没有理性法庭的情况下，再愚蠢的指控也能成立，因此对散落全国各地的李宜之们构成了一个鼓励。为什么档次这样低下的人也会挤进来围攻苏东坡？当代苏东坡研究者李一冰先生说得很好："他也来插上一手，无他，一个默默无闻的小官，若能参加一件扳倒名人的大事，足使自己增重。"从某种意义上说，他的这种目的确实也部分地达到了，例如我今天写这篇文章竟然还会写到李宜之这个名字，便完全是因为他参与了对苏东坡的围攻，否则他没有任何理由被哪怕是同一时代的人写在印刷品里。我的一些青年朋友根据他们对当今世俗心理的多方位体察，觉得李宜之这样的人未必是为了留名于历史，而是出于一种可称作"砸窗子"的恶作剧心理。晚上，一群孩子站在一座大楼前指指点点，看谁家的窗子亮就拣一块石子扔过去，谈不上什么目的，只图在几个小朋友中间出点风头而已。我觉得我的青年朋友们把李宜之看得过于现代派，也过于城市化了。李宜之的行为主要出于一种政治投机，听说苏东坡有点麻烦，就把麻烦闹得大一点，反正对内不会负道义责任，对外不会负法律责任，乐得投井下石，撑顺风船。这样的人倒是没有胆量像李定、舒亶和王珪那样首先向一位文化名人发难，说不定前两天还在到处吹嘘在什么地方有幸见过苏东坡，硬把苏东坡说成是自己的朋友甚至老师呢。

　　又如——我真不想写出这个名字，但再一想又没有讳避的理由，还是写出来吧：沈括。这位在中国古代科技史上占有不小地位的著名科学家也因嫉妒而陷害过苏东坡，用的手法仍然是检举揭发苏东坡诗中有讥讽政府的倾向。如果他与苏东坡是政敌，那倒也罢了，问题是他们曾是好朋友，他所检举揭发的诗句，正是苏东坡与他分别时手录近作送给他留作纪念。这实在太不是味道了。历史学家们分析，这大概与皇帝在沈括面前说过苏东坡的好话有关，沈括心中产生了一种默默的对比，不想让苏东坡的文化地位高于自己。另一种可能是他深知王安石与苏东坡政见不同，他投注投到了王安石一边。但王安石毕竟也是一个讲究人品的文化大师，重视过沈括，但最终却得出这是一个不可亲近的小人的结论。当然，在人格人品上的不可亲近，并不影响我们对沈括科学成就的肯定。

围攻者还有一些,我想举出这几个也就差不多了,苏东坡突然陷入困境的原因已经可以大致看清,我们也领略了一组有可能超越时空的"文化群小"的典型。他们中的任何一个人要单独搞倒苏东坡都是很难的,但是在社会上没有一种强大的反诽谤、反诬陷机制的情况下,一个人探头探脑的冒险会很容易地招来一堆凑热闹的人,于是七嘴八舌地组合成一种伪舆论,结果连神宗皇帝也对苏东坡疑惑起来,下旨说查查清楚,而去查的正是李定这些人。

　　苏东坡开始很不在意。有人偷偷告诉他,他的诗被检举揭发了,他先是一怔,后来还潇洒、幽默地说:"今后我的诗不愁皇帝看不到了。"但事态的发展却越来越不潇洒,一〇七九年七月二十八日,朝廷派人到湖州的州衙来逮捕苏东坡,苏东坡事先得知风声,立即不知所措。文人终究是文人,他完全不知道自己犯了什么罪,从气势汹汹的样子看,估计会处死,他害怕了,躲在后屋里不敢出来,朋友说躲着不是办法,人家已在前面等着了,要躲也躲不过。正要出来他又犹豫了,出来该穿什么服装呢?已经犯了罪,还能穿官服吗?朋友说,什么罪还不知道,还是穿官服吧。苏东坡终于穿着官服出来了,朝廷派来的差官装模作样地半天不说话,故意要演一个压得人气都透不过来的场面出来。苏东坡越来越慌张,说:"我大概把朝廷惹恼了,看来总得死,请允许我回家与家人告别。"差官说"还不至于这样",便叫两个差人用绳子捆扎了苏东坡,像驱赶鸡犬一样上路了。家人赶来,号啕大哭,湖州城的市民也在路边流泪。

　　长途押解,犹如一路示众,可惜当时几乎没有什么传播媒介,沿途百姓不认识这就是苏东坡。贫瘠而愚昧的国土上,绳子捆扎着一个世界级的伟大诗人,一步步行进。苏东坡在示众,整个民族在丢人。

　　全部遭遇还不知道半点起因,苏东坡只怕株连亲朋好友,在途经太湖和长江时都想投水自杀,由于看守严密而未成。当然也很可能成,那么,江湖淹没的将是一大截特别明丽的中华文明。文明的脆弱性就在这里,一步之差就会全盘改易,而把文明的代表者逼到这一步之差境地的则是一群小人。一群小人能做成如此大事,只能归功于中国的独特国情。

小人牵着大师，大师牵着历史。小人顺手把绳索重重一抖，于是大师和历史全都成了罪孽的化身。一部中国文化史，有很长时间一直捆押在被告席上，而法官和原告，大多是一群群挤眉弄眼的小人。
　　究竟是什么罪？审起来看！
　　怎么审？打！
　　一位官员曾关在同一监狱里，与苏东坡的牢房只有一墙之隔，他写诗道：

　　　　遥怜北户吴兴守，
　　　　诟辱通宵不忍闻。

通宵侮辱、摧残到了其他犯人也听不下去的地步，而侮辱、摧残的对象竟然就是苏东坡！
　　请允许我在这里把笔停一下。我相信一切文化良知都会在这里颤栗。中国几千年间有几个像苏东坡那样可爱、高贵而有魅力的人呢？但可爱、高贵、魅力之类往往既构不成社会号召力也构不成自我卫护力，真正厉害的是邪恶、低贱、粗暴，它们几乎战无不胜、攻无不克、所向无敌。现在，苏东坡被它们抓在手里搓捏着，越是可爱、高贵、有魅力，搓捏得越起劲。温和柔雅如林间清风、深谷白云的大文豪面对这彻底陌生的语言系统和行为系统，不可能作任何像样的辩驳，他一定变得非常笨拙，无法调动起码的言词，无法完成简单的逻辑。他在牢房里的应对，绝对比不过一个普通的盗贼。因此审问者们愤怒了也高兴了，原来这么个大名人竟是草包一个，你平日的滔滔文辞被狗吃掉了？看你这副熊样还能写诗作词？纯粹是抄人家的吧！接着就是轮番扑打，诗人用纯银般的嗓子哀号着，哀号到嘶哑。这本是一个只需要哀号的地方，你写那么美丽的诗就已荒唐透顶了，还不该打。打，打得你淡妆浓抹，打得你乘风归去，打得你密州出猎！
　　开始，苏东坡还试图拿点儿正常逻辑顶几句嘴，审问者咬定他的诗里有讥讽朝廷的意思，他说："我不敢有此心，不知什么人有此心，造出这种意思来。"一切诬陷者都喜欢把自己打扮成某种"险恶用心"的发现者，苏东坡指出，他们不是发现者而是制造者。那也就是说，诬陷者所推断出来的"险恶用心"，可以看作是他们自己的内心，因此应该

213

由他们自己来承担。我想一切遭受诬陷的人都会或迟或早想到这个简单的道理，如果这个道理能在中国普及，诬陷的事情一定会大大减少。但是，在牢房里，苏东坡的这一思路招来了更凶猛的侮辱和折磨，当诬陷者和办案人完全合成一体、串成一气时，只能这样。终于，苏东坡经受不住了，经受不住日复一日、通宵达旦的连续逼供，他想闭闭眼，喘口气，唯一的办法就是承认。于是，他以前的诗中有"道旁苦李"，是在说自己不被朝廷重视；诗中有"小人"字样，是讽刺当朝大人；特别是苏东坡在杭州做太守时兴冲冲去看钱塘潮，回来写了咏弄潮儿的诗"吴儿生长狎涛渊"，据说竟是在影射皇帝兴修水利！这种大胆联想，连苏东坡这位浪漫诗人都觉得实在不容易跳跃过去，因此在承认时还不容易"一步到位"，审问者有本事耗时间一点点逼过去。案卷记录上经常出现的句子是："逐次隐讳，不说情实，再勘方招。"苏东坡全招了，同时他也就知道必死无疑了。试想，把皇帝说成"吴儿"，把兴修水利说成玩水，而且在看钱塘潮时竟一心想着写反诗，那还能活？

他一心想着死。他觉得连累了家人，对不起老妻，又特别想念弟弟。他请一位善良的狱卒带了两首诗给苏辙，其中有这样的句子："是处青山可埋骨，他时夜雨独伤神，与君世世为兄弟，又结来生未了因。"埋骨的地点，他希望是杭州西湖。

不是别的，是诗句，把他推上了死路。我不知道那些天他在铁窗里是否抱怨甚至痛恨诗文。没想到，就在这时，隐隐约约地，一种散落四处的文化良知开始汇集起来了，他的诗文竟然在这危难时分产生了正面回应，他的读者们慢慢抬起了头，要说几句对得起自己内心的话了。很多人不敢说，但毕竟还有勇敢者；他的朋友大多躲避，但毕竟还有侠义人。

杭州的父老百姓想起他在当地做官时的种种美好行迹，在他入狱后公开做了解厄道场，求告神明保佑他；狱卒梁成知道他是大文豪，在审问人员离开时尽力照顾生活，连每天晚上的洗脚热水都准备了；他在朝中的朋友范镇、张方平不怕受到牵连，写信给皇帝，说他在文学上"实天下之奇才"，希望宽大；他的政敌王安石的弟弟王安礼也仗义执言，对皇帝说："自古大度之君，不以言语罪人"，如果严厉处罚了苏东坡，

"恐后世谓陛下不能容才"。最有趣的是那位我们上文提到过的太皇太后，她病得奄奄一息，神宗皇帝想大赦犯人来为她求寿，她竟说："用不着去赦免天下的凶犯，放了苏东坡一人就够了！"最直截了当的是当朝左相吴充，有次他与皇帝谈起曹操，皇帝对曹操评价不高，吴充立即接口说："曹操猜忌心那么重还容得下祢衡，陛下怎么容不下一个苏东坡呢？"

　　对这些人，不管是狱卒还是太后，我们都要深深感谢。他们比研究者们更懂得苏东坡的价值，就连那盆洗脚水也充满了文化的热度。

　　据王巩《甲申杂记》记载，那个带头诬陷、调查、审问苏东坡的李定，整日得意洋洋，有一天与满朝官员一起在崇政殿的殿门外等候早朝时向大家叙述审问苏东坡的情况，他说："苏东坡真是奇才，一二十年前的诗文，审问起来都记得清清楚楚！"他以为，对这么一个轰传朝野的著名大案，一定会有不少官员感兴趣，但奇怪的是，他说了这番引逗别人提问的话之后，没有一个人搭腔，没有一个人提问，崇政殿外一片静默。他有点慌神，故作感慨状，叹息几声，回应他的仍是一片静默。这静默算不得抗争，也算不得舆论，但着实透着点儿高贵。相比之下，历来许多诬陷者周围常常会出现一些不负责任的热闹，以嘈杂助长了诬陷。

　　就在这种情势下，皇帝释放了苏东坡，贬谪黄州。黄州对苏东坡的重要性，不言而喻。

3

　　我非常喜欢读林语堂先生的《苏东坡传》，前后读过多少遍都记不清了，但每次总觉得语堂先生把苏东坡在黄州的境遇和心态写得太理想了。语堂先生酷爱苏东坡的黄州诗文，因此由诗文渲染开去，由酷爱渲染开去，渲染得通体风雅、圣洁。其实，就我所知，苏东坡在黄州还是很凄苦的，优美的诗文，是对凄苦的挣扎和超越。

　　苏东坡在黄州的生活状态，已被他自己写给李端叔的一封信描述得非常清楚。信中说：

> 得罪以来，深自闭塞，扁舟草履，放浪山水间，与樵渔杂处，往往为醉人所推骂，辄自喜渐不为人识。平生亲友，无一字见及，有书与之亦不答，自幸庶几免矣。

我初读这段话时十分震动，因为谁都知道苏东坡这个乐呵呵的大名人是有很多很多朋友的。日复一日的应酬，连篇累牍的唱和，几乎成了他生活的基本内容，他一半是为朋友们活着。但是，一旦出事，朋友们不仅不来信，而且也不回信了。他们都知道苏东坡是被冤屈的，现在事情大体已经过去，却仍然不愿意写一两句哪怕是问候起居的安慰话。苏东坡那一封封用美妙绝伦、光照中国书法史的笔墨写成的信，千辛万苦地从黄州带出去，却换不回一丁点儿友谊的信息。我相信这些朋友都不是坏人，但正因为不是坏人，更让我深长地叹息。

总而言之，原来的世界已在身边轰然消失，于是一代名人也就混迹于樵夫渔民间不被人认识。本来这很可能换来轻松，但他又觉得远处仍有无数双眼睛注视着自己，他暂时还感觉不到这个世界对自己的诗文仍有极温暖的回应，只能在寂寞中惶恐。即便这封无关宏旨的信，他也特别注明不要给别人看。日常生活，在家人接来之前，大多是白天睡觉，晚上一个人出去溜达，见到淡淡的土酒也喝一杯，但绝不喝多，怕醉后失言。

他真的害怕了吗？也是也不是。他怕的是麻烦，而绝不怕大义凛然地为道义、为百姓，甚至为朝廷、为皇帝捐躯。他经过"乌台诗案"已经明白，一个人蒙受了诬陷即便是死也死不出一个道理来，你找不到慷慨陈词的目标，你抓不住从容赴死的理由。你想做个义无反顾的英雄，不知怎么一来把你打扮成了小丑；你想做个坚贞不屈的烈士，闹来闹去却成了一个深深忏悔的俘虏。无法洗刷，无处辩解，更不知如何来提出自己的抗议，发表自己的宣言。这确实很接近有的学者提出的"酱缸文化"，一旦跳在里边，怎么也抹不干净。苏东坡怕的是这个，没有哪个高品位的文化人会不怕。但他的内心实在仍有无畏的一面，或者说灾难使他更无畏了。他给李常的信中说：

> 吾侪虽老且穷，而道理贯心肝，忠义填骨髓，直须谈笑于死生之际。……虽怀坎坷于时，遇事有可遵主泽民者，便忘躯为之，祸福得丧，付与造物。

这么真诚的勇敢，这么洒脱的情怀，出自天真了大半辈子的苏东坡笔下，是完全可以相信的，但是，让他在何处做这篇人生道义的大文章呢？没有地方，没有机会，没有观看者，也没有裁决者，只有一个把是非曲直忠奸善恶染成一色的大酱缸。于是，苏东坡刚刚写了上面这几句，支颐一想，又立即加一句：此信看后烧毁。

这是一种真正精神上的孤独无告，对于一个文化人，没有比这更痛苦的了。那阕著名的"卜算子"，用极美的意境道尽了这种精神遭遇：

> 缺月挂疏桐，漏断人初静。谁见幽人独往来？缥缈孤鸿影。
> 惊起却回头，有恨无人省。拣尽寒枝不肯栖，寂寞沙洲冷。

正是这种难言的孤独，使他彻底洗去了人生的喧闹，去寻找无言的山水，去寻找远逝的古人。在无法对话的地方寻找对话，于是对话也一定会变得异乎寻常。像苏东坡这样的灵魂竟然寂然无声，那么，迟早总会突然冒出一种宏大的奇迹，让这个世界大吃一惊。

然而，现在他即便写诗作文，也不会追求社会轰动了。他在寂寞中反省过去，觉得自己以前最大的毛病是才华外露，缺少自知之明。一段树木靠着瘿瘤取悦于人，一块石头靠着晕纹取悦于人，其实能拿来取悦于人的地方恰恰正是它们的毛病所在，它们的正当用途绝不在这里。我苏东坡三十余年来想博得别人叫好的地方也大多是我的弱项所在，例如从小为考科举学写政论、策论，后来更是津津乐道于考论历史是非、直言陈谏曲直，做了官以为自己真的很懂得这一套了，洋洋自得地炫耀，其实我又何尝懂呢？直到一下子面临死亡才知道，我是在炫耀无知。三十多年来最大的弊病就在这里。现在终于明白了，到黄州的我是觉悟了的我，与以前的苏东坡是两个人。（参见致李端叔书）

苏东坡的这种自省，不是一种走向乖巧的心理调整，而是一种极其诚恳的自我剖析，目的是想找回一个真正的自己。他在无情地剥除自己身上每一点异己的成分，哪怕这些成分曾为他带来过官职、荣誉和名声。他渐渐回归于清纯和空灵，在这一过程中，佛教帮了他大忙，使他习惯于淡泊和静定。艰苦的物质生活，又使他不得不亲自垦荒种地，体味着自然和生命的原始意味。

这一切，使苏东坡经历了一次整体意义上的脱胎换骨，也使他的艺术才情获得了一次蒸馏和升华，他，真正地成熟了——与古往今来许多大家一样，成熟于一场灾难之后，成熟于灭寂后的再生，成熟于穷乡僻壤，成熟于几乎没有人在他身边的时刻。幸好，他还不年老，他在黄州期间，是四十四岁至四十八岁，对一个男人来说，正是最重要的年月，今后还大有可为。中国历史上，许多人觉悟在过于苍老的暮年，刚要享用成熟所带来的恩惠，脚步却已踉跄蹒跚；与他们相比，苏东坡真是好命。

成熟是一种明亮而不刺眼的光辉，一种圆润而不腻耳的音响，一种不再需要对别人察言观色的从容，一种终于停止向周围申诉求告的大气，一种不理会哄闹的微笑，一种洗刷了偏激的淡漠，一种无须声张的厚实，一种并不陡峭的高度。勃郁的豪情发过了酵，尖利的山风收住了劲，湍急的细流汇成了湖，结果——

引导千古杰作的前奏已经鸣响，一道神秘的天光射向黄州，《念奴娇·赤壁怀古》和前、后《赤壁赋》马上就要产生。

《山居笔记》（新版），文汇出版社2002年版

★作者简介

余秋雨（1946— ），浙江余姚人，著名散文家、艺术理论家与文化学者。余秋雨对当代中国和世界文明的全新思考与警示，在海内外引起广泛关注。1992年出版《文化苦旅》广受赞誉，继而出版《文明的碎片》《山居笔记》《霜冷长河》《千年一叹》《行者无疆》《借我一生》《笛声何处》《寻觅中华》《问学余秋雨》《何谓文化》《中国文脉》等作。"历史文化散文热""余秋雨现象"遂成为20世纪末现象级的文坛景观。另有长篇小说《冰河》《空岛》，学术论著《戏剧理论史稿》《艺术创造论》，以及《中华文化四十七堂课：从北大到台大》《余秋雨学术六卷》《余秋雨散文》《中国文化课》等。

★作品导读

本文选自散文集《山居笔记》，在该著修订版《山河之书》中改名为《黄州突围》。作品主要记述了一代大文豪苏轼如何被群小诬陷、围攻、入狱、流放的过程，又如何在一次次磨难中由恐惧、无助、屈辱走向坚定、成熟、旷达的心路历程。

本文篇幅宏大，历史、文学、思想与情感交织，所涉信息繁多，但读来却文脉畅达，令人警醒、感喟不已，甚至会随着余秋雨的行文一起喜怒哀乐。何以如此，值得体味。至少可以从以下方面来把握：作者是如何引出要记述的话题？众多人物是怎样被引出来的？作者重点描述了这些人物的哪些方面，以及周围人的反应？围绕着"流放黄州"的中心事件，苏轼在事件的前、中、后有怎样的言行或者心理活动？而作者余秋雨在面对笔下人物"正常"与"非正常"的遭际时，有怎样的感悟与见解？

作为历史文化散文的代表作，解读本文，尚需寻找和理解文眼。本文的"文眼"是什么？是文人相轻，妒忌偏狭，"看客"心态，苦难孤独，还是突围？文章标题含有"突围"一词，那么苏东坡"突围"的含义是什么？注意到以上细节，将有助于我们理解余秋雨在选材上的巧思，感悟上的深刻，以及"苏东坡成全了黄州，黄州也成全了苏东坡""起哄式的传扬，转化为起哄式的贬损，两种起哄都起源于自卑而狡黠的觊觎心态，两种起哄都与健康的文化氛围南辕北辙""苏东坡是中国历史上最伟大、最高贵的文人"等精彩论断的内涵。

余秋雨在新版自序中谈及《山居笔记》一书的写作目的，是想"从考察和阅读中获得更广阔的时空印证"。本文也集中体现了余秋雨散文的艺术特征与审美特质：宏大而又细腻，理性而又饱含情思，有一种俯仰天地、笼罩古今的气势，却又出之以真切、深邃、生动、流畅、精彩的表达，与人们习见的多数小而精、美而微的散文有着明显不同，具有鲜明的辨识度和高度的艺术性。

★拓展延伸

本文的进一步阐释，尚有两个方面值得关注：其一，学者散文、历史文化散文的评价问题，特别是此类散文中"情感逻辑"与"理性逻辑"、"审智"与"审美"关系的认知。不了解这两组概念的区别，往往会对《苏东坡突围》一类作品中的语段、篇章做出误读；其二，为人与为文、文学、学术与道德的关系问题。20世纪90年代以来，伴随着余秋雨散文热，对余秋雨的质疑、批评之声渐起，并有创作、学术层面的争论转向政治、道德等层面的态势，后经当事人在媒体出面澄清，此类质疑逐渐平息，但由此折射出的读者心态、社会与文化氛围的某些特点则需要深思，以利于我们更好地面对当下和未来。关于以上问题，余光中的《散文的知性与感性》、孙绍振的《从审美到审智的"断桥"——论余秋雨在中国当代散文史上的地位》两篇文章可资参考。

★思考练习

1. 《文赋》以"立片言而居要，乃一篇之警策。虽众辞之有条，必待兹而效绩"的名言指出格言警句、点睛之笔之于文章写作的重要性。《苏东坡突围》一文中有哪些妙言佳句是你所喜欢的？

2. 结合《苏东坡突围》有关原文，联系历史或文学，谈谈你对"苦难、孤独和成熟"的理解。

3. 作者在《山居笔记》中谈及诸多历史文化名人，除本文的"突围者"苏东坡之外，还有"大学问家"朱熹、"第一个真正具备城市意识的思想家"龚自珍、"后英雄时期"的阮籍与嵇康……请选取一位你感兴趣的人物，搜集资料，写一篇人物小传，字数500字以上。

寒风吹彻

刘亮程

雪落在那些年雪落过的地方,我已经不注意它们了。比落雪更重要的事情开始降临到生活中。三十岁的我,似乎对这个冬天的来临漠不关心,却又一直在倾听落雪的声音,期待着又一场雪悄无声息地覆盖村庄和田野。

我静坐在屋子里,火炉上烤着几片馍馍,一小碟咸菜放在炉旁的木凳上,屋里光线暗淡。许久以后我还记起我在这样的一个雪天,围抱火炉,吃咸菜啃馍馍想着一些人和事情,想得深远而入神。柴禾在炉中啪啪地燃烧着,炉火通红,我的手和脸都烤得发烫了,脊背却依旧凉飕飕的。寒风正从我看不见的一道门缝吹进来。冬天又一次来到村里,来到我的家。我把怕冻的东西一一搬进屋子,糊好窗户,挂上去年冬天的棉门帘,寒风还是进来了。它比我更熟悉墙上的每一道细微裂缝。

就在前一天,我似乎已经预感到大雪来临。我劈好足够烧半个月的柴禾,整齐地码在窗台下。把院子扫得干干净净,无意中像在迎接一位久违的贵宾——把生活中的一些事情扫到一边,腾出干净的一片地方来让雪落下。下午我还走出村子,到田野里转了一圈。我没顾上割回来的一地葵花秆,将在大雪中站一个冬天。每年下雪之前,都会发现有一两件顾不上干完的事而被搁一个冬天。冬天,有多少人放下一年的事情,像我一样用自己那只冰手,从头到尾地抚摸自己的一生。

屋子里更暗了,我看不见雪。但我知道雪在落,漫天地落。落在房顶和柴垛上,落在扫干净的院子里,落在远远近近的路上。我要等雪落定了再出去。我再不像以往,每逢第一场雪,都会怀着莫名的兴奋,站在屋檐下观看好一阵,或光着头钻进大雪中,好像有意要让雪知道世上有我这样一个人,却不知道寒冷早已盯住了我活蹦乱跳的年轻生命。

经过许多个冬天之后,我才渐渐明白自己再躲不过雪,无论我蜷缩在屋子里，还是远在冬天的另一个地方，纷纷扬扬的雪，都会落在我正经历的一段岁月里。当一个人的岁月像荒野一样敞开时，他便再无法照管好自己。

就像现在，我紧围着火炉，努力想烤热自己。我的一根骨头，却露在屋外的寒风中，隐隐作痛。那是我多年前冻坏的一根骨头，我再不能像捡一根牛骨头一样，把它捡回到火炉旁烤热。它永远地冻坏在那段天亮前的雪路上了。

那个冬天我十四岁，赶着牛车去沙漠里拉柴禾。那时一村人都靠长在沙漠里的梭梭柴取暖过冬。因为不断砍挖，有柴禾的地方越来越远。往往要用一天半夜时间才能拉回一车柴禾。每次去拉柴禾，都是母亲半夜起来做好饭，装好水和馍馍，然后叫醒我。有时父亲也会起来帮我套好车。我对寒冷的认识是从那些夜晚开始的。

牛车一走出村子，寒冷便从四面八方拥围而来，把我从家里带出的那点温暖搜刮得一干二净，浑身上下只剩下寒冷。

那个夜晚并不比其他夜晚更冷。

只是我一个人赶着牛车进沙漠。以往牛车一出村，就会听到远远近近的雪路上其他牛车的走动声，赶车人隐约的吆喝声。只要紧赶一阵路，便会追上一辆，或好几辆去拉柴的牛车，一长串，缓行在铅灰色的冬夜里。那种夜晚天再冷也不觉得。因为寒风在吹好几个人，同村的、邻村的、认识和不认识的好几架牛车在这条夜路上抵挡着寒冷。

而这次，一野的寒风吹着我一个人。似乎寒冷把其他一切都收拾掉了。现在全部都对付我。

我掖紧羊皮大衣，一动不动趴在牛车里，不敢大声吆喝牛，免得让更多的寒冷发现我。从那个夜晚我懂得了隐藏温暖——在凛冽的寒风中，身体中那点温暖正一步步退守到一个隐秘的连我自己都难以找到的深远处——我把这点隐隐的温暖节俭地用于此后多年的爱情和生活。我的亲人们说我是个很冷的人，不是的，我把仅有的温暖全给了你们。

许多年后有一股寒风，从我自以为火热温暖的从未被寒冷浸入的内心深处阵阵袭来时，我才发现穿再厚的棉衣也没用了。生命本身有一个冬天，它已经来临。

天亮后，牛车终于到达有柴禾的地方。我的一条腿却被冻僵了，失去了感觉。我试探着用另一条腿跳下车，拄着一根柴禾棒活动了一阵，又点了一堆火烤了一会儿，勉强可以行走了，腿上的一块骨头却生疼起来，是我从未体验过的一种疼，像一根根针刺在骨头上又狠命往骨髓里钻——这种疼感一直延续到以后所有的冬天以及夏季里阴冷的日子。

太阳落地时，我装着半车柴禾回到家里，父亲一见就问我：怎么拉了这点柴，不够两天烧的。我没吭声，也没向家里说腿冻坏的事。

我想很快会暖和过来。

那个冬天要是稍短些，家里的火炉要是稍旺些，我要是稍把这条腿当回事，或许我能暖和过来。可是现在不行了。隔着多少个季节，今夜的我，围抱火炉，再也暖不热那个遥远冬天的我，那个在上学路上不慎掉进冰窟窿，浑身是冰往回跑的我，那个跺着冻僵的双脚，捂着耳朵在一扇门外焦急等待的我……我再不能把他们唤回到这个温暖的火炉旁。我准备了许多柴禾，是准备给这个冬天的。我才三十岁，肯定能走过冬天。

但在我周围，肯定有个别人不能像我一样度过冬天。他们被留住了。冬天总是一年一年地弄冷一个人，先是一条腿、一块骨头、一副表情、一种心境……而后整个人生。

我曾在一个寒冷的早晨，把一个浑身结满冰霜的路人让进屋子，给他倒了一杯热茶。那是个上了年纪的人，身上带着许多个冬天的寒冷，当他坐在我的火炉旁时，炉火须臾间变得苍白。我没有问他的名字，在火炉的另一边，我感到迎面逼来的一个老人的透骨寒气。

他一句话不说。我想他的话肯定全冻硬了，得过一阵才能化开。

大约坐了半个时辰，他站起来，朝我点了一下头，开门走了。我以为他暖和过来了。

第二天下午，听人说村西边冻死了一个人。我跑过去，看见这个上了年纪的人躺在路边，半边脸埋在雪中。

我第一次看到一个人被冻死。

我不敢相信他已经死了。他的生命中肯定还深藏着一点温暖，只是我们看不见，一个最后的微弱挣扎我们看不见，呼唤和呻吟我们听不见。

我们认为他死了，彻底地冻僵了。

他的身上怎么能留住一点点温暖呢？靠什么去留住。他的烂了几个洞、棉花露在外面的旧棉衣？底快磨通、一边帮已经脱落的那双鞋？还有，他多少个冬天积累起来的彻骨寒冷。

落在一个人一生中的雪，我们不能全部看见。每个人都在自己的生命中，孤独地过冬。我们帮不了谁。我的一小炉火，对这个贫寒一生的人来说，显然微不足道。他的寒冷太巨大。

我有一个姑妈，住在河那边的村庄里，许多年前的那些个冬天，我们兄弟几个常手牵手走过封冻的玛河去看望她。每次临别前，姑妈总要说一句："天热了让你妈过来喧喧。"

姑妈年老多病，她总担心自己过不了冬天。天一冷她便足不出户，偎在一间矮土屋里，抱着火炉，等待春天来临。

一个人老的时候，是那么渴望春天来临。尽管春天来了她没有一片要抽芽的叶子，没有半瓣要开放的花朵。春天只是来到大地上，来到别人的生命中。但她还是渴望春天，她害怕寒冷。

我一直没有忘记姑妈的这句话，也不止一次地把它转告给母亲。母亲只是望望我，又忙着做她的活。母亲不是一个人在过冬，她有五六个没长大的孩子，她要拉扯着他们度过冬天，不让一个孩子受冷。她和姑妈一样期盼着春天。

天热了，母亲会带着我们，趟过河，到对岸的村子里看望姑妈。姑妈也会走出蜗居一冬的土屋，在院子里晒着暖暖的太阳和我们说说笑笑……多少年过去了，我们一直没有等到这个春天。好像姑妈那句话中的"天"一直没有热。

姑妈死在几年后的一个冬天。我回家过年，记得是大年初四，我陪着母亲沿一条即将解冻的马路往回走。母亲在那段路上告诉我姑妈去世的事。她说："你姑妈死掉了。"

母亲说得那么平淡，像在说一件跟死亡无关的事情。

"怎么死的？"我似乎问得更平淡。

母亲没有直接回答我。她只是说："你大哥和你弟弟过去帮助料理了后事。"

此后的好一阵，我们再没说话，只顾静静地走路。快到家门口时，母亲说了句：天热了。

我抬头看了看母亲，她的身上正冒着热气，或许是走路的缘故，不过天气真的转热了。对母亲来说，这个冬天已经过去了。

"天热了过来喧喧。"我又想起姑妈的这句话。这个春天再不属于姑妈了。她熬过了许多个冬天还是被这个冬天留住了。我想起爷爷奶奶也是分别死在几年前的冬天。母亲还活着。我们在世上的亲人会越来越少。我告诉自己，不管天冷天热，我们都要常过来和母亲坐坐。

母亲拉扯大她的七个儿女。她老了。我们长高长大的七个儿女，或许能为母亲挡住一丝的寒冷。每当儿女们回到家里，母亲都会特别高兴，家里也顿添热闹的气氛。

但母亲斑白的双鬓分明让我感到她一个人的冬天已经来临，那些雪开始不退、冰霜开始不融化——无论春天来了，还是儿女们的孝心和温暖备至。

随着三十年人生距离，我感受着母亲独自在冬天的透心寒冷。我无能为力。

雪越下越大。天彻底黑透了。

我围抱着火炉，烤热漫长一生的一个时刻。我知道这一时刻之外，我其余的岁月，我的亲人们的岁月，远在屋外的大雪中，被寒风吹彻。

《一个人的村庄》，浙江文艺出版社2013年版

★作者简介

刘亮程（1962— ），新疆沙湾人，当代著名作家。早年种过地，放过羊，当过乡镇农机管理员，劳动之余开始写诗，后进城到乌鲁木齐从事文学编辑工作。业余以散文方式追忆自己多年的乡村生活经历，结集为《一个人的村庄》出版，在全国引起巨大反响，被誉为"20世纪中国最后一位散文家""乡村哲学家"。出版诗集《晒晒黄沙梁的太阳》，散文集《在新疆》《风中的院门》《一片叶子下生活》，小说《虚土》《凿空》《捎话》《本巴》，访谈随笔集《把地上的事情往天上聊》等作品。2014年，创建新疆首个艺术家村落，设立"丝绸之路木垒菜籽沟乡村文学艺术奖"。

★作品导读

《一个人的村庄》于1998年首次出版，此后被多家出版社再版，而多个版本都在提要或封底写道："一个听烦市嚣的人，躺在田野上听听虫鸣该是多么幸福""以巫术般有能量的文字，带每个人回归自然，认领故乡""他不是站在一边以'体验生活'的作家身份来写，而是写他自己的村庄，他眼中的、心中的、生于斯长于斯、亦必葬于斯的这一方土地"。这些话一定程度上揭示了该散文集的立意和特点。刘亮程以乡村书写应有的、理想的态度、方式和话语来写乡村、写故土，作者与书写对象之间是亲密的、亲切的、对话的，而且所选用的语言具有"巫术般"的特色与能量，极其准确，极有表现力和感染力。作为书中的一篇，《寒风吹彻》的解读同样可以从这些角度开始。

《寒风吹彻》主要写了哪些人、哪些事？作者面对这些人、这些事有怎样的态度和心理活动？作者笔下的"冬季"或者说"寒冷"是一样的，还是有不同类型？……显而易见，作品涉及"生死""孤独"这些终极的、重大的主题：有的是"我"在无暇顾及"冻伤一条腿"一般的遭际中"落下顽疾"，伤痛一生；有的是大家都无暇顾及的"雪夜行路人"在行走、漂泊或者逃难中被寒冷吞噬，冻死村头；有的是人人都在无法回避的"死亡"结局中感受到人生的"冬天""寒冷"一步步逼近，有的人在努力或者等待中走进了温暖的春天，有的则再也没能走出寒冷无比的冬季。文章整体上也因此笼罩着一种彻骨的悲凉、伤痛，但也有一种"看清"之后的从容和注重过程、憧憬春天的坚定与温暖，正如作者自述心志：一场场大雪会增加生命中寒冷的分量，但也因为有一场场的寒冷，我们等来了春天。尽管冬天过去，还会有寒冷，但我们从中学到了接受和采纳这一刻的坦然，坦然是我们在人生中获得的最珍贵的温暖。

★拓展延伸

选文及刘亮程的其他散文作品，往往对动植物、人与自然的关系着墨甚多，直接写人的地方很少或者很简略，以至于作品呈现出一种深度的清静、冷峻或孤寂，又有一丝明媚和温暖，这样一种复杂风格及意味，与庄子、陶渊明、王维的创作风格、美学意蕴有相通之处。

以诗的思维、语言来写散文，写真切的自然，景、事、情、理几近浑然天成，这既是《一个人的村庄》的特色，也是《寒风吹彻》的特色。正如刘亮程在一次访谈中自言："我所写的那个乡村，它是一个远去的乡村，我写的都是自然。写的是那一小群人，或者一村庄人，在自然中的生活，在自然中的梦想。在自然中的睡着和醒来，我不用写它的美好，它的自然使人美好。""那时候在乡村青年的情怀中，诗歌是如此有高度，那些句子一句掼一句顶在天上，一个人的形象情感被这样呈现是多么高贵。……我也是把诗歌写成散文，或者把散文写成诗歌，《一个人的村庄》多半文章是诗歌改就的……仍然保留着诗歌的内心和想象。"

此外，许多读者、研究者对刘亮程散文语言的功力与魅力倾慕不已，比如他善于刻画自然万物的种种细微处，善于倾听自然万物的各种声响，并以精准的语言加以呈现，这里面隐含了作者的世界观、文学观，他曾说："现代人对自然的敬畏感没有了，人变得越来越强大，不屑于在动植物身上去花费心思。鸟概括了所有鸟，草覆盖了所有草，这就是现代文学。我们把那个曾经被我们的语言唤醒，被我们语言复活的那个自然世界丢掉了，也慢慢丧失了跟那个世界交流的语言体系。人和万物的关系一度是共生的，语言也是和谐共通的。"以上观点值得我们进一步探究和体会。

★思考练习

1. 刘亮程被誉为"乡村哲学家",他善于在描述乡村景物风情的同时,揭示生命、宇宙深刻的本质,富有诗性哲理。本文可有类似语段?说说你的发现与理解。

2.《一个人的村庄》首次出版后引发文坛热议,1999年在大型文学期刊《天涯》刊载,配有多位名家的评论。查阅相关资料,简述这些评论的要点。

戏剧部分

扫一扫
看泛读编年存目

戏剧概述

在现代文学史长河中,戏剧曾长期是读者、观众文化大餐里的"明星""热点",无论是新式话剧、歌剧、舞剧,还是传统的地方戏,上演时往往广受瞩目,特别是那些经典剧目,一演再演,座无虚席,盛况空前,引发人们长久的热议与回想,演戏、看戏、听戏、品戏成一时风尚。

中国现代戏剧广义上有新剧、现代剧等命名,狭义上特指话剧。中国话剧始于对西方戏剧的引进、改译和演出,是一种以对话、动作等方式为主的戏剧样式,并以此与传统舞台剧、戏曲相区别。1907年春,由中国留日学生组建的中国最早的话剧团体春柳社,在东京演出《茶花女》第三幕和五幕剧《黑奴吁天录》,之后在国内演出《家庭恩怨记》《社会钟》等剧作,并与遍及南北的在校学生演剧活动,共同推动形成中国话剧初创期的第一个阶段:文明戏的兴起。1914年成立的南开中学新剧团演剧活动是其中的一个代表,被校长张伯苓誉为"南开最好的学生"的周恩来担任剧团的置景部长。他不但参加演出,还积极探讨新剧理论。张伯苓的胞弟张彭春,借助西方现代演剧的经验和知识,采用西方写实主义的方法指导剧团演出,这些演出为当时的剧坛带来一股新风。

之后,陈独秀、刘半农、胡适、钱玄同、周作人等新文化运动的先驱者一方面对旧剧展开批判,另一方面大量译介西方的戏剧作品和理论。1918年春,《新青年》第4卷推出"易卜生专号",将欧洲"现代戏剧之父"易卜生介绍到国内，催生出了一批易卜生式关注现实的"问题剧"。1919年春，《新青年》刊发的胡适创作的独幕剧《终身大事》是"问题剧"写作的最早尝试。由汪仲贤、夏月润等人改编上演的《华伦夫人的职业》是国内正式公演的第一个西式话剧，并与随后遍及国内的"爱美剧"运动，共同为小剧场式的舞台演出积累了最初的实践经验。

在此基础上，中国话剧在开始阶段就涌现出一批具有大家潜质的奠基者：欧阳予倩、洪深、田汉、郭沫若、丁西林等。欧阳予倩的《泼妇》《回家以后》，洪深的《赵阎王》，田汉的《获虎之夜》《名优之死》，郭沫若的《三个叛逆的女性》，丁西林的《一只马蜂》《压迫》等一批作品纷纷出现，由此，现实主义的、悲剧式的戏剧成为现代话剧的主流。

20世纪三四十年代是中国话剧的大发展和成熟期，左翼戏剧以提倡"戏剧的大众化"为特色，使话剧反映现实的力度有所增强；"剧场戏剧"以职业化和营业性为特点，使中国话剧从业余走向专业，从幼稚走向成熟。30年代伊始，欧阳予倩明确提出"爱美剧团往往不能持久"，中国戏剧发展必须走"职业化""剧场艺术"的历史任务，这一呼吁引发戏剧界关注，很快得到回应：24岁的曹禺在《文学季刊》发表《雷雨》，中国旅行剧团于1936年5月在上海公演《雷雨》，连续演出三个月，观众场场爆满，外地的戏剧商纷纷赶到上海，争相邀请中国旅行剧团赴当地演出。曹禺的出现和《雷雨》公演的盛况，以及受到观众的喜爱程度，是中国话剧发展史上的奇迹，具有里程碑式意义。

《雷雨》文学性与舞台性、艺术性与欣赏性的高度统一，以及轰动性的商业效果，一方面使中国话剧艺术在诞生的第二个十年就达到与西方现代戏剧比肩的高度，另一方面使中国话剧大剧场艺术得以确立，并从一开始就达到很高的水准。更重要的是，它影响、吸引、培育了此后各代的观众、剧作者、导演和演员。《雷雨》之后，曹禺又先后发表《日出》《原野》《北京人》，均取得巨大成功，成为中国现代戏剧走向成熟的标志。

三四十年代的名剧还有"好一记鞭子"系列及《李秀成之死》《碧血花》，以郭沫若的《棠棣之花》《屈原》等六部大型历史剧为代表的"抗战戏剧",以及田汉的《梅雨》《回春曲》《丽人行》,洪深的"农村三部曲",夏衍的《上海屋檐下》,李健吾的《这不过是春天》,宋之的的《武则天》等。而革命圣地延安的戏剧成就,主要是鲁迅艺术学院集体创作的优秀多幕剧《白毛女》。1944年,由欧阳予倩和田汉合作组织的"西南戏剧展览会",集中展示了西南地区戏剧运动的成果,被誉为中国戏剧运动的里程碑,"除古罗马以外有史以来的仅见"(爱金生语)。

新中国成立后,话剧艺术家们在"百花齐放,百家争鸣",艺术的"民族化"等方针的指引下,创作出大批歌颂新生活、新事物的优秀剧作。老舍三幕话剧《茶馆》的面世,被誉为"中国话剧史上又一丰碑"。北京人民艺术剧院(简称"人艺")在焦菊隐总导演的统领下,把斯坦尼体系同中国的戏曲传统结合起来,推出《龙须沟》《茶馆》等一批具有中国作风中国气派的剧目,形成了北京人艺演剧学派,这是新中国话剧的突出成就之一。此时期的历史剧也取得突出成就,田汉《关汉卿》《文成公主》《谢瑶环》,郭沫若《蔡文姬》《武则天》,曹禺《胆剑篇》等作品是代表,进一步丰富、开拓了戏剧民族化的艺术经验。"文化大革命"期间,京剧《红灯记》《沙家浜》《智取威虎山》《奇袭白虎团》《海港》,芭蕾舞剧《白毛女》《红色娘子军》,交响乐《沙家浜》等,被确定为"革命文艺的优秀样板",又称"八个样板戏",其中的精彩片段,至今被国人熟知和传唱。

20世纪80年代以来,改革开放不断走向深入。西方现代主义思潮的涌入和大众传媒的勃兴给中国话剧带来的新挑战,话剧工作者们大胆引入新的戏剧表现手法,进行新的尝试和实验,掀起了具有探索性的实验话剧热潮。谢民《我为什么死了》,北京人艺《狗儿爷涅槃》,徐晓钟《桑树坪纪事》,魏明伦《潘金莲》,赖声川《暗恋桃花源》等剧作都颇具代表性。《桑树坪纪事》可谓当代中国话剧发展的集大成之作,标志着当代中国话剧艺术的成熟。进入90年代,小剧场戏剧得以蓬勃发展。自1982年北京人艺演出《绝对信号》以来,小剧场戏剧便开始受到重视,并于1989年在南京举办了首届中国小剧场戏剧节。与80年代诸如《魔方》(陶骏等)、《屋里的猫头鹰》(张献)等更多带有实验、探索性质的小剧场戏剧相比较，90年代的小剧场戏剧走向多元化，实验、主流、商业兼而有之。校园戏剧也是此时期兴起的一股力量，其演出大都是小剧场形式。北方的北京大学、清华大学、北京师范大学、中国人民大学和南方的复旦大学、南京大学、浙江大学、武汉大学等高校都有自己的戏剧社，演出话剧、戏曲及歌剧，思想敏锐、大胆创新。此外，这时期"课本剧"走进中小学，既是教育的改革，也是戏剧发展的一种有益尝试。

进入21世纪，历经百年风雨的中国话剧迎来了多元发展的时代。多方面因素的交互影响，使得新世纪以来的戏剧呈现出阵痛、低谷与逐步复兴的多样风貌。一方面是国有戏剧团体、民间戏剧团体的进一步改革，另一方面是中国戏剧界与国外当代一流戏剧家、剧团加强了双向交流。2004年，以色列话剧《安魂曲》来华展演。2008年，希腊国家话剧院在华演出《被缚的普罗米修斯》。2011年，莫斯科艺术剧院来华演出《樱桃园》《活下去，并且要记住》。2014年，国际性戏剧展演"戏剧奥林匹克"首次来华巡演，集中展演了从欧洲到亚洲、从现代主义到后现代主义的多部重要作品。从2012年开始的每年一届的"林兆华戏剧邀请展"，2013年开始的"乌镇戏剧节"，以及白先勇策划、制作的"《牡丹亭》全球巡演"，梨园戏《董生与李氏》在巴黎演出，梅葆玖领衔的梅剧团在美国巡演，上海昆剧团《长生殿》全国巡演，河南豫剧团展演《焦裕禄》，孟京辉《恋爱的犀牛》在艺术和市场上的双重成功，诸如以上的实践，都是21世纪以来中国戏剧发展可喜的、重要的现象和实绩。更为重要的是，戏剧场馆、人才和观众的引导培养工作逐步引起重视，"戏剧大舞台"等官方平台，"非遗"保护工作，大中小学校的话剧社团、戏曲社，京剧、豫剧、沪剧、黄梅戏、秦腔、昆曲、越剧等民族剧种的经典作品、新作品开始持续走进基层和大众视野。这些努力和实践，一方面是传统文化复兴和文化自信建构的缩影，一方面意味着当代戏剧、地方戏种正从时代转型期所遭遇的低谷、迷失与纷乱中走出来。

精读

一只马蜂

独幕剧

丁西林

人物表

吉老太太——年约50余岁，身材细小，体质强健，淡素服装，非常的清洁。

吉 先 生——吉老太太的儿子，年约26岁左右，强健，活泼，极平常极自然的服装。

余 小 姐——年约25岁左右，姿势美丽，面目富有表情，服装精致。

仆　　人

布　　景　一间小小长方形房子，后面墙壁中间，两扇宽门。门之左边置一衣架，靠窗一小桌，桌上置鲜花。右边靠墙一书柜，内藏成套的中西书籍。左壁的里边，开一独门，门之前为短门大窗，窗边置写字桌，上置文具。房子右壁，后半亦开一门，前半靠壁置书架，架上置装饰品。壁上悬字画。房子中央略偏前与右，置一小圆桌，上置茶具，桌之右侧置大椅（即安乐椅），左侧置可坐两人之长椅，两椅之间，置一小椅，椅上皆置腰枕。

〔开幕前吉老太太睡卧在大椅上，脚下置高垫，手中报纸，落地上。

吉 先 生　（将左门徐徐推开，看吉老太太睡卧椅上。轻步走至衣架，取了一件薄大衣，走至椅前，轻轻盖在吉老太太身上。吉老太太醒觉。吉先生含笑问）睡着了没有？

吉老太太　我本想闭了眼歇一会儿，不想一不留心，就睡着了。（坐起）

吉 先 生　老人家的眼睛，同小孩子的眼睛一样。闭不得的。一闭了，就不由你做主。（将报纸拾起，坐在小椅上）

吉老太太　现在什么时候了？

吉 先 生　（由怀里取出一个表看了一看）三点一刻。

吉老太太　你在那里一直到现在？

吉 先 生　在书房里写了两封信。

吉老太太　喔，不错，你替我把那封信写了吧。

吉 先 生　好，现在就写。（坐到写字桌，从抽屉里拿出信纸信封，瓶里倒了水，磨墨取笔，预备写字）怎样写法？

吉老太太　随便的写几句好了。你把我们动身的日子告诉他们。叫他们雇一只船到港口接一接。

吉 先 生　你一面说，我一面写吧。一定下星期二动身么？

吉老太太　喔，已经不是日子，还再不动身！

吉 先 生　（一面写，一面念，一面说话）……十九日起程回南。（停笔用手指计算日期）十九，二十，二十一，（写）二十一日到港。叫张宏同江妈雇一只船到港口接一接。（问）是不是？

吉老太太　是，最好叫到李老四家的船，干净，要是李老四船出了门，叫邓祥发家的也可以。

吉 先 生　（写）最好叫到李老四家的船（一面写，一面口中作低声地念）……邓祥发家的也可以。（问）还有什么？

吉老太太　（自己想她的心思）这几天太阳已经很厉害，不如叫他们先把南房里的皮衣服拿出来晒一晒。

吉 先 生　好，还有什么？

吉老太太　没有什么。（自言自语）王妈回家，说过了节，就回来，不知现在已经回来了没有？

吉 先 生　（继续的写信）

吉老太太　余小姐，应该送她点礼物才好。

吉　先　生　（先写完了信，然后答话，再接着写信封）你不是说送她一件衣料的么？（写完了信封）好了，写完了。

吉老太太　（被吉先生打破她的深思）写完了么？

吉　先　生　（走至椅前，将信送出）要不要看一遍？

吉老太太　你念一念吧。

吉　先　生　（念信）"二妹览'已经不是日子，还再不动身'。母亲说。"

吉老太太　这是写的什么？

吉　先　生　这是写信的一个帽子。（继续一句一句地念信）"母亲定于十九日动身。二十一日到港。叫张宏同江妈，雇一只船，到港口，接一接。最好叫到李老四家的船，干净，要是李老四家的船，出了门，叫邓祥发家的也可以。这几天太阳已经很厉害，不如叫他们先把南房里的皮衣拿出来晒一晒。王妈回家，说过了节就回来，不知道现在已经回来了没有？"没有写错吧？

吉老太太　（笑）喔，你们现在写信，都是这样写么？

吉　先　生　这是最时行的直写式的白话文，有一句，说一句，你没有旁的话要说么？

吉老太太　没有。

吉　先　生　这下边是我的事。（继续念信）"这次母亲在京，一切都好。唯有两件事，不大称心。……"

吉老太太　我有什么事不称心？

吉　先　生　（不答，继续读信）"第一，她这次来京的目的，本想劝她的儿子，赶紧讨个媳妇，她可早点抱个孙儿。方头大耳，既肥且皙。嗳！不想来京两月，绝少成绩，媳妇，毫无影响。孙子，渺无消息。第二，她满心满意，想亲上加亲。把姊妹改做亲家，侄儿变做女婿。不想她那不肖之女，又刚愎自用，不顺母意。因此上，这几日来，口中不言，心中闷闷。不过那位表侄先生，现已广托亲友，多方物色。夫诚能动神，勤能移山，况在佳人才子

235

聚会之首都，求一称心合意之老婆乎。故数月之内，定有良缘。将来一杯喜酒，或能稍慰老年人。愿天下有情人无情人都成眷属之美情也。"说得对不对？不要生气啊。

吉老太太　（稍有不快之意）我有这些闲工夫来同你们生气！你们的事，我老早就对你们讲过；由你们自己去，我一概不管。你们爱怎么说，就怎么说。

吉　先　生　（将信封好，贴了邮票，走至椅旁，一手放椅背上，一手理她的头发）妈，你是一个特殊的女人，你什么事都是非常。你是一个非常的良妻，一个非常的贤母。唯有这一件，你没有逃出了个母亲的公例。

吉老太太　把这件大衣挂起来。

〔吉先生将衣挂原处。

（吉老太太追想到她以前的生活）贤妻良母，配不上这四个字。

〔吉先生坐到原处。

你父亲死的时候，你只有八岁。云儿只有五岁。那个时候，我就不相信那私塾先生的教书方法。——也一半舍不得你们去受那野蛮的管束——所以我就拿定主意，自己教你们。一直把你教到十六岁。那时所有的产业，就是那分来的五十亩坏田。现在你们可以不愁穿，不愁吃。不是说句大话；要是你们不是每年上千块钱的学费用费，现在大约十倍么多都不止了。

吉　先　生　所以我说你是一个特殊的女人。

吉老太太　是的，贤妻良母，有什么稀奇？现在的一般小姐们不是一天到晚所鄙薄不屑得做的么？

吉　先　生　你要原谅她们。她们因为有几千年没有说过话，现在可以拿起笔来，做文章，她们只要说，说，说，连她们自己都不知道说的些什么。

吉老太太　现在这班小姐们，真教人看不上眼。不懂得做人，不懂得治家。我不知道她们的好处在什么地方？

吉先生　她们都是些白话诗。既无品格，又无风韵。旁人莫名其妙，然而她们的好处，就在这个上边。

吉老太太　我问你，这样的人也不好，那样的人也不好，旧的你说她们是八股文，新的你又说她们是白话诗。……

吉先生　是的，同样的没有东西，没有味儿。

吉老太太　那末你到底要甚样的一个人，你就愿意？

吉先生　（耸肩）坏的就是连我都不知道。要是找老婆如同找数学的未知数一样，能够立出一个代数方程式来，那倒容易办了。

吉老太太　怎么你们表兄弟两个，这样的不同！那一个就请这个，托那个，差不多今天等不到明天。你是总不把它当一件正经事看。

吉先生　不把它当一件正经事看！因为我把它看得太正经了，所以到今天还没有结婚。要是我把它当做配眼镜一样，那么你的孙子，已经进了中学。

吉老太太　（觉得她没有办法）倒一杯茶给我。

〔吉先生倒了一杯茶送给吉老太太，自己亦倒了一杯，慢慢饮之。

（吉老太太沉思半晌）你知道不知道，你的表兄已经同我说了几次，要我替他做媒？

吉先生　怎么不知道？

吉老太太　你知道他要说的是谁么？

吉先生　余小姐，是不是？你问过了她没有？

吉老太太　（很慢地回答）没有。

吉先生　为什么不问她？

吉老太太　为什么不问？我想今天问她。（略停）好不好？（语时视吉先生）

吉先生　很好，看护妇配医生，互助的原则，合作的精神，结婚时最好的演说资料。

〔吉老太太微微地叹了一口气。

〔仆人推开左门。

仆　　人　　老太太，余小姐来了。

吉老太太　　请她进来。

〔仆人走出，吉先生放下茶杯，忙走至写字桌，整理笔砚，折好了桌上报纸。

〔仆人由外面推开左门让余小姐走进，自己随后收去了桌上的茶具。

余　小　姐　　（头戴草帽，手戴手套，一手提钱包，进来之后，一面与主人招呼，一面脱去手套，将钱包置门旁小桌上，解下草帽）老太太，吉先生。

吉老太太　　吉先生　余小姐。

〔吉先生接过草帽，挂衣架上

余　小　姐　　老太太，对不住得很，劳你们等了。

吉老太太　　没有什么，请坐。（让余小姐坐大椅）

余　小　姐　　喔，老太太坐，老太太不用客气，我这儿坐好。

〔扶吉老太太坐大椅，自坐小椅，吉先生自坐长椅上

余　小　姐　　两点半钟就想来了，忽然来了一个病人，要替他腾出一间房间来。忙了半天。还打算打电话，说不能来了，后来我想老太太就要回南，无论怎样忙，都要来陪老太太玩半天。

吉老太太　　多谢你，我们也知道你医院事情很忙，所以一向不常请你出来。今天是因为我们快要回南，想请你来，我们好当面向你道谢。这一次实在劳苦了你。其先是我们吉先生，住了两个星期，都是你招呼，后来又是我自己，我们实在感激你的了不得。

余　小　姐　　老太太太客气，那是我们的职务。老太太这几天饮食可好一点？

吉老太太　　胃口不强，我一向就是这样。那一次到北京来，因为在路上略微受了一点辛苦，所以觉得不大舒服，实在没有

什么病。我们吉先生一定要我到医院,说医院里怎样的舒服,怎样的干净,我总是不想去。后来他们又说我精神不好,一定是睡觉不好,非得到一个清静的地方去静养几天不可。我被他说不过了,方才住到医院。我出去的时候,他还要我再多住几天。

吉先生　我的母亲是不相信医院,不相信看护妇的。

吉老太太　我并没有说我不相信看护妇,我是因为常常听见讲医院里招呼不大周到。

吉先生　没有什么,你现在不但相信她们,并且喜欢她们。

余小姐　我们也知道,外面有很多的人,说我们的坏话,现在不是我来替自己辩护,有时实在不是看护妇的疏忽,实在是这一班生病的太太小姐们的麻烦。我常时同其余的同事说了玩。说这些人什么事不会做,连生病也不会生。……

吉先生　要生病生得好,本来不是一件容易的事。

余小姐　她们第一,就不肯听医生的话。要这样,要那样,一天要压几十次铃子。你对她们说,教她们不要吃东西,她一会儿要到外边买些水果,一会儿想教家里送点鸡汤。你想,要教我们同平常人家的老妈子伺候太太小姐们一样,我们哪里有这么许久工夫?我们平均每人要招呼十个人。喔,说也是无用,她们哪里肯讲理?

吉先生　看护妇本来是一种很苦的职业,因为世界上最不讲理的是醉汉,其次就要算病人。

余小姐　好笑得很,遇到一种奇怪的人,病快好的时候,他还是要你陪他谈天。

〔看了吉先生一眼。

吉先生　那真是可想而可知的讨厌。要是个男人,还没有什么,假若是个女人,那恐怕简直没有办法。

吉老太太　不过我终是不相信,其余的人,能够同你一样。纵然有你这样的能干,也一定不会有这样的和善,这样的

239

体贴。

〔仆人由左门入，手里拿了一个盘，盘中置茶壶，茶杯，糖碟等物。

余 小 姐　（吉老太太欲倒茶）老太太请坐，让我自己来倒。（倒一杯茶送吉老太太）

吉老太太　喔，谢谢你。

〔吉先生倒一杯茶送余小姐。

余 小 姐　（受吉先生之茶）谢谢。（欲代吉先生倒茶）

吉 先 生　谢谢，我不喝茶。

余 小 姐　（一面喝茶）老太太为什么不在北京多住几天。有吉小姐在家，难道还不放心么？

吉老太太　她倒什么都能够，不过我这次已经离家很久。我本是因为吉先生病了，所以来看看。

余 小 姐　我想吉小姐一定也是很能干。

吉老太太　什么叫能干。不过一个女孩子应该知道的事，我不容她们不知道。

余 小 姐　不过要想同老太太一样的能干，恐怕不容易。

吉 先 生　做能干父母的子女，是一件很苦的事。暑假那么热的天气，回到家，只有两个星期，两个星期一过，就一个赶到乡里去种田，一个赶到厨房里去烧饭。

吉老太太　（笑）我是一个很顽固的人——我现在也有了年纪，也不怕人笑话，——一个人多知道一点事，一定不会有坏处。我不相信，一个女人会做了饭，就不会做文章。

吉 先 生　不错。不过困难的不是会做了饭的女人不会做文章，是会做了文章的女人就不会做饭。

余 小 姐　古小姐会到北京来么？我很想认识她，我想她一定是同老太太一样的和气，可爱。

吉 先 生　她旁的没有什么好处，不过还直爽。就是我嫌她有点新的习气。

余 小 姐　（高兴）我想我们一定会变做好朋友，她来的时候，老太太一定要教她写信给我。

吉老太太 （向吉先生）你有她的照片没有？

吉 先 生 有一张的，不知到哪里去了。

余 小 姐 （记起）喔，吉先生信里，说老太太要我一张照片，我今天带来了。（走向小桌）

吉老太太 （不解）我没有说要照片。（向吉先生）我几时？……

吉 先 生 你怎么没有讲，真是有了年纪的人，说过去的话，不要几天就忘了。

余 小 姐 （装不听见，由钱包里取出一张小照片）这一张不大好，不十分像，等以后有了好的时候，再送老太太吧。（以照片送给吉老太太）

吉老太太 （看照片）你已经长得很好看，这张照片更好。

吉 先 生 （向吉老太太取了照片，取笑吉老太太）你平常最讲究会说话的，怎么今天自己把话说差了。你应该说，这张照片已经很好看，但是总不及照片的主人好看。（与余小姐对看了一看）

吉老太太 我是说的老实话。

吉 先 生 你们还坐一会儿才去？（向吉老太太）我送你一个好看的照片框子。（带照片由左门走出）

〔两人不语片刻，吉老太太对余小姐注视，余小姐不知所语，取了一块糖食之。

吉老太太 余小姐，我有几句话，很久就想同你谈谈。（将椅移近）

〔余小姐忙将口里糖吞下，理了理裙子，坐直了身子，用心地听。

吉老太太 我想你一定以为我是很爱舒服的人，你知道我年青的时候，很过了些辛苦的日子。我们吉先生，从小就没了父亲，家里大大小小的事情，都全靠我一个人去问，连他们的书，也都是我自己教他们。差不多吃了二十年的苦，才把他们带到这么大。现在他们什么事都用不着我去担心。不过还有一件，我放不了心，就是他们还都没有成家。

〔余小姐的身子略微的颤动了一下。

吉老太太　这一层，我也同吉先生说过好几次，他都不把它当一件事。我也不知道他到底是什么意思。现在子女的婚姻，本来也用不着父母去管，所以我也只好由他们自己去。（叹了一口气，略顿）我有一个表侄。

〔余小姐转了一转身子，恢复了自然的呼吸。

吉老太太　你大概也认识他，他到医院看过我，他虽然看见过你几次，但是因为他时常听见我说你怎样的好，所以他很敬重你。他向我说了好多次，托我说媒。我都没有提过。因为我自己儿子的事，我都不管。我哪里有工夫去管旁人家的事？不过他说，他一来不知道你的意思，所以不好对你有什么表示，二来就是想对你说，也没有个好的机会。他人是一个很好的人，他学的是医道，在预备自己挂牌行医。他的脾气很好，也是一点坏的嗜好都没有。——喔，我知道我是一个很腐败的老太婆，说媒的事，是你们现在最不喜欢的，要是这样，我请你不要生气。

余　小　姐　（如梦初觉）我很感谢老太太的好意，哪有生气的道理。

吉老太太　他还想，在我回南之前，得一个回信。我想这也不是立刻就要怎样的一件事，你如要细细想一想，你回来写封信告诉我，我想也没有什么不可以。（略顿）你的意思怎么样？你有什么话，尽可对我说，你知道我差不多把你同自己的女儿一样的看待。

余　小　姐　（思索了一会儿，打定了主意）我想我们年青的人，一点经验没有，什么事都全靠年纪大一点的人到处指点教导。老太太的意思怎么样？

吉老太太　喔，这是你自己的事，总得你自己做主。

余　小　姐　老太太的意思，如果觉得很好，那自然不会有错。

吉老太太　那我就说你很愿意？

余 小 姐　不过我想总得写封信回去，问问父母的意思。

吉老太太　不错不错，自然应该这样。那你就写封信回去，等你接到家里回信之后，再说吧。

余 小 姐　我想单由我写信去，还不十分妥当。

吉老太太　那有什么不好？

余 小 姐　可以不可以请吉先生写一封详细的信，把老太太的意思告诉家里，我再另外写一封信，一齐寄去？

吉老太太　不错不错，应该这样。回来我对吉先生说一说，教他写起一封信，写到了，我叫一个人送给你，你说好不好？

余 小 姐　老太太的主意很好。

吉老太太　我们还是坐一会儿，还是就到公园去？

余 小 姐　老太太意思怎么样？

吉老太太　我们就去好不好？我教他们去请吉先生去。（走去压电铃）

余 小 姐　我借你们电话用一用。

吉老太太　在那边院子里，你知道。

　　　　　〔余小姐由右门出，仆人由左门入。

吉老太太　你去请吉先生，就说我们现在到公园去。

　　　　　〔仆人由左门去，吉老太太坐回原处，如有所思。吉先生由左门入。

吉 先 生　（手里拿了一个照片，装好了框子。进来之后，将照片放在书架上，看了一看，移动一回）余小姐哪儿去了？

吉老太太　（沉思中）打电话去了。

吉 先 生　（坐到小椅上，取了一块牛奶糖，慢慢去其外皮，随便地问）你的媒做得怎么样，问了她没有？

吉老太太　问过了。

吉 先 生　她怎么样讲？（将糖送至嘴边）

吉老太太　她很愿意。

吉 先 生　（将糖由嘴边拿回）她很愿意？她说很愿意么？她怎样说？

243

吉老太太　她没有说什么。

吉　先　生　她没有说什么，你怎样知道她很愿意？

吉老太太　喔，这用不着说的。

吉　先　生　喔，不错，这一类的事是用不着明说的，是不是？同天气一样，只要看看气色就知道了。

〔吉老太太对他严厉地看了看。

吉　先　生　那么，已经定了？

吉老太太　她还要写封信回去，问问她的父母，要等……

吉　先　生　问问她的父母？（解悟）喔！（把一块糖投入口中）

吉老太太　你笑什么？你笑她把她父母太看重了，是不是？我听了很欢喜。

吉　先　生　没有的事！我听了也很欢喜！（又拿一块糖放进嘴去）她说了什么时候写信没有？

吉老太太　她要请你替她写。

吉　先　生　要我替她写！奇怪奇怪，我又不是她的亲兄弟，亲叔伯，她为什么要请我替她写信，这不是奇而又奇的事？

吉老太太　你看了奇怪么？我看了一点也不奇怪。

吉　先　生　为什么不奇怪？

吉老太太　因为你不知道，你不认识她。她是一个大户人家出来的女孩子，知道什么是应说的，什么是不应说的。她知道害羞。

吉　先　生　喔喔！女孩子，害羞！（又拿了一块糖放进嘴去）

吉老太太　怎么你向来不吃糖的人，今天爱吃起糖来了？

吉　先　生　今天的糖特别有味儿。（高兴，跳起）你们现在就去公园么？

吉老太太　等佘小姐打完了电话。

吉　先　生　（想了一想）你不换一件衣服？

吉老太太　不过是到公园坐一坐，谁再去换衣服？

吉　先　生　可是天气很凉，不换，也应该加一件。在哪里？我替你去拿，好不好？

吉老太太　我自己去，你不知道。

〔吉先生开右门让吉老太太走出，将门关好，走到书架，取照片在手细细地审看。将照片放回，在房里走了两转。余小姐由右门入。

吉　先　生　电话打通没有？

余　小　姐　打通了。（注意吉老太太不在房内，两人对看了一看）

吉　先　生　（将长椅向前稍推）老太太到后面去换一换衣服，教请你在这里等一会儿。请坐。

〔余小姐由女人的直觉，知将有有趣的谈判发生，为准备抵御起见，先摩了摩头发，理了理裙子，选了长椅离小椅远的一边坐了。吉先生坐小椅上。

余　小　姐　老太太真是一个很可佩服的人，那么大年纪，穿的衣服，比年轻的小姐们还要讲究，

吉　先　生　一个人什么都可以不讲究，唯有衣服不可以不讲究。

余　小　姐　为什么？

吉　先　生　因为人是一个社会动物。一个人生在世界上，所有的一切物质上的幸福，精神上的愉快，都是社会给他的。所以一个人对于社会，应当尽量的报答。

余　小　姐　那与穿衣服有关系么？

吉　先　生　关系大得很！因为报答社会，有种种不同的方法。有职业的借他的职业，有技能的用他的技能。当兵的可以替我们杀人，做律师的可以替我们打官司，做医生的可以替我们治病。不过还有一种人——就像我们——既无职业，又无技能，最少也应该着几件好看的衣服，才不致走到人家面前，教人家看了难过。

余　小　姐　（笑）哈，我明白了。愈无用的人，愈应该穿几件好看的衣服。对不对？

吉　先　生　对，不过有用的人，也不应该着不好看的衣服。社会上没有一种职业，我们可以承认他有不顾装束的专利；一个人，自生至死，也没有一个时期，我们可以承认他有

无须修饰的特权。假若一个女人，因为她已经结了婚，就不管她头发的高低，因为她生了儿子，就不管她袖子的长短，或是一个男人，因为他能诌得几句诗词歌赋，就不洗清他的面孔，因为他能够画得几笔山水草虫，就不剃光他的下颔，拉直他的袜筒，那都是社会的罪人。

余小姐　这样讲，恐怕我们都是社会的罪人。

吉先生　你？喔！（欲言而止）

余小姐　我怎么样？

吉先生　你？两个月以前，你冤枉说我发烧的时候，我不是已经对你讲过么？

余小姐　我冤枉说你发烧？

吉先生　自然是冤枉。什么温度三十九，脉跳一百多，那都是你造的谣言。是的，完全是谣言。——不过我很感激你，假使没有你的谣言，我如何能够住到两个星期？喔！那两个星期！那是我一生最快乐的两个星期！（叹）嗳，无论怎样不会再有。

余小姐　（回想那时的景况）是的，也不知说了多少话。从来也没有看见过这样爱说话的病人。

吉先生　是的，那都是些极真诚，极平常，极正当的话。为什么平常我们不能讲？为什么要男人装了病，方才可以讲，为什么女人听了，一定要冤枉说他发烧？要是现在我说你眼睛生得怎样的动人，嘴唇怎样的可爱，你会装做没有听见，把我的额角摸一摸，枕头拥一拥，说一声"现在歇一会儿吧。你说话说得太多"！社会真是一个不自然的东西！这一类的话，有什么说不得？为什么现在不能说？

余小姐　因为——因为你现在不发烧。

吉先生　你怎么知道我不发烧？我一年到头，没有一天不发烧。你要不相信，你现在替我试一试。（伸手放在长椅边上）

〔余小姐从长椅那一边，移到这一边，先理了一理裙子，然后用右手把脉，同时看左手上的腕表。约数秒钟无语。

余小姐，我病的时候说了很多的话，是不是？（余小姐点头）说了些什么？

余 小 姐　你说中国是一个可怜的社会，男人尤其可怜。除了赌钱，遇不到人家的小姐太太，除了生病，得不到女人的一点情意。所以你一个星期要打一次牌，一个月要装一次病。

吉 先 生　对呀！这像生病人讲的话么？（余小姐将手缩回）发烧不发烧？

余 小 姐　（犹豫）七十七次。

吉 先 生　可见得是说谎。

余 小 姐　为什么？

吉 先 生　因为你就没有数！

余 小 姐　喔！一个人可以随便说谎么？

吉 先 生　自然不能"随便"。不过我们处在这个不自然的社会里面，不应该问的话，人家要问，可以讲的话，我们不能讲，所以只有说谎的一个方法，可以把许多丑事遮盖起来。

余 小 姐　我们从小就知道说谎是不道德的。

吉 先 生　道德是没有标准的，随时代随个人而变的东西，平常"所谓"道德，不是多数人对于少数人的迷信，就是这班人对于那班人的偏见。

余 小 姐　这样说，世界上没有善恶好坏的标准？

吉 先 生　世界上只有脏的习惯是坏习惯，丑的行为是恶行为。

余 小 姐　所以什么谎都可以说，只要说得好听，做贼赌钱都可以做，只要做得好看？

吉 先 生　一点都不错。不过世界上美神经发达的人很少。做贼赌钱的时候，大半都是不十分雅观。说谎说得好的人很多，不过我最佩服的是你。

余 小 姐　我向来不说谎，你说我说谎，你有什么证据？

247

吉先生　对呀！所以佩服你的缘故，就是因为拿不出证据来。不过一个人说谎说太多了，总有一天，转不过弯来，要露出马脚来。

余小姐　我从来不喜欢说谎。

吉先生　好吧，白说是没有用的。我问你一件事。

余小姐　什么事？

吉先生　老太太替你做媒没有？

余小姐　（着急）你不应该问这句话。

吉先生　为什么不应该？

余小姐　因为这一类的话，连自己的父兄都不应该问，朋友更加不应该。

吉先生　喔！新文化！新文化！不过你知道不知道？一个人的婚事，从前，是父母专制，现在因为用不着父母去管，所以用不着父母去问。（吉先生的意见，以为婚姻的事如其不要人帮忙则已，如要帮忙，父母是最重要的人物。现在所以不要他们过问，一则因为他们专制，一则也因为他们不能帮忙。这一层似乎还没有人见到，所以附带声明）但是现在的婚姻是朋友专制，要想非靠朋友帮忙不行，所以你说朋友不应该过问，是完全错误的。

余小姐　我去看看老太太去。（起立欲走）

吉先生　（起立阻之）不要走，不要走，我还有一件要紧的事，没有对你说。请坐。（两人复坐）我不在这里的时候，老太太同你讲了很多的话，是不是？

余小姐　是的。

吉先生　她说到我不想结婚的话没有？

余小姐　说了很多。

吉先生　你知道我不想结婚？

余小姐　为什么不想结婚？

吉先生　因为一个人最宝贵的是美神经。一个人一结了婚，他的美神经就迟钝了。

余　小　姐　这样说，还是不结婚的好？

吉　先　生　是的，你可以不可以陪我？

余　小　姐　陪你做什么？

吉　先　生　陪我不结婚？（走至余小姐前伸出两手）陪我不要结婚！

余　小　姐　（为他两目的诚意与爱所动）可以。（以手与之）

吉　先　生　给我一个证据。

余　小　姐　你要什么证据？

吉　先　生　你让我抱一抱。（释其手，作欲抱状）

余　小　姐　（走开）等你再生病的时候。

吉　先　生　不过我的母亲告诉我，说你已经答应了做她的侄媳妇，那怎么办？

余　小　姐　（得意）那没有什么，我的父母不愿意我嫁给医生。

吉　先　生　对，我知道，我们是天生的说谎一对！（趁其不防，双手抱之）

余　小　姐　（失声大喊）喔！

〔吉老太太由右门，仆人由左门，同时惊慌入。吉先生已释手。

吉老太太　什么事，什么事？

〔余小姐以一手掩面，面红不知所言。

吉　先　生　（走至余小姐前，将余小姐手取下，视其面）什么地方？刺了你没有？

吉老太太　什么事？怎么一回事？

余　小　姐　（呼了一口深气）喔，一只马蜂！

〔以目谢吉先生。

——幕落

《中国话剧百年剧作选》（第1卷）（1907—1929年），中国对外翻译出版公司2007年版

★作者简介

丁西林（1893—1974），江苏泰兴人，原名丁燮林，字巽甫，剧作家、物理学家、社会活动家。1913年毕业于交通部上海工业专门学校（西安交通大学和上海交通大学前身），次年赴英国伯明翰大学攻读物理学和数学硕士学位。留学期间，丁西林广泛涉猎小说、戏剧等文学艺术，尤其对萧伯纳、高尔斯华绥、王尔德、巴里、易卜生等戏剧家的作品产生浓厚兴趣。这对他后来的话剧创作产生了重要影响。丁西林发表的剧作共10部，他的喜剧有着较高的艺术成就，集中体现在《一只马蜂》（1923）、《压迫》（1926）、《三块钱国币》（1939）和《等太太回来的时候》（1939）中。

★作品导读

《一只马蜂》是丁西林于1923年创作的第一部独幕喜剧，该剧情节发生在新旧思潮激烈冲突的五四时期。剧中的吉老太太表面上宣称子女婚姻自主，实际上仍试图包办子女的婚姻；经历五四风暴洗礼、冲破封建礼教藩篱而自由恋爱的吉先生和余小姐，在这个"不自然的社会"里，也只能用反话、谎话表露其爱慕之情。在"自欺"与"欺人"之间产生幽默的效果，并以这"几乎无事的喜剧"揭示出新旧交替时期青年男女为自由恋爱所震颤，而又为封建观念所束缚的复杂的情感世界。

"欺骗"可以说是丁西林戏剧（喜剧）观念、艺术上的一个关键词。剧中一连串的反话和谎话形成了饶有风趣的喜剧效果。剧中三个人物都有鲜明的喜剧性格，又都是心口不一、言行不一。不过吉老太太是不自觉的喜剧人物，吉先生和余小姐是碍于"不自然"的社会被迫说谎，是自觉的喜剧演员。但若再回味一番，又会发现，他们其实陶醉于这种"说谎（遮盖本事）"的语言游戏中。观众也在理性与感性的复杂品味中，体验到作品的多重意蕴。

丁西林戏剧通常采用"二元三人"模式，结构精致而严密，构思精巧。虽然人物只有三个，线索单一，戏剧冲突也比较轻松，但情节富于变化，波澜起伏，妙趣横生。吉老太太与吉先生二者是对比、对照而非对立的关系，而余小姐的出现则提供了解决矛盾的契机。吉老太太保守而又自以为开明、愚拙而又自以为聪明的性格固然可笑,但也不乏可爱之处,吉先生和余小姐也兼具可爱与可笑的特点。故事把真与假的矛盾和谐统一于他们的性格之中,心口不一就成了他们共同的喜剧性格。结尾出乎意料而又让人会心一笑。

剧中的语言轻松、俏皮、机智、幽默,耐人寻味而又质朴明净。比如吉先生说:"你可以不可以陪我?"余小姐:"陪你做什么?"吉先生:"陪我不结婚?"吉先生用反语表达了自己的爱意,在与真实意图的强烈反差下显得有趣而有深意。剧本中这一类的文字很多,让观众在会心一笑的时候又引发无限的遐想。

★拓展延伸

话剧作为一门综合艺术,从剧本创作、导演、表演,到舞美、灯光甚至评论都缺一不可。剧本是一剧之本,导演是一剧之魂,而剧场则是表演与欣赏的中心。想要全面感受话剧之美,除了对剧本进行文学性的解读,更需要全方位、沉浸式的参与和体验,《一只马蜂》这样结构精巧、语言精练的独幕剧,就非常适合进行实践性的学习。

作者兼通文理,身处古今之大变局、中西文化激烈碰撞之际,是文学史上非常独特的一位作家,可结合其个性探究他在话剧艺术方面的创新之处。

★思考练习

1.《一只马蜂》的哪些艺术特征体现了丁西林在中国话剧史上的独特性?

2."欺骗"是丁西林喜剧艺术的关键词之一,请结合《一只马蜂》思考其深层意蕴。

雷雨（节选）

四幕话剧

曹 禺

人物表

姑奶奶甲（教堂尼姑）

姑奶奶乙

姊　　姊——15岁。

弟　　弟——12岁。

周　朴　园——某煤矿公司董事长，55岁。

周　蘩　漪——其妻，35岁。

周　　萍——其前妻生子，28岁。

周　　冲——蘩漪生子，17岁。

鲁　　贵——周宅仆人，48岁。

鲁　侍　萍——其妻，某校女佣，47岁。

鲁　大　海——侍萍前夫之子，煤矿工人，27岁。

鲁　四　凤——鲁贵与侍萍之女，18岁，周宅使女。

周宅仆人等：仆人甲，仆人乙……老仆。

景

序　幕　在教堂附属医院的一间特别客厅内。

　　　　——冬天的一个下午。

第一幕　十年前，一个夏天，郁热的早晨。

　　　　——周公馆的客厅内（即序幕的客厅，景与前大致相同）。

第二幕　景同前。

　　　　——当天的下午。

第三幕　在鲁家，一个小套间。

　　　　　——当天夜晚十时许。
第四幕　周家的客厅（与第一幕同）。
　　　　　——当天半夜两点钟。
尾　声　又回到十年后，一个冬天的下午。
　　　　　——景同序幕。
　　　（由第一幕至第四幕为时仅一天）

　　　〔朴园由书房上。
周朴园　蘩漪！
　　　〔蘩漪抬头。鲁妈站起，忙躲在一旁，神色大变，观察他。
周朴园　你怎么还不去？
周蘩漪　（故意地）上哪儿？
周朴园　克大夫在等着你，你不知道么？
周蘩漪　克大夫？谁是克大夫？
周朴园　给你从前看病的克大夫。
周蘩漪　我的药喝够了，我不预备再喝了。
周朴园　那么你的病……
周蘩漪　我没有病。
周朴园　（忍耐）克大夫是我在德国的好朋友，对于妇科很有研究。你的神经有点失常，他一定治得好。
周蘩漪　谁说我的神经失常？你们为什么这样咒我，我没有病，我没有病，我告诉你，我没有病！
周朴园　（冷酷地）你当着人这样胡喊乱闹，你自己有病，偏偏要讳病忌医，不肯叫医生治，这不就是神经上的病态么？
周蘩漪　哼，我假若是有病，也不是医生治得好的。（向饭厅门走）
周朴园　（大声喊）站住！你上哪儿去？
周蘩漪　（不在意地）到楼上去。
周朴园　（命令地）你应当听话。
周蘩漪　（好像不明白地）哦！（停，不经意地打量他）你看你！（尖声笑两声）你简直叫我想笑。（轻蔑地笑）你忘了你自

己是怎么样一个人啦！（又大笑，由饭厅跑下，重重地关上门）

周朴园　来人！

〔仆人上。

仆　人　老爷！

周朴园　太太现在在楼上。你叫大少爷陪着克大夫到楼上去给太太看病。

仆　人　是，老爷。

周朴园　你告诉大少爷，太太现在神经病很重，叫他小心点，叫楼上老妈子好好地看着太太。

仆　人　是，老爷。

周朴园　还有，一叫大少爷告诉克大夫，说我有点儿累，不陪他了。

仆　人　是，老爷。

〔仆人下。朴园点着一支吕宋烟，看见桌上的雨衣。

周朴园　（向鲁妈）这是太太找出来的雨衣吗？

鲁侍萍　（看着他）大概是的。

周朴园　（拿起看看）不对，不对，这都是新的。我要我的旧雨衣，你回头跟太太说。

鲁侍萍　嗯。

周朴园　（看她不走）你不知道这间房子底下人不准随便进来么？

鲁侍萍　（看着他）不知道，老爷。

周朴园　你是新来的下人？

鲁侍萍　不是的，我找我的女儿来的。

周朴园　你的女儿？

鲁侍萍　四凤是我的女儿。

周朴园　那你走错屋子了。

鲁侍萍　哦。——老爷没有事了？

周朴园　（指窗）窗户谁叫打开的？

鲁侍萍　哦。（很自然地走到窗前，关上窗户，慢慢地走向中门）

周朴园　（看她关好窗门，忽然觉得她很奇怪）你站一站，（鲁妈停）你——你贵姓？

鲁侍萍　我姓鲁。

周朴园　姓鲁。你的口音不像北方人。

鲁侍萍　对了，我不是，我是江苏的。

周朴园　你好像有点无锡口音。

鲁侍萍　我自小就在无锡长大的。

周朴园　（沉思）无锡？嗯，无锡，（忽而）你在无锡是什么时候？

鲁侍萍　光绪二十年，离现在有三十多年了。

周朴园　哦，三十年前你在无锡？

鲁侍萍　是的，三十多年前呢，那时候我记得我们还没有用洋火呢。

周朴园　（沉思）三十多年前，是的，很远啦，我想想，我大概是二十多岁的时候。那时候我还在无锡呢。

鲁侍萍　老爷是那个地方的人？

周朴园　嗯，（沉吟）无锡是个好地方。

鲁侍萍　哦，好地方。

周朴园　你三十年前在无锡么？

鲁侍萍　是，老爷。

周朴园　三十年前，在无锡有一件很出名的事情——

鲁侍萍　哦。

周朴园　你知道么？

鲁侍萍　也许记得，不知道老爷说的是哪一件？

周朴园　哦，很远的，提起来大家都忘了。

鲁侍萍　说不定，也许记得的。

周朴园　我问过许多那个时候到过无锡的人，我想打听打听。可是那个时候在无锡的人，到现在不是老了就是死了，活着的多半是不知道的，或者忘了。

鲁侍萍　如若老爷想打听的话，无论什么事，无锡那边我还有认识的人，虽然许久不通音信，托他们打听点事情总还可以的。

周朴园　我派人到无锡打听过。——不过也许凑巧你会知道。三十年前在无锡有一家姓梅的。

鲁侍萍　姓梅的？

周朴园　梅家的一个年轻小姐，很贤慧，也很规矩，有一天夜里，忽然地投水死了，后来，后来，——你知道么？

鲁侍萍　不敢说。

周朴园　哦。

鲁侍萍　我倒认识一个年轻的姑娘姓梅的。

周朴园　哦？你说说看。

鲁侍萍　可是她不是小姐，她也不贤慧，并且听说是不大规矩的。

周朴园　也许，也许你弄错了，不过你不妨说说看。

鲁侍萍　这个梅姑娘倒是有一天晚上跳的河，可是不是一个，她手里抱着一个刚生下三天的男孩。听人说她生前是不规矩的。

周朴园　（苦痛）哦！

鲁侍萍　她是个下等人，不很守本分的。听说她跟那时周公馆的少爷有点不清白，生了两个儿子。生了第二个，才过三天，忽然周少爷不要她了，大孩子就放在周公馆，刚生的孩子她抱在怀里，在年三十夜里投河死的。

周朴园　（汗涔涔地）哦。

鲁侍萍　她不是小姐，她是无锡周公馆梅妈的女儿，她叫侍萍。

周朴园　（抬起头来）你姓什么？

鲁侍萍　我姓鲁，老爷。

周朴园　（喘出一口气，沉思地）侍萍，侍萍，对了。这个女孩子的尸首，说是有一个穷人见着埋了。你可以打听得她的坟在哪儿么？

鲁侍萍　老爷问这些闲事干什么？

周朴园　这个人跟我们有点亲戚。

鲁侍萍　亲戚？

周朴园　嗯，——我们想把她的坟墓修一修。
鲁侍萍　哦——那用不着了。
周朴园　怎么？
鲁侍萍　这个人现在还活着。
周朴园　（惊愕）什么？
鲁侍萍　她没有死。
周朴园　她还在？不会吧？我看见她河边上的衣服，里面有她的绝命书。
鲁侍萍　不过她被一个慈善的人救活了。
周朴园　哦，救活啦？
鲁侍萍　以后无锡的人是没见着她，以为她那夜晚死了。
周朴园　那么，她呢？
鲁侍萍　一个人在外乡活着。
周朴园　那个小孩呢？
鲁侍萍　也活着。
周朴园　（忽然立起）你是谁？
鲁侍萍　我是这儿四凤的妈，老爷。
周朴园　哦。
鲁侍萍　她现在老了，嫁给一个下等人，又生了个女孩，境况很不好。
周朴园　你知道她现在在哪儿？
鲁侍萍　我前几天还见着她！
周朴园　什么？她就在这儿？此地？
鲁侍萍　嗯，就在此地。
周朴园　哦！
鲁侍萍　老爷，您想见一见她么。
周朴园　不，不。谢谢你。
鲁侍萍　她的命很苦。离开了周家，周家少爷就娶了一位有钱有门第的小姐。她一个单身人，无亲无故，带着一个孩子在外乡什么事都做。讨饭，缝衣服，当老妈，在学校里伺候人。

周朴园　她为什么不再找到周家？

鲁侍萍　大概她是不愿意吧？为着她自己的孩子她嫁过两次。

周朴园　嗯，以后她又嫁过两次？

鲁侍萍　嗯，都是很下等的人。她遇人都很不如意，老爷想帮一帮她么？

周朴园　好，你先下去。让我想一想。

鲁侍萍　老爷，没有事了？（望着朴园，眼泪要涌出）老爷，您那雨衣，我怎么说？

周朴园　你去告诉四凤，叫她把我樟木箱子里那件旧雨衣拿出来，顺便把那箱子里的几件旧衬衣也检出来。

鲁侍萍　旧衬衣？

周朴园　你告诉她在我那顶老的箱子里，纺绸的衬衣，没有领子的。

鲁侍萍　老爷那种绸衬衣不是一共有五件？您要哪一件？

周朴园　要哪一件？

鲁侍萍　不是有一件，在右袖襟上有个烧破的窟窿，后来用丝线绣成一朵梅花补上的？还有一件，——

周朴园　（惊愕）梅花？

鲁侍萍　还有一件绸衬衣，左袖襟也绣着一朵梅花，旁边还绣着一个萍字。还有一件，——

周朴园　（徐徐立起）哦，你，你，你是——

鲁侍萍　我是从前伺候过老爷的下人。

周朴园　哦，侍萍！（低声）怎么，是你？

鲁侍萍　你自然想不到，侍萍的相貌有一天也会老得连你都不认识了。

周朴园　你　　侍萍？（不觉地望望柜上的相片，又望鲁妈）

鲁侍萍　朴园，你找侍萍么？侍萍在这儿。

周朴园　（忽然严厉地）你来干什么？

鲁侍萍　不是我要来的。

周朴园　谁指使你来的？

鲁侍萍　（悲愤）命！不公平的命指使我来的。

周朴园　（冷冷地）三十年的工夫你还是找到这儿来了。

鲁侍萍　（愤怨）我没有找你，我没有找你，我以为你早死了。我今天没想到到这儿来，这是天要我在这儿又碰见你。

周朴园　你可以冷静点。现在你我都是有子女的人，如果你觉得心里有委屈，这么大年纪，我们先可以不必哭哭啼啼的。

鲁侍萍　哭？哼，我的眼泪早哭干了，我没有委屈，我有的是恨，是悔，是三十年一天一天我自己受的苦。你大概已经忘了你做的事了！三十年前，过年三十的晚上我生下你的第二个儿子才三天，你为了要赶紧娶那位有钱有门第的小姐，你们逼着我冒着大雪出去，要我离开你们周家的门。

周朴园　从前的旧恩怨，过了几十年，又何必再提呢？

鲁侍萍　那是因为周大少爷一帆风顺，现在也是社会上的好人物。可是自从我被你们家赶出来以后；我没有死成，我把我的母亲可给气死了，我亲生的两个孩子你们家里逼着我留在你们家里。

周朴园　你的第二个孩子你不是已经抱走了么？

鲁侍萍　那是你们老太太看着孩子快死了，才叫我带走的。（自语）哦，天哪，我觉得我像在做梦。

周朴园　我看过去的事不必再提起来吧。

鲁侍萍　我要提，我要提，我闷了三十年了！你结了婚，就搬了家，我以为这一辈子也见不着你了；谁知道我自己的孩子偏偏命定要跑到周家来，又做我从前在你们家里做过的事。

周朴园　怪不得四凤这样像你。

鲁侍萍　我伺候你，我的孩子再伺候你生的少爷们。这是我的报应，我的报应。

周朴园　你静一静。把脑子放清醒点。你不要以为我的心是死了，你以为一个人做了一件于心不忍的事就会忘了么？你看这些家具都是你从前顶喜欢的东西，多少年我总是留着，为着纪念你。

鲁侍萍 （低头）哦。

周朴园 你的生日——四月十八——每年我总记得。一切都照着你是正式嫁过周家的人看,甚至于你因为生萍儿,受了病,总要关窗户,这些习惯我都保留着,为的是不忘你,弥补我的罪过。

鲁侍萍 （叹一口气）现在我们都是上了年纪的人,这些傻话请你也不必说了。

周朴园 那更好了。那么我们可以明明白白地谈一谈。

鲁侍萍 不过我觉得没有什么可谈的。

周朴园 话很多。我看你的性情好像没有大改,——鲁贵像是个很不老实的人。

鲁侍萍 你不要怕。他永远不会知道的。

周朴园 那双方面都好。再有,我要问你的,你自己带走的儿子在哪儿?

鲁侍萍 他在你的矿上做工。

周朴园 我问,他现在在哪儿?

鲁侍萍 就在门房等着见你呢。

周朴园 什么?鲁大海?他!我的儿子?

鲁侍萍 他的脚趾头因为你的不小心,现在还是少一个的。

周朴园 （冷笑）这么说,我自己的骨肉在矿上鼓动罢工,反对我!

鲁侍萍 他跟你现在完完全全是两样的人。

周朴园 （沉静）他还是我的儿子。

鲁侍萍 你不要以为他还会认你做父亲。

周朴园 （忽然）好!痛痛快快地!你现在要多少钱吧?

鲁侍萍 什么?

周朴园 留着你养老。

鲁侍萍 （苦笑）哼,你还以为我是故意来敲诈你,才来的么?

周朴园 也好,我们暂且不提这一层。那么,我先说我的意思。你听着,鲁贵我现在要辞退的,四凤也要回家。不过——

鲁侍萍　你不要怕，你以为我会用这种关系来敲诈你么？你放心，我不会的。大后天我就带着四凤回到我原来的地方。这是一场梦，这地方我绝对不会再住下去。

周朴园　好得很，那么一切路费、用费，都归我担负。

鲁侍萍　什么？

周朴园　这于我的心也安一点。

鲁侍萍　你？（笑）三十年我一个人都过了，现在我反而要你的钱？

周朴园　好，好，好，那么，你现在要什么？

鲁侍萍　（停一停）我，我要点儿东西。

周朴园　什么？说吧？

鲁侍萍　（泪满眼）我——我——我只要见见我的萍儿。

周朴园　你想见他？

鲁侍萍　嗯，他在哪儿？

周朴园　他现在在楼上陪着他的母亲看病。我叫他，他就可以下来见你。不过是——

鲁侍萍　不过是什么？

周朴园　他很大了。

鲁侍萍　（追忆）他大概是二十八了吧？我记得他比大海只大一岁。

周朴园　并且他以为他母亲早就死了的。

鲁侍萍　哦，你以为我会哭哭啼啼地叫他认母亲么？我不会那样傻的。我难道不知道这样的母亲只给自己的儿子丢人么？我明白他的地位，他的教育，不容他承认这样的母亲。这些年我也学乖了，我只想看看他，他究竟是我生的孩子。你不要怕，我就是告诉他，白白地增加他的烦恼，他自己也不愿意认我的。

周朴园　那么，我们就这样解决了。我叫他下来，你看一看他，以后鲁家的人永远不许再到周家来。

鲁侍萍　好，我希望这一生不至于再见你。

周朴园　（由衣内取出皮夹的支票签好）很好，这是一张五千块钱的支票，你可以先拿去用。算是弥补我一点儿罪过。

鲁侍萍　（接过支票）谢谢你。（慢慢撕碎支票）
周朴园　侍萍。
鲁侍萍　我这些年的苦不是你拿钱算得清的。
周朴园　可是你——
　　　　〔外面争吵声。鲁大海的声音："放开我，我要进去。"三四男仆声："不成，不成，老爷睡觉呢。"门外有男仆等与鲁大海挣扎声。
周朴园　（走至中门）来人！（仆人由中门进）谁在吵？
仆　人　就是那个工人鲁大海！他不讲理，非见老爷不可。
周朴园　哦。（沉吟）那你就叫他进来吧。等一等；叫人到楼上请大少爷下来，我有话问他。
仆　人　是，老爷。
　　　　〔仆人由中门下。
周朴园　（向鲁妈）侍萍，你不要太固执。这一点儿钱你不收下，将来你会后悔的。
鲁侍萍　（望着他，一句话也不说）
　　　　〔仆人领鲁大海进，大海站在左边，三、四仆人立一旁。
鲁大海　（见鲁妈）妈，您还在这儿？
周朴园　（打量鲁大海）你叫什么名字？
鲁大海　（大笑）董事长，您不要同我摆架子，您难道不知道我是谁么？
周朴园　你？我只知道你是罢工闹得最凶的工人代表。
鲁大海　对了，一点儿也不错，所以才来拜望拜望您。
周朴园　你有什么事吧？
鲁大海　董事长当然知道我是为什么来的。
周朴园　（摇头）我不知道。
鲁大海　我们老远从矿上来，今天我又在您府上大门房里从早上六点钟一直等到现在，我就是要问问董事长，对于我们工人的条件，究竟是允许不允许？
周朴园　哦，——那么，那三个代表呢？

鲁大海　我跟你说吧，他们现在正在联络旁的工会呢。

周朴园　哦，——他们没有告诉你旁的事情么？

鲁大海　告诉不告诉于你没有关系。——我问你，你的意思，忽而软，忽而硬，究竟是怎么回子事？

〔周萍由饭厅上，见有人，即想退回。

周朴园　（看周萍）不要走，萍儿！（视鲁妈，鲁妈知周萍为其子，眼泪汪汪地望着他）

周　萍　是，爸爸。

周朴园　（指身侧）萍儿，你站在这儿。（向大海）你这么只凭意气是不能交涉事情的。

鲁大海　哼，你们的手段，我都明白。你们这样拖延时候，不过是想去花钱收买少数不要脸的败类，暂时把我们骗在这儿。

周朴园　你的见地也不是没有道理。

鲁大海　可是你完全错了。我们这次罢工是有团结的，有组织的。我们代表这次来并不是来求你们。你听清楚，不求你们。你们允许就允许；不允许，我们一直罢工到底，我们知道你们不到两个月整个地就要关门的。

周朴园　你以为你们那些代表们，那些领袖们都可靠吗？

鲁大海　至少比你们只认识洋钱的结合要可靠得多。

周朴园　那么我给你一件东西看。

〔朴园在桌上找电报，仆人递给他；此时周冲偷偷由左书房进，在旁谛听。

周朴园　（给大海电报）这是昨天从矿上来的电报。

鲁大海　（拿过去读）什么？他们又上工了。（放下电报）不会，不会。

周朴园　矿上的工人已经在昨天早上复工，你当代表的反而不知道么？

鲁大海　（惊，怒）怎么矿上警察开枪打死三十个工人就白打了么？（又看电报，忽然笑起来）哼，这是假的。你们自己假作的电报来离间我们的。（笑）哼，你们这种卑鄙无赖的行为!

周　萍　（忍不住）你是谁?敢在这儿胡说?

周朴园　萍儿!没有你的话。（低声向大海）你就这样相信你那同来的几个代表么?

鲁大海　你不用多说,我明白你这些话的用意。

周朴园　好,那我把那复工的合同给你瞧瞧。

鲁大海　（笑）你不要骗小孩子,复工的合同没有我们代表的签字是不生效力的。

周朴园　哦,（向仆人）合同!（仆人由桌上拿合同递他）你看,这是他们三个人签字的合同。

鲁大海　（看合同）什么?（慢慢地,低声）他们三个人签了字。他们怎么会不告诉我,自己就签了字呢?他们就这样把我不理啦。

周朴园　对了,傻小子,没有经验只会胡喊是不成的。

鲁大海　那三个代表呢?

周朴园　昨天晚车就回去了。

鲁大海　（如梦初醒）他们三个就骗了我了,这三个没有骨头的东西,他们就把矿上的上人们卖了。哼,你们这些不要脸的董事长,你们的钱这次又灵了。

周　萍　（怒）你混账!

周朴园　不许多说话。（回头向大海）鲁大海,你现在没有资格跟我说话——矿上已经把你开除了。

鲁大海　开除了!?

周　冲　爸爸,这是不公平的。

周朴园　（向周冲）你少多嘴,出去!

〔周冲由中门气下。

鲁大海　哦,好,好,（切齿）你的手段我早就领教过,只要你能弄钱,你什么都做得出来。你叫警察杀了矿上许多工人,你还——

周朴园　你胡说!

鲁侍萍　（至大海前）别说了，走吧。
鲁大海　哼，你的来历我都知道，你从前在哈尔滨包修江桥，故意叫江堤出险，——
周朴园　（厉声）下去！
　　　　〔仆人等拉他，说"走！走！"
鲁大海　（对仆人）你们这些混帐东西，放开我。我要说，你故意淹死了两千二百个小工，每一个小工的性命你扣三百块钱！姓周的，你发的是绝子绝孙的昧心财！你现在还——
周　萍　（忍不住气，走到大海面前，重重地打他两个嘴巴）你这种混账东西！
　　　　〔大海立刻要还手，但是被周宅的仆人们拉住。
周　萍　打他。
鲁大海　（向周萍高声）你，你！（正要骂，仆人一起打大海。大海头流血。鲁妈哭喊着护大海）
周朴园　（厉声）不要打人！
　　　　〔仆人们停止打大海，仍拉着大海的手。
鲁大海　放开我，你们这一群强盗！
周　萍　（向仆人们）把他拉下去。
鲁侍萍　（大哭起来）哦，这真是一群强盗！（走至周萍面前，抽咽）你是萍，——凭，——凭什么打我的儿子？
周　萍　你是谁？
鲁侍萍　我是你的——你打的这个人的妈。
鲁大海　妈，别理这东西，您小心吃了他们的亏。
鲁侍萍　（呆呆地看着周萍的脸，忽而又大哭起来）大海，走吧，我们走吧。（抱着大海受伤的头哭）
　　　　〔大海为仆人拥下，鲁妈亦下。台上只有朴园与周萍。
周　萍　（过意不去地）父亲。
周朴园　你太莽撞了。
周　萍　可是这个人不应该乱侮辱父亲的名誉啊。
　　　　〔半晌。

周朴园　克大夫给你母亲看过了么？

周　萍　看完了，没有什么。

周朴园　哦，(沉吟，忽然)来人！

　　　　〔仆人由中门上。

周朴园　你告诉太太，叫她把鲁贵跟四凤的工钱算清楚，我已经把他们辞了。

仆　人　是，老爷。

周　萍　怎么？他们两个怎么样了？

周朴园　你不知道刚才这个工人也姓鲁，他就是四凤的哥哥么？

周　萍　哦，这个人就是四凤的哥哥？不过，爸爸——

周朴园　(向下人)跟太太说，叫账房给鲁贵同四凤多算两个月的工钱，叫他们今天就去。去吧。

　　　　〔仆人由饭厅下。

周　萍　爸爸，不过四凤同鲁贵在家里都很好。很忠诚的。

周朴园　哦，(呵欠)我很累了。我预备到书房歇一下。你叫他们送一碗浓一点的普洱茶来。

周　萍　是，爸爸。

　　　　〔朴园由书房下

周　萍　(叹一口气)嗨！(急向中门下，周冲适由中门上)

周　冲　(着急地)哥哥，四凤呢？

周　萍　我不知道。

周　冲　是父亲要辞退四凤么？

周　萍　嗯，还有鲁贵。

周　冲　即便是她的哥哥得罪了父亲，我们不是把人家打了么？为什么欺负这么一个女孩子干什么？

周　萍　你可问父亲去。

周　冲　这太不讲理了。

周　萍　我也这样想。

周　冲　父亲在哪儿？

周　萍　在书房里。

〔周冲至书房，周萍在屋里踱来踱去。四凤由中门走进，颜色苍白，泪还垂在眼角。

周　　萍　（忙走至四凤前）四凤，我对不起你，我实在不认识他。
鲁四凤　（用手摇一摇，满腹说不出的话）
周　　萍　可是你哥哥也不应该那样乱说话。
鲁四凤　不必提了，错得很。（即向饭厅去）
周　　萍　你干什么去？
鲁四凤　我收拾我自己的东西去。再见吧，明天你走，我怕不能看你了。
周　　萍　不，你不要去。（拦住她）
鲁四凤　不，不，你放开我。你不知道我们已经叫你们辞了么？
周　　萍　（难过）凤，你——你饶恕我么？
鲁四凤　不，你不要这样。我并不怨你，我知道早晚是有这么一天的，不过，今天晚上你千万不要来找我。
周　　萍　可是，以后呢？
鲁四凤　那——再说吧！
周　　萍　不，四凤，我要见你，今天晚上，我一定要见你，我有许多话要同你说。四凤，你……
鲁四凤　不，无论如何，你不要来。
周　　萍　那你想旁的法子来见我。
鲁四凤　没有旁的法子。你难道看不出这是什么情形么？
周　　萍　要这样，我是一定要来的。
鲁四凤　不，不，你不要胡闹。你千万不……
〔蘩漪由饭厅上。
鲁四凤　哦，太太。
周蘩漪　你们在这儿啊！（向四凤）等一会儿，你的父亲叫电灯匠就回来。什么东西，我可以交给他带回去。也许我派人给你送去。——你家住在什么地方？
鲁四凤　杏花巷十号。
周蘩漪　你不要难过，没事可以常来找我。送给你的衣服，我回头叫人送到你那里去。是杏花巷十号吧？

鲁四凤　是，谢谢太太。

〔鲁妈在外面叫：四凤！四凤！

鲁四凤　妈，我在这儿。

〔鲁妈由中门上。

鲁侍萍　四凤，收拾收拾零碎的东西，我们先走吧。快下大雨了。

〔风声、雷声渐起。

鲁四凤　是，妈妈。

鲁侍萍　（向蘩漪）太太我们走了。（向四凤）四凤，你跟太太谢谢。

鲁四凤　（向太太请安）太太，谢谢！（含着眼泪看周萍，周萍缓缓地转过头去）

〔鲁妈与四凤由中门下，风雷声更大。

周蘩漪　萍，你刚才同四凤说的什么？

周　萍　你没有权利问。

周蘩漪　萍，你不要以为她会了解你。

周　萍　你这是什么意思？

周蘩漪　你不要再骗我，我问你，你说要到哪儿去？

周　萍　用不着你问。请你自己放尊重一点。

周蘩漪　你说，你今天晚上预备上哪儿去？

周　萍　我——（突然）我找她。你怎么样？

周蘩漪　（恫吓地）你知道她是谁，你是谁么？

周　萍　我不知道。我只知道我现在真喜欢她，她也喜欢我。过去这些日子，我知道你早明白得很，现在你既然愿意说破，我当然不必瞒你。

周蘩漪　你受过这样高等教育的人现在同这么一个底下人的女儿，这是一个下等女人——

周　萍　（爆烈）你胡说！你不配说她下等，你不配！她不像你，她——

周蘩漪　（冷笑）小心，小心！你不要把一个失望的女人逼得太狠

268

了，她是什么事都做得出来的。

周　萍　我已经打算好了。

周蘩漪　好，你去吧！小心，现在（望窗外，自语，暗示着恶兆地）风暴就要起来了！

周　萍　（领悟地）谢谢你，我知道。

〔朴园由书房上。

周朴园　你们在这儿说什么？

周　萍　我正跟母亲说刚才的事情呢。

周朴园　他们走了么？

周蘩漪　走了。

周朴园　蘩漪，冲儿又叫我说哭了，你叫他出来，安慰安慰他。

周蘩漪　（走到书房门口）冲儿，冲儿！（不听见里面答应的声音，便走进去）

〔外面风雷大作。

周朴园　（走到窗前望外面，风声甚烈，花盆落地打碎的声音）萍儿，花盆叫大风吹倒了，你叫下人快把这窗关上。大概是暴雨就要下来了。

周　萍　是，爸爸！（由中门下）

〔朴园在窗前，望着外面的闪电。

——幕　落

《中国话剧百年剧作选》第 2 卷（20 世纪 30 年代 ［Ⅰ］），中国对外翻译出版公司 2007 年版

★ **作者简介**

曹禺（1910—1996），祖籍湖北潜江，本名万家宝，字小石，剧作家、戏剧教育家。出身于官僚家庭，幼年丧母，但从小跟着继母欣赏很多中国传统戏曲。后于南开中学获得丰富的舞台实践经验，在清华大学就读期间广泛接触西方戏剧。1934年曹禺的话剧处女作《雷雨》问世，在中国现代话剧史上具有极其重大的意义，它被公认为是中国现代话剧成熟的标志，曹禺也因此被誉为"东方的莎士比亚"。其他代表作品有《日出》(1936)、《原野》(1937)、《北京人》(1941)。

★ **作品导读**

《雷雨》是曹禺的处女作，甫一问世，即引起轰动。剧本在一天的时间（上午到午夜两点）、两个场景（周公馆客厅和鲁家）之内集中展示了周鲁两家前后三十年复杂纷繁的矛盾纠葛，血缘关系与阶级矛盾相互纠缠，所有的矛盾都在雷雨之夜集中爆发。在叙述家庭矛盾纠葛、怒斥封建家庭腐朽顽固的同时，反映了更为深层的社会及时代问题。人物的悲剧性结局也强化了作者对"不公平"的社会（与命运）的控诉。

本文节选自四幕话剧的第二幕，随着周朴园、鲁侍萍等核心人物的登场，整部戏的戏剧冲突达到高潮，正如剧中人所言，"风暴就要起来了"，"暴雨就要下来了"。戏剧自然背景的"郁热"与人物内心涌动的"情热"都被一种人所不能把控的强大力量压抑着，"正如跌在泽沼里的羸马，愈挣扎，愈深沉地陷在死亡的泥沼里"。由此揭示出命运的残酷：人无论怎样挣扎终不免失败的生存状态。这也显示出曹禺戏剧创作的一个重要特色：既关注现实，又超越现实，追索隐藏其后的人生、人性、人的生命存在的奥秘。

人物的情绪、心理、性格刻画通过对话与动作得到全面而细致的呈现，每个人物都在复杂而深刻的矛盾纠缠中，努力地想要抓住一根救命稻草，这既是本能的驱使，也有冰冷的现实考量。但即使作为封建家长与丑恶资本家形象代表的周朴园，作者也能以如椽之笔写出他对鲁侍萍的一丝温情。似乎在作者"悲悯"的俯视中，剧中人之间的一切矛盾、冲突、争斗都能得到某种程度的消解，因而包含序幕与尾声的完整版的

《雷雨》，使观者能够站在更加冷静的立场上，对戏剧进行更加理性的审视。

《雷雨》的主题因此具有多个层面，也正是主题的多义性使得《雷雨》长盛不衰，有了永久的艺术生命力。该剧情节扣人心弦，语言精练含蓄，人物各具特色，是"中国话剧现实主义的基石"、中国现代话剧走向成熟的里程碑。

★拓展延伸

茅盾曾有"当年海上惊《雷雨》"的评价，指出《雷雨》划时代的意义。然而面对经典，难免会有很多不同的声音。即使作者本人也曾对《雷雨》产生不满，说他很讨厌它的结构，觉出有些"太像戏"了，认为自己在技巧上用得过分了。他的女儿万方成为编剧后却认为，当编剧结构是最难的，而《雷雨》最好的就是结构。作为初学者，这些"用得过分"的技巧，恰恰可以让我们更好地了解戏剧的基本手段，进而把握其艺术特征，产生独特的审美体验。

1934年发表的《雷雨》剧本中，原本包括序幕和尾声，作家在《〈雷雨〉序》中说"宇宙正像一口残酷的井，落在里面，怎样呼号也难逃这黑暗的坑"，以此揭示现代人的生存处境。但由于有评论者指责其带有宿命论的色彩，因此该剧在1936年首演时就删去了这两个部分。2007年新解读版《雷雨》在原剧本的基础上，对人物出场的时间与顺序进行了重构，原剧本的"序幕"与"尾声"被搬上了舞台，重现了曹禺将《雷雨》视为"叙事诗"的创作初心。学者李扬在《现代性视野中的曹禺》一文中指出，超越"政治—道德"的文学理念使曹禺的作品获得了哲理层面的高度，即"曹禺的剧作拥有了很强的包容性，每一个读者都能在其作品中找到自己所钟情的艺术特质，这无疑得力于曹禺自主性的艺术理念，它超越了政治派别，而只忠实于自己的生命体验"。经典之作总以其独特魅力向不同时代的人们发出召唤，我们将以何种方式回应文本发出的召唤呢？

★思考练习

1. 曹禺曾说蘩漪是剧中最具"雷雨"性格的角色，试分析她在剧情冲突中的地位和作用。

2. 从对《雷雨》的多重解释中任选一种，尝试找出其合理性与不足之处。

3. 在文学史上时有作家受读者、制度或社会氛围等因素影响，选择"迎合他者"或者改变原作，试分析现代文学史上的"曹禺现象""郭沫若现象"或"何其芳现象"。

上海屋檐下（节选）
三幕话剧
夏　衍

人物表

林志成——36岁。
杨彩玉——其妻，32岁。
匡　复——彩玉的前夫，34岁。
葆　珍——其女，12岁。
黄家楣——亭子楼房客，28岁。
桂　芬——其妻，24岁。
黄　父——58岁。
施小宝——前楼房客，27岁。
小天津——她的情夫，30岁左右。
赵振宇——灶庇间房客，48岁。
其　妻——42岁。
阿　香——其女，5岁。
阿　牛——其子，13岁。
李陵碑——阁楼房客，54岁。
其　他——换旧货者，卖菜者，包饭作伙计等

三幕同一场所
1937年4月，黄梅时节的一日间

第二幕

同日下午。

客堂间，彩玉伏在桌上啜泣，匡复反背着手，垂着头，无目的地踱

着，二人沉默。

客堂楼上，小天津躺在施小宝的床上，脸上浮着不怀好意的微笑，抽着烟，施小宝哭丧着脸，在梳妆台前打扮，沉默。

亭子间，夹在小孩哭声里面，黄家楣大声地在和他父亲谈话，言语不很清楚。不一刻，桂芬带着紧张的表情，拿了热水瓶慢慢地下楼来，她耸着耳朵在听他们父子间的谈话，开后门出去。

灶披间，赵妻在缝衣服，无言。

一分钟之后。

太阳一闪，灿然的阳光斜斜地射进了这浸透了水气的屋子，赵妻很快地站起身来，把湿透了的洋伞拿出来撑开，再将一竹竿的衣服拿出来晒。

黄　父　（声）瞧，不是出太阳了吗？（一手推开窗）
黄家楣　（声）爸，再住几天，晚上天晴了去看火烧红……（咳嗽）
黄　父　（声）下了半个月的雨，低的几亩田，怕已经氽掉啦，不回去补种，今年吃什么？
〔赵妻好容易将衣服晒好，回到室内坐定拿起针线，太阳一暗，又是一阵大点子的骤雨，连忙站起来，收进。
赵　妻　（怨恨之声）唧！
匡　复　（踱到彩玉面前站定）那么你说……你跟志成的同居……
彩　玉　……
匡　复　（独白似的）你跟他的同居，单是为着生活，而并不是感情上的……
彩　玉　（无言，不抬起头来，右手习惯地摸索了一下手帕）……
〔匡复从地上拾起手帕，无言地交给她，沉默。门外卖物声，阿香悄悄地从后门推门进来，好像担心着踏湿了的鞋子似的，不敢进来。
匡　复　唔，生活，为了生活！（点头，颓然地坐下，一刻，又像讥讽，又像在透漏他蕴积了许久的感慨）短短的十年，使我们全变啦，十年之前，为着恋爱而抛弃了家庭，十年之前，为着恋爱而不怕危险地嫁了我这样一个穷光蛋，可是，十年之后……大胆的恋爱至上主义者，变成了小心的家庭主妇了！

彩　玉　（无言，揩了一下眼泪，望着他）

匡　复　彩玉，怕谁也想不到吧，你能这样的……（讲不下去）

彩　玉　（低声）你，还在恨我吗？

匡　复　不，我谁也不恨！

彩　玉　那么，你一定在冷笑……一定在看不起我吧。当自己爱着的丈夫在监牢里受罪的时候，将结婚当作职业，将同情当作爱情，小心谨慎地替人管着家。……

匡　复　彩玉！

彩　玉　（提高一些声调）但是，在责备我之前，你得想象一下，这十年来的生活！我跟你结婚之后，就不曾过过一日平安的生活，贫穷，逃避，隔绝了一切朋友和亲戚。那时候，可以说，为着你的理想，为着大多数人的将来，我只是忍耐，忍耐……可是你进去之后，你的朋友，谁也找不到，即使找到了，尽管嘴里不说，态度上一看就知道，只怕我连累他们。好啦，我是匡复的妻子，我得自个儿活下去，我打定了主意，找职业吧，可是葆珍缠在身边，那时候她才五岁，什么门路都走遍，什么方法都想尽啦，你想，有人肯花钱用一个带小孩的女人吗？在柏油路粘脚底的热天，葆珍跟着我在街上走，起初，走了不多的路就喊脚痛，可是，日子久了，当我问她，"葆珍，还能走吗"的时候，她会笑着跟我说："妈！我走惯啦！一点也不累……"（禁不住哭了）这是……生活！

匡　复　（痛苦地走过去抚着她的肩膀）彩玉，我一点也没有责备你的意思，我只是说……

彩　玉　你说，这世界上有我们女人做事的机会吗？冷笑、轻视、排挤、轻薄，用一切的方法逼着，逼着你嫁人！逼着你乖乖地做一个家庭里的主妇！……

匡　复　彩玉！过去的事，不用讲啦，反正讲了也是没有法子可以挽回来，你得冷静一下，我们倒不妨谈谈别的问题。

彩　玉　……（一刻）别的问题？（回转身来）

匡　复　唔……（沉默，踱着）

〔桂芬泡了开水回来，手里托着几个烧饼，阿香艳羡地跟着进来，桂芬上楼去，一刻，家楣与桂芬出来，站在楼梯上，家楣带怒地。

黄家楣　方才我出去的时候，你跟爸爸说了些什么？

桂　芬　（摇头）

黄家楣　没有说？那为什么上半天还是高高兴兴的，一会儿就会要回去呢？他说今晚上要回去了！

桂　芬　今晚上？（吃惊）不是讲过了去看戏吗？

黄家楣　（恨恨地）已经自个儿在收拾行李啦，还装不知道。

桂　芬　装不知道？你说什么？

黄家楣　我说你赶他走的！

桂　芬　我……赶……他……走！家楣！你讲话不能太任性，我为什么要赶走他？我用什么赶走他？

黄家楣　（冷冷地）为什么，为着我当了你的衣服；用什么，用你的眼泪，用你那副整天皱着眉头的神气。他聋了耳朵，但是他的眼睛没有瞎，你故意地愁穷叹苦，使他……使他不能住下去！……

桂　芬　我故意的？……

黄家楣　我爸爸老啦，你，你，你……

桂　芬　（被激起了的反驳）你不能这样不讲理！你别看了别人的样，将我当作你的出气筒。你希望你爸爸多住几天，我懂得，这是人情，可是我问你，这样多住了几天，对他、对你、有什么好处？你这样只是逼死大家，大家死在一起……我，（带哭声）我为什么要赶走……他……

黄家楣　……（无言，以手猛抓自己的头发）

桂　芬　（委婉地）家楣！你自己的身体……

〔亭子间小儿哭声。

黄　父　噢，别哭别哭，我来抱，好，好……
　　　　〔桂芬用衣袖揩了一下眼泪，家楣很快地拿自己的手帕替她揩干，让桂芬回房间去，家楣垂着头，跟在后面。

匡　复　（听完了他们的话）那么——你们现在的生活……

彩　玉　（苦笑）你看！

匡　复　我看，志成也很苍老了，也许，我今天来得太意外，方才看见他的时候，觉得在他从小就有的忧郁症之外，现在又加了焦躁病啦……

彩　玉　……

匡　复　他在厂里的境遇？

彩　玉　（摇头）……

匡　复　依旧是不结人缘？

彩　玉　（点头，一刻）你看，我呢？我老了吧！

匡　复　（有点难以置答）唔……

彩　玉　老啦？

匡　复　（望着她）

彩　玉　你说啊，我——

匡　复　……

彩　玉　（佯笑）不说，唔，已经不是十年前的彩玉啦！

匡　复　（仓皇）不，不，我在想……（沉默）

彩　玉　想？唔，那么你看，我幸福吗？

匡　复　我希望！

彩　玉　你讲真话！你看，他能使我幸福吗？

匡　复　我希望，他能够。

彩　玉　（冷笑，避开他的视线）你说我变了，我看，你也变啦，你已经没有以前的天真，没有以前的爽快啦。

匡　复　什么？你说……

彩　玉　（很快地接上去）假使我现在告诉你，志成不能使我幸福，我现在很苦痛，葆珍跟我一样的也是受着别人的欺负，那你打算……（凝视着他）

277

匡　复　……

彩　玉　他在厂里不结人缘，受人欺负，被人当作开玩笑的对象，他的后辈一个个地做了他的上司，整天地担忧着饭碗的会被打破，回到家里来，把外面受来的气加倍地发泄在我的身上，一点儿不对，嘟着嘴不讲话，三天五天的做哑巴……复生！你以为这样的生活——可以算幸福吗？

匡　复　（痛苦地）彩玉，我对不住你……

〔后门推开，葆珍很性急地回手，赵妻看见她，很快地对她招手，好像要报告她一些什么消息，可是葆珍好像全不注意，大踏步地闯进客堂间里，二人的谈话中断，匡复反射地站起身来。

彩　玉　葆珍，过来，这是……（碍口）

匡　复　（抢着）是葆珍吗？（以充满了情爱的眼光望着）

葆　珍　（吃惊）认识我？先生尊姓？

彩　玉　葆珍！（语阻）

匡　复　（笑着）我姓匡……

葆　珍　（很快）Kuang？怎么写？（天真烂漫）

匡　复　（用手指在桌上写着）这样一个匚里面，一个王字。

葆　珍　匡？（做着夸大的吃惊的表情）有这样奇怪的姓吗？这个字作什么解释？

匡　复　（给她一问便问住了）那倒……

葆　珍　（很快地跑到桌子边去找出一本小小的字典，翻着）匚部，一，二，三，四……有啦，喔，Kuang，匡正，改正的意思，可是匡先生，这样的字，现在还有人用吗？

匡　复　（始终以惊奇而爱惜的眼光望着她）唔，用是用，可是已经很少啦。

葆　珍　没有用的字，先生说，就要废掉，对吗？

彩　玉　葆珍！

匡　复　唔！你很对！（笑着）我今后就废掉它。

葆　珍　那好极啦，妈，为什么老望着我？快，给我一点儿点心，我要去上课啦。

匡　复　为什么，不是才下课吗？

葆　珍　不，（骄傲地）方才先生教我，此刻我去教人，我是"小先生"，教人唱歌，识字。

匡　复　"小先生"？

〔彩玉拿了几块饼干给她，她接着边吃边说。

葆　珍　"小先生"不懂吗？小先生的精神，就是"即知即传人"，自己知道了，就讲给别人听……啊，时候不早啦，再会！（跳跑而去，至门口，嘴里唱着）"走私货，真便宜！"

赵　妻　〔低声而有力地……葆珍！

〔葆珍不理而去。

匡　复　（不自觉地，跟了一两步，望她出去之后才回头来）唔，日子真快！

彩　玉　（怀旧之感）你看，她的脾气，不是跟你年青的时候完全一样吗？你做学生的时候，不是为了一门代数，几晚上不睡觉，后来弄出了一场病吗？她也是一样，什么事都要寻根究底的！

匡　复　可是现在我已经没有这种精神了……（沉吟了一下，想起似的）彩玉！我此刻倒觉得安心了，当我在里面脚气病厉害的时候，我已经绝望，在这一世，怕总不能再和你们见面啦，可是现在，我亲眼的看见了葆珍，居然跟我年青的时候一样。……

彩　玉　你安心啦？你以为葆珍很幸福吗？

匡　复　不，我不是这意思……

彩　玉　（忧郁地）在她洁白的记忆里面，也已经留下了一点洗刷不掉的黑点了，别的小孩们叫她……（望着匡复）

匡　复　什么？连她也有……

《中国话剧百年剧作选》第 3 卷（20 世纪 30 年代 [Ⅱ]），中国对外翻译出版公司 2007 年版

★作者简介

夏衍（1900—1995），浙江杭州人，原名沈乃熙，字端先，中国著名文学、电影、戏剧作家和社会活动家，中国左翼电影运动的开拓者、组织者和领导者之一。早年参加五四运动，后公费留学日本。1927年因参加日本工人运动和左翼文化运动被驱逐回国，同年加入中国共产党。1929年同鲁迅等人筹建中国左翼作家联盟，后发起组织中国左翼戏剧家联盟。创作有多幕剧12部，独幕剧9部，翻译剧5部，与友人合作剧3部，以辛勤劳动换来了戏剧创作上繁花似锦的局面。话剧代表作有《秋瑾传》(1936)、《上海屋檐下》(1937)、《法西斯细菌》(1942)等。1994年被国务院授予"国家有杰出贡献的电影艺术家"荣誉称号。

★作品导读

在中国话剧百年历史上，有"北有茶馆，南有屋檐"之说，《上海屋檐下》被夏衍称为"真正开始了现实主义创作方法摸索的第一个剧本"。它创作于1937年上半年，正是抗日战争即将全面爆发的时期，在这样一个"低气压"的氛围中，夏衍选择描写上海杨树浦一栋石库门房子里的五户住家的日常生活状况，通过这些人物的悲惨遭遇和他们的喜怒哀乐，揭露国民党统治下的黑暗现实，暗示雷雨将至的时局，力图使观众"听到些将要到来的时代的脚步声"。怀抱理想激情的夏衍用话剧《上海屋檐下》告白天下：这个社会不公平，生活在这个社会中的普通百姓没有出路。不革命不行！

因为非常熟悉上海市民生活，作者便从生活细节入手，为我们描绘出一幅市井平常的画面。在表现这一出日常生活的悲喜剧时，作品有意识地用阴晴不定、沉闷压抑的黄梅天气，影射当时的社会政治环境，仿佛生活和灵魂都长了霉，这也赋予了黄梅天气以多层的象征意义。剧本巧妙地截取了上海弄堂房子的一个横断面，在一天的时间里，同时展现了经历不同、性格各异的五家住户的命运，充分显示了夏衍简约、谨严、含蓄的艺术风格。除去作为主线的林家，余者各家皆有忧烦与不幸。《上海屋檐下》的创作严格遵照"三一律"原则，主线副线交叉往复，凝练而明快，交错而不失序。其情感上所呈现的冲突性与矛盾性使该剧的主旨非常明确。

剧作家对剧中人物的态度带有浓厚的人道主义色彩。匡复的回归打破了一成不变的生活，令林志成和杨彩玉这对"半路夫妻"措手不及，开始了激烈的思想斗争，这个过程中只有孩子葆珍被蒙在鼓里，与之形成鲜明的对比。看到彩玉与葆珍安稳的生活以后，匡复感到欣慰，通过出走来结束这一场情感上的纠葛。剧中人的行为似乎都是无可指摘的，每个人都在按照生活的逻辑行事。可是，当把这些人和事集中到一个特定场景中，又几乎是让人无法忍受的。这种人道主义精神使夏衍更加关注大时代中的小人物，产生了类似契诃夫"含泪的微笑"的效果，这也构成其戏剧创作一个鲜明的特点。

★拓展延伸

话剧研究界普遍认为《上海屋檐下》是夏衍在"曹禺影响"下的"现实主义转变"之作。然而也有论者认为，这个来自夏衍本人20世纪50年代的看法，与该剧的创作实际并不吻合，进而提出《上海屋檐下》的创作标志着一种不同于《雷雨》《日出》的新型话剧艺术风格的确立。和曹禺相比，夏衍不擅长从剧烈的传奇的冲突中展现人生悲剧，而善于在日常生活琐事中发现人物内心情感的波动，再现人物潜藏的心理矛盾冲突，《上海屋檐下》便充分显示了这一点。

《上海屋檐下》1937年排演于上海（1939年首演于重庆），而戏里的传奇故事也延续到了戏外。在最初上演时，匡复曾由著名演员赵丹扮演，林志成则由"生活原型"魏鹤龄扮演。在舞台上，魏鹤龄将戏剧与人生化为一体，表现出深沉的酸楚与痛苦之情。而在舞台上扮演匡复的赵丹和扮演施小宝的叶露茜在不久之后，也将戏剧舞台上的故事延续到生活之中。残酷多变的戏梦人生，是否能引发不同时代观众的恐惧与怜悯之情呢？

★思考练习

1. 如果你是匡复，你会原谅林志成吗？
2. 夏衍的人生算得上难得的故事，试将其经历改编成一出短剧。

茶馆（节选）

三幕话剧

老 舍

人物表

王利发——男，最初与我们见面，他才 20 多岁。因父亲早死，他很年轻就做了吴裕泰茶馆的掌柜。精明、有些自私，而心眼不坏。

唐铁嘴——男，30 来岁。相面为生，吸鸦片。

松二爷——男，30 来岁。胆小而爱说话。

常四爷——男，30 来岁。松二爷的好友，都是裕泰的主顾，正直，体格好。

李 三——男，30 多岁。裕泰的跑堂的。勤恳，心眼好。

二德子——男，20 多岁。善扑营当差。

马五爷——男，30 多岁。吃洋教的小恶霸。

刘麻子——男，30 多岁。说媒拉纤，心狠意毒。

康 六——男，40 岁。京郊贫农。

黄胖子——男，40 多岁。流氓头子。

秦仲义——男，王掌柜的房东。在第一幕里 20 多岁。阔少，后来成了维新的资本家。

老 人——男，82 岁。无倚无靠。

乡 妇——女，30 多岁。穷得出卖小女儿。

小 妞——女，10 岁。乡妇的女儿。

庞太监——男，40 岁。发财之后，想娶老婆。

小牛儿——男，10 多岁。庞太监的书童。

宋恩子——男，20 多岁。老式特务。

吴祥子——男，20 多岁。宋恩子的同事。

康顺子——女，在第一幕中 15 岁。康六的女儿。被卖给庞太监为妻。

王淑芬——女，40 来岁。王利发掌柜的妻。比丈夫更公平正直些。

巡　警——男，20 多岁。

报　童——男，16 岁。

康大力——男，12 岁。庞太监买来的义子，后与康顺子相依为命。

老　林——男，30 多岁。逃兵。

老　陈——男，30 岁。逃兵。老林的把弟。

崔久峰——男，40 多岁。做过国会议员，后来修道，住在裕泰附设的公寓里。

军　官——男，30 岁。

王大拴——男，40 岁左右，王掌柜的长子。为人正直。

周秀花——女，40 岁。大拴的妻。

王小花——女，13 岁。大拴的女儿。

丁　宝——女，17 岁。女招待。有胆有识。

小刘麻子——男，30 多岁。刘麻子之子。继承父业而发展之。

取电灯费的——男，40 多岁。

小唐铁嘴——男，30 多岁。唐铁嘴之子，继承父业，有做天师的愿望。

明师傅——男，50 多岁。包办酒席的厨师傅。

邹福远——男，40 多岁。说评书的名手。

卫福喜——男，30 多岁。邹的师弟，先说评书，后改唱京戏。

方　六——男，40 多岁。打小鼓的，奸诈。

庞四奶奶——女，40 岁。丑恶，要做皇后。庞太监的四侄媳妇。

春　梅——女，19 岁。庞四奶奶的丫环。

小二德子——男，30 岁。二德子之子，打手。

小宋恩子——男，30 来岁。宋恩子之子。承袭父业，做特务。

小吴祥子——男，30 来岁。吴祥子之子，世袭特务。

茶客若干人——都是男的。

茶房一两个——都是男的。

难民数人——有男有女，有老有少。

大兵三五人——都是男的。

公寓住客数人——都是男的。两个学生。

押大令的兵五人——都是男的。

宪兵一人——男。

男学生二人。女学生二人。

傻　杨——男，数来宝的。

第一幕

人　物　王利发、刘麻子、庞太监、唐铁嘴、康六、小牛儿、松二爷、黄胖子、宋恩子、常四爷、秦仲义、吴祥子、李三、老人、康顺子、二德子、乡妇、茶客甲、乙、丙、丁、马五爷、小姐、茶房一二人。

时　间　一八九八年（戊戌）初秋，康梁等的维新运动失败了。早半天。

地　点　北京，裕泰大茶馆。

〔幕启：这种大茶馆现在已经不见了。在几十年前，每城都起码有一处。这里卖茶，也卖简单的点心与菜饭。玩鸟的人们，每天在遛够了画眉、黄鸟等之后，要到这里歇歇腿，喝喝茶，并使鸟儿表演歌唱。商议事情的，说媒拉纤的，也到这里来。那年月，时常有打群架的，但是总会有朋友出头给双方调解；三五十口子打手，经调解人东说西说，便都喝碗茶，吃碗烂肉面（大茶馆特殊的食品，价格便宜，做起来快当），就可以化干戈为玉帛了。总之，这是当时非常重要的地方，有事无事都可以来坐半天。

〔在这里，可以听到最荒唐的新闻，如某处的大蜘蛛怎么成了精，受到雷击。奇怪的意见也在这里可以听到，像把海边上都修上大墙，就足以挡住洋兵上岸。这里还可以听到某京戏演员新近创造了什么腔儿，和煎熬鸦片烟的最好的方法。这里也可以看到某人新得到的奇珍——一个出土的玉扇坠儿，或三彩的鼻烟壶。这真是个重要的地方，简直可以算做文化交流的所在。

〔我们现在就要看见这样的一座茶馆。

〔一进门是柜台与炉灶——为省点事，我们的舞台上可以不要炉灶；后面有些锅勺的响声也就够了。屋子非常高大，摆着长桌与方桌，长凳与小凳，都是茶座儿。隔窗可见后院，高搭着凉棚，棚下也有茶座儿。屋里和凉棚下都有挂鸟笼的地方。各处都贴着"莫谈国事"的纸条。

〔有一位茶客，不知姓名，正眯着眼，摇着头，拍板低唱。有两三位茶客，也不知姓名，正入神地欣赏瓦罐里的蟋蟀。

〔今天又有一起打群架的，据说是为了争一只家鸽，惹起非用武力解决不可的纠纷。假若真打起来，非出人命不可，因为被约的打手中包括着善扑营的哥儿们和库兵，身手都十分厉害。好在，不能真打起来，因为在双方还没把打手约齐，已有人出面调停了——现在双方在这里会面。三三两两的打手，都横眉立目短打扮，随时进来，往后院去。

〔马五爷在不惹人注意的角落，独自坐着喝茶。

〔王利发高高地坐在柜台里。

〔一个卖《圣经》的，手拿《圣经》，走过茶客面前，看见无人买，然后走出大门。

茶客甲　（看着卖《圣经》的背影，向对面茶客）你可别瞧不起那位，这年头，吃洋饭的吃香！前些日子，江西出了这么档子事，您知道不知道，闹教的把教堂给砸了！

茶客乙　砸教堂？

茶客甲　喔！洋人不答应啊！把砸教堂的给逮起来了！

茶客乙　逮了几个？

285

茶客甲　一个也没逮着。洋人火了,把县太爷弄在教堂里,吊在树上,给活活吊死了。

茶客丙　这还有王法没有!还不去府里告他们!

茶客甲　您说得对,可是这年头,知府也管不了……

王利发　(忙下柜台劝阻)诸位,请莫谈国事……

〔两个穿灰色大衫的,宋恩子与吴祥子(北衙门里办案的侦缉)走进茶馆,茶客们注意到,都静下来。

〔王利发上前向宋恩子、吴祥子请安,并到戏迷坐的茶桌前,请他挪地方让坐,戏迷让开,二灰大衫坐下。茶馆又热闹起来。

〔唐铁嘴趿拉着鞋,身穿一件极长极脏的大布衫,耳上夹着几张小纸片,进来。

王利发　唐先生,你外边遛遛吧!

唐铁嘴　(惨笑)王掌柜,捧捧唐铁嘴吧!送给我碗茶喝,我就先给您相相面吧!手相奉送,不取分文!(不容分说,拉过王利发的手来)今年是光绪二十四年,戊戌。您贵庚是……

王利发　(夺回手去)算了吧,我送给你一碗茶喝,你就甭卖那套生意口啦!用不着相面,咱们既在江湖内,都是苦命人!(由柜台内走出,让唐铁嘴坐下)坐下!我告诉你,你要是不戒了大烟,就永远交不了好运!这是我的相法,比你的更灵验!

〔松二爷和常四爷都提着鸟笼进来,王利发向他们打招呼,他们先把鸟笼子挂好,找地方坐下。松二爷文绉绉的,提着小黄鸟笼;常四爷雄赳赳的,提着大而高的画眉笼。茶房李三赶紧过来,沏上盖碗茶。他们自带茶叶。茶沏好,松二爷、常四爷向邻近的茶座让了让。

松二爷　与常四爷异口同声

常四爷　您喝这个!(然后,往后院看了看)

松二爷　好像又有事儿?

常四爷　反正打不起来!要真打的话,早到城外头去啦;到茶馆来干吗？

松二爷　您说得对！

〔二德子，一位打手，恰好进来，听见了常四爷的话。

二德子　（凑过去）你这是对谁甩闲话呢？

常四爷　（不肯示弱）你问我哪？花钱喝茶，难道还教谁管着吗？

松二爷　（打量了二德子一番）我说这位爷，您是营里当差的吧？来，坐下喝一碗，我们也都是外场人。

二德子　你管我当差不当差呢！

常四爷　要抖威风，跟洋人干去，洋人厉害！英法联军烧了圆明园，尊家吃着官司饷，可没见您去冲锋打仗！

二德子　甭说打洋人不打，我先管教管教你！（一下子把一个盖碗搂下桌去，摔碎。翻手要抓常四爷的脖领）

〔王利发急忙跑过来。

王利发　哥儿们，都是街面上的朋友，有话好说。德爷，您后边坐。

常四爷　（闪过）你要怎么着？

二德子　怎么着！我碰不了洋人，还碰不了你吗？

马五爷　（并未立起）二德子！

二德子　（四下扫视，看到马五爷）喝，马五爷，您在这儿哪？

马五爷　你好威风啊！

二德子　我可眼拙，没看见您！（过去请安）

马五爷　有什么事好好地说，干吗动不动地就讲打？

二德子　嗻！您说得对！我到后头坐坐去，李三，这位马五爷的茶钱我候啦！（往后面走去）

常四爷　（凑过来，要对马五爷发牢骚）这位爷，您圣明，您给评评理！

马五爷　（立起来）我还有事，再见！（走出去）

常四爷　（对王利发）邪！这倒是个怪人！

王利发　你不知道这是马五爷呀？怪不得您也得罪了他。

常四爷　我也得罪了他？我今天出门没挑好日子！

287

王利发　（低声地）刚才您说洋人怎样，他就是吃洋饭的。信洋教，说洋话，有事情可以一直地找宛平县的县太爷去，要不怎么连官面上都不惹他呢！

常四爷　（往原处走）哼，我就不佩服吃洋饭的！

王利发　（向宋恩子、吴祥子那边稍一歪头，低声地）说话请留点神！（大声地）李三，再给这儿沏一碗来！（拾起地上的碎磁片）

松二爷　盖碗多少钱？我赔！外场人不做老娘们事！

王利发　不忙，待会儿再算吧！（走开）

〔纤手刘麻子领着康六进来。刘麻子先向松二爷、常四爷打招呼。

刘麻子　你二位真早班儿！（掏出鼻烟壶，倒烟）您试试这个！刚装来的，地道英国造，又细又纯！

常四爷　唉！连鼻烟也得从外洋来！这得往外流多少银子啊！

刘麻子　咱们大清国有的是金山银山，永远花不完！您坐着，我办点小事！（领康六找了个座儿）

〔李三拿过一碗茶来。

刘麻子　说说吧，十两银子行不行？你说干脆的！我忙，没工夫专伺候你！

康　六　刘爷！十五岁的大姑娘，就值十两银子吗？

刘麻子　卖到窑子去，也许多拿一两八钱的，可是你又不肯！

康　六　那是我的亲女儿！我能够……那不是因为乡下种地的都没法子混了吗？一家大小要是一天能吃上一顿粥，我要还想卖女儿，我就不是人！

刘麻子　那是你们乡下的事，我管不着。我受你之托，教你不吃亏，又教你女儿有个吃饱饭的地方，这还不好吗？

康　六　到底给谁呢？

刘麻子　我一说，你必定从心眼乐意！一位在宫里当差的！

康　六　宫里当差的谁要个乡下丫头呢？

刘麻子　那不是你女儿的命好吗？

康　六　谁呢？

刘麻子　大太监，庞总管！你也听说过庞总管吧？侍候着太后，红得不得了，连家里打醋的瓶子都是玛瑙做的！

康　六　刘大爷，把女儿给太监做老婆，我怎么对得起人呢？

刘麻子　卖女儿，无论怎么卖，也对不起女儿！你糊涂！你看，姑娘一过门，吃的是珍馐美味，穿的是绫罗绸缎，这不是造化吗？怎样，摇头不算点头算，来个干脆的！

康　六　自古以来，哪有……他就给十两银子？

刘麻子　找遍了你们全村儿，找得出十两银子找不出？在乡下，五斤白面就换个孩子，你不是不知道！

〔康六往外走。

刘麻子　你哪儿去？回来，回来！

康　六　我，唉，我得跟姑娘商量一下！

刘麻子　告诉你，过了这个村可没有这个店，耽误了事别怨我！快去快来！

康　六　唉！我一会儿就回来！

刘麻子　我在这儿等着你！

康　六　（慢慢地走出去）

刘麻子　（凑到松二爷、常四爷这边来）乡下人真难办事，永远没有个痛痛快快！

松二爷　这号生意又不小吧？

刘麻子　也甜不到哪儿去，弄好了，才赚个元宝！

常四爷　乡下是怎么了？会弄得这么卖儿卖女的！

刘麻子　谁知道！要不怎么说，就是一条狗也得托生在北京城里嘛！

常四爷　刘爷，您可真有个狠劲儿，给拉拢这路事！

刘麻子　我要不分心，他们还许找不到买主呢！（忙岔话）松二爷（掏出个小时表来），您看这个！

松二爷　（接表）好体面的小表！

刘麻子　您听听，嘎登嘎登地响！

松二爷　（听）这得多少钱？

刘麻子　您爱吗？就让给您！一句话，五两银子！您玩够了，不爱再要了，我还照数退钱！东西真地道，传家的玩艺！

常四爷　我这儿正咂摸这个味儿：咱们一个人身上有多少洋玩艺儿啊！老刘，就看你身上吧：洋鼻烟，洋表，洋缎大衫，洋布裤褂……

刘麻子　洋东西可是真漂亮呢！我要是穿一身土布，像个乡下脑壳，谁还理我呀！

常四爷　我老觉乎着咱们的大缎子，川绸，更体面！

刘麻子　松二爷，留下这个表吧，这年月，戴着这么好的洋表，会教人另眼看待！是不是这么说，您哪？

松二爷　（真爱表，但又嫌贵）我……

刘麻子　您先戴两天，改日再给钱！

〔黄胖子进来。

黄胖子　（严重的沙眼，看不清楚，进门就请安）哥儿们，都瞧我啦！我请安了！都是弟兄，别伤了和气呀！

王利发　这不是他们，他们在后院哪！

黄胖子　我看不大清楚啊！掌柜的，预备烂肉面，有我黄胖子，谁也打不起来！（往里走）

二德子　（出来迎接）两边已经见了面，您快来吧！

〔二德子同黄胖子入内。

〔老人进来，拿着些牙签、胡梳、耳挖勺之类的小东西，低着头慢慢地挨着茶座儿走；没人买他的东西。他要往后院去，被小伙计截住。

小伙计　老大爷，您外边遇遇吧！后院里，人家正说和事呢，没人买您的东西！（老人耳聋，听不见）后院正说和事呢，没人买您的东西！

松二爷　（低声地）李三！（指后院）他们到底为了什么事，要这么拿刀动杖的？

李　三　（低声地）听说是为一只鸽子。张宅的鸽子飞到了李宅去，李宅不肯交还……唉，咱们还是少说话好，（问老人）老大爷您高寿啦？（老人听不清）高寿啦？

李　三　唉！来，你喝这碗茶（顺手把剩茶给老人一碗）

老　人　（喝了茶）多谢！八十二了，没人管！这年月呀，人还不如一只鸽子呢！唉！（慢慢走出去）

〔秦仲义，穿得很讲究，满面春风，走进来。

王利发　哎哟！秦二爷，您怎么这样闲在，会想起下茶馆来了？也没带个底下人？

秦仲义　来看看，看看你这年轻小伙子会做生意不会！

王利发　哎，一边做一边学吧，指着这个吃饭嘛。谁叫我爸爸死得早，我不干不行啊！好在照顾主儿都是我父亲的老朋友，我有不周到的地方，都肯包涵，闭闭眼就过去了。在街面上混饭吃，人缘儿顶要紧。我按着我父亲遗留下的老办法，多说好话，多请安，讨人人的喜欢，就不会出大岔子！您坐下，我给您沏碗小叶茶去！

秦仲义　我不喝！也不坐着！

王利发　坐一坐！有您在我这儿坐坐，我脸上有光！

秦仲义　也好吧！（坐）可是，用不着奉承我！

王利发　李三，沏一碗高的来！二爷，府上都好？您的事情都顺心吧？

秦仲义　不怎么太好！

王利发　您怕什么呢？那么多的买卖，您的小手指头都比我的腰还粗！

唐铁嘴　（凑过来）这位爷好相貌，真是天庭饱满，地阁方圆，虽无宰相之权，而有陶朱之富）

秦仲义　躲开我！去！

王利发　先生，你喝够了茶，该外边活动活动去！（把唐铁嘴推开）

唐铁嘴　唉！（垂头走出去）瞧这鼻子……

秦仲义　小王，这儿的房租是不是得往上提那么一提呢？当年你爸爸给我的那点租钱，还不够我喝茶用的呢！

〔乡妇拉着十来岁的小妞进来。小妞的头上插着一根草标。李三本想不许她们往前走,可是心中一难过,没管。她们俩慢慢地往里走。茶客们忽然都停止说笑,看着她们。

王利发　二爷,您说得对,太对了!可是,这点小事用不着您分心,您派管事的来一趟,我跟他商量,该长多少租钱,我一定照办!是!嘛!

秦仲义　你这小子,比你爸爸还滑!哼,等着吧,早晚我把房子收回去!

王利发　您甭吓唬着我玩,我知道您多么照应我,心疼我,决不会叫我挑着大茶壶,到街上卖热茶去!

秦仲义　你等着瞧吧!

小　妞　(走到屋子中间,立住)妈,我饿!我饿!

秦仲义　(对王利发)轰出去!

〔乡妇呆视着小妞,忽然腿一软,跪在地上,低泣。

王利发　是!出去吧,这里坐不住!

乡　妇　哪位行行好?买下这个孩子,二两银子!只当买个小猫小狗吧。

常四爷　李三,要两个烂肉面,带她们到门外吃去!

李　三　是啦!(过去对乡妇)起来,门口等着去,我给你们端面来!

乡　妇　(立起,抹泪往外走,好像忘了孩子;走了两步,又转回身来,搂住小妞吻她)宝贝!宝贝!

王利发　快着点吧!

〔乡妇、小妞走出去。

王利发　(过来)常四爷,您是积德行好,赏给她们面吃!可是,我告诉您:这路事儿太多了,太多了!谁也管不了!(对秦仲义)二爷,您看我说得对不对?(李三端面到门外给乡妇)

常四爷　(对松二爷)二爷,我看哪,大清国要完!

秦仲义　(老气横秋地)完不完,并不在乎有人给穷人们一碗面吃没有。小王，说真的，我真想收回这里的房子！

王利发　您别那么办哪，二爷！

秦仲义　我不但收回房子，而且把乡下的地，城里的买卖也都卖了！

王利发　那为什么呢？

秦仲义　把本钱拢在一块儿，开工厂！

王利发　开工厂？

秦仲义　嗯，顶大顶大的工厂！那才救得了穷人，那才能抵制外货，那才能救国！（对王利发说而眼看着常四爷）唉，我跟你说这些干什么，你不懂！

王利发　您就专为别人，把财产都出手，不顾自己了吗？

秦仲义　你不懂！只有那么办，国家才能富强！好啦，我该走啦。我亲眼看见了，你的生意不错。

王利发　托您福，托您福！

秦仲义　您甭再耍无赖，不长房钱！

王利发　那不能够！

〔秦仲义往外走，王利发送。

〔小牛儿挽着庞太监走进来。小牛儿提着水烟袋。

秦仲义　庞老爷！

庞太监　哟！秦二爷！

秦仲义　这两天您心里安顿了吧？

庞太监　那还用说吗？天下太平了：圣旨下来，谭嗣同问斩！告诉您，谁敢改祖宗的章程，谁就掉脑袋！

秦仲义　我早就知道！

〔茶客们忽然全静寂起来，几乎是闭住呼吸地听着。

庞太监　您聪明，二爷，要不然您怎么发财呢！

秦仲义　我那点财产，不值一提！

庞太监　太客气了吧？您看，全北京城谁不知道秦二爷！您比做官的还厉害呢！听说呀，好些财主都讲维新！

秦仲义　不能这么说，我那点威风在您面前可就施展不出来了！哈哈哈！

庞太监　说得好，咱们就八仙过海，各显其能吧！哈哈哈！

秦仲义　改天过去给您请安，再见！（下）

庞太监　（自言自语）哼，凭这么个小财主也敢跟我逗嘴皮子，年头真是改了！

王利发　庞老爷，您吉祥！

庞太监　（问王利发）刘麻子在这儿哪？

〔刘麻子早已看见庞太监，但不敢靠近，怕打搅了庞太监、秦仲义的谈话。

刘麻子　喝，我的老爷子！您吉祥！我在这儿侍候您好大半天了！

（挽庞太监往里走）

〔宋恩子、吴祥子过来请安。

宋恩子
吴祥子　庞老爷，您吉祥！

庞太监　小子们，你们在这儿呢！

〔宋恩子、吴祥子对庞太监耳语。

宋恩子
吴祥子　嗻！（走回茶座）

〔众茶客静默了一阵之后，开始议论纷纷。

茶客甲　谭嗣同是谁？

茶客乙　好像听说过！反正犯了大罪，要不，怎么会问斩呀！

茶客丙　这两三个月了，有些做官的，念书的，乱折腾乱闹，咱们怎能知道他们捣的什么鬼呀！

茶客丁　得！不管怎么说，我的铁杆庄稼又保住了！姓谭的，还有那个康有为，不是说叫旗兵不关钱粮，去自谋生计吗？心眼多毒！

茶客戊　（连忙阻拦）咱们还是莫谈国事吧！

常四爷　一份钱粮倒叫上头克扣去一大半，咱们也不好过！

松二爷　那总比没有强啊！好死不如癞活着，叫我去自己谋生，非死不可！

王利发　（大声）李三给诸位续茶！（大家静下来）诸位主顾，咱们还是莫谈国事吧！

〔大家安静下来，都又各谈各的事。

庞太监　（已坐下）怎么说？一个乡下丫头，要二百银子？

刘麻子　（侍立）乡下人，可长得俊呀！带进城来，好好地一打扮、调教，准保是又好看，又有规矩！我给您办事，比给我亲爸爸做事都更尽心，一丝一毫不能马虎！

〔唐铁嘴又回来了。

王利发　铁嘴，你怎么又回来了？

唐铁嘴　街上兵荒马乱的，不知道是怎么回事！

庞太监　还能不搜查搜查谭嗣同的余党吗？唐铁嘴，你放心，没人抓你！臭样儿！

唐铁嘴　嗻，总管，您要能赏给我几个烟泡儿，我可就更有出息了！

庞太监　去一边去，别蹬鼻子上脸。

松二爷　咱们也该走啦吧！天不早啦！

常四爷　嗻，走吧！

〔二灰衣人——宋恩子和吴祥子走过来。

宋恩子　等等！

常四爷　怎么啦？

宋恩子　刚才你说"大清国要完"？

常四爷　我，我爱大清国，怕它完了！

吴祥子　（对松二爷）你听见了？他是这么说的吗？

松二爷　哥儿们，我们天天在这儿喝茶。王掌柜知道：我们都是地道老好人！

吴祥子　问你听见了没有？

松二爷　那，有话好说，二位请坐！

宋恩子　你不说，连你也锁了走！他说"大清国要完"，就是跟谭嗣同一党！

松二爷　我，我听见了，他是说……

295

宋恩子　（对常四爷）走！

常四爷　上哪儿？事情要交代明白了啊！

宋恩子　你还想拒捕吗？我这儿可带着"王法"呢！（掏出腰中带着的铁链子）

常四爷　告诉你们，我可是旗人！

吴祥子　旗人当汉奸，罪加一等！锁上他！

常四爷　甭锁，我跑不了！

宋恩子　量你也跑不了！（对松二爷）你也走一趟，到堂上实话实说，没你的事！

〔黄胖子由后院过来。

黄胖子　得啦！一天云雾散，算我没白跑腿！

松二爷　黄爷！黄爷！

黄胖子　（揉揉眼）谁呀？

松二爷　我！松二！您过来，给说句好话！

黄胖子　（看清）哟，宋爷、吴爷，二位爷办案哪？请吧！

松二爷　黄爷，帮帮忙，给美言两句！

黄胖子　官厅儿管不了的事，我管！官厅儿能管的事呀，我不便多嘴！（问大家）是不是？

〔宋恩子带着常四爷往外走。

松二爷　（对王利发）看着点我们的鸟笼子！

王利发　您放心，我给送到家里去！

〔常四爷、松二爷、宋恩子、吴祥子同下。

黄胖子　哟，庞老爷，您吉祥，您在这儿哪？听说您要安份儿家，我先给您道喜！

庞太监　等吃喜酒吧！

黄胖子　您赏脸，您赏脸！（下）

〔乡妇端着空碗进来，王利发接过她手中的碗，小妞跟进来。

小　妞　妈！我还饿！

王利发　唉！出去吧！

乡　妇　走吧，乖！

小　妞　不卖妞妞啦？妈！不卖啦？妈！

乡　妇　乖！（哭着，携小妞下）

庞太监　怎么还没来呀？

刘麻子　这就来，这就来。来了！（康六带康顺子上来）进来，进来见见总管。（强拉康顺子至庞太监面前，庞注意看康顺子，表示满意）行了，（在桌上打开康顺子的卖身契，对唐铁嘴）文房四宝！（唐铁嘴拿过印台，强拉康六按手印）

康顺子　（扑在康六身上）爸爸！（哭）

康　六　姑娘！顺子！爸爸不是人，是畜生！可你叫我怎办呢？你不找个吃饭的地方，你饿死！我不弄到手几两银子，就得叫东家活活地打死！你呀，顺子，认命吧，积德吧！

康顺子　我，我……（说不出话来）

刘麻子　来见见总管！给总管磕头！（又将康顺子拉到庞面前）磕头，往后好好侍候总管，磕头！

康顺子　爸……（晕倒）

康　六　（扶住女儿）顺子！顺子！

刘麻子　怎么啦？

康　六　又饿又气，昏过去了！顺子！顺子！

庞太监　我要活的，可不要死的！

　　　　〔刘麻子含一口水喷在康顺子脸上，康顺子缓过气，一声哭出来。庞太监怪笑：哈哈哈！

茶客甲　（正与茶客乙下象棋）将！哈，哈，你完了！

　　　　〔周围的人为之一惊。

——幕落

《中国话剧百年剧作选》第9卷（20世纪50年代[Ⅱ]），中国对外翻译出版公司2007年版

★作者简介

见小说部分。

★作品导读

三幕话剧《茶馆》以旧北平一家大茶馆为背景，描写了清末、民初、抗战胜利以后三个不同历史时期约半个世纪的历史变迁。剧作以茶馆主人王利发为中心，描绘了社会上形形色色的人物形象，他们的命运又都随着历史的动荡而浮沉，呈现出旧时代黑暗势力日益蔓延，整个社会不断衰退的局面。该剧的结尾处，几位被世道摧垮、被命运捉弄的老人聚在一起，在舞台上"撒纸钱""祭奠"自己。这一充满象征意味的结局，把民不聊生的时代面貌刻画得深刻细腻，也为将死的旧时代唱出一曲"葬歌"。这种对不公正社会的强烈憎恶和控诉，也体现了作者对建立现代民族国家的强烈渴望。

《茶馆》运用"侧面透露"的表现方法，以"大茶馆"呈现"小社会"，以"小人物"展现"大历史"。各个阶层、各种性格的人物纷纷登台亮相，在茶馆这个社会微缩景观里上演着小人物的悲欢离合，反映了清朝末年至国民党统治时期近五十年的历史变迁。老舍坚持"人物第一"，以人物带动情节的方法形成了"人像展览式"的小说化结构。通过人物间的关系和集中的矛盾冲突来反映社会现实，表现人物的命运。老舍说，"戏是人带出来的""是人控制着戏，不是戏控制着人"。他对结构形式的成功运用，为戏剧宝库增添了一颗光彩夺目的明珠。

在《茶馆》中，凭借对老北京人言行乃至心理的熟稔，老舍让三个时代的七十多人都得到全方位的展现。他往往三言两语就能勾勒出生动的人物肖像，制造出内在的戏剧冲突。这些人物的言行举止都与其性格、心理配合得丝丝入扣，显示出老舍高超的艺术功力与艺术才能，而其幽默的语言风格也让这出悲剧呈现出独特的喜剧样式。

《茶馆》于1958年3月由北京人民艺术剧院在京首演，导演为焦菊隐、夏淳，主要演员有于是之、郑榕、蓝天野等。《茶馆》在海内外的演出极为成功，为新中国的话剧艺术带来国际性的荣誉。演出充分展示了老舍作品所独有的"京味"风格，也奠定了北京人艺独特的风格，被后来的导演、演员所继承并沿用至今。

★拓展延伸

　　国内外对老舍的研究常运用文化研究或是比较研究等方法，发掘《茶馆》中的文化内涵，对呈现在中西方文化背景下的《茶馆》进行阐发。学界关注的焦点是《茶馆》所展现的老舍的思想历程、文艺观、幽默风格、叙事特点、悲剧精神与喜剧意识、语言艺术、主题新释等，并在这些方面取得了引人瞩目的丰硕成果。但论题的重复、视角的单一和创见的贫乏所形成的老舍研究自我复制和相互复制的现象也日渐突出。《茶馆》研究需要在多维视野中进一步整合研究内容，提出新的研究课题，并在更大的视野中进一步拓展，对此我们充满了期待。

★思考练习

　　1. 老舍曾说"只有写出人，戏才能站住脚"。请从北京人艺演员的表演中借鉴表现技巧，体验如何使台上的人物形神兼备，做到情感状态、心理体验和外在动作有机统一。

　　2. 就剧本而言，《茶馆》是怎样做到"形散而神不散"的？

桑树坪纪事

(中国现代西部戏剧)

陈子度　杨　健　朱晓平

(文本略)

★作者简介

陈子度(1955—),上海人,编剧、导演。在中央戏剧学院毕业后留校任教五年,后在国内外多所艺术院校任教。导演的作品主要有话剧《死环》(1983)、《四川好人》(1985)、《桑树坪纪事》(1988,与徐晓钟合作)、《第二十四条军规》(1995)等。

杨健(1952—),北京人,现为中央戏剧学院戏剧文学系教授、博士生导师。年轻时曾支边、参军、当印刷工人,在中央戏剧学院毕业后担任学报《戏剧学习》的编辑。1993年起,在中央戏剧学院戏剧文学系任教,主要从事编剧学等教学科研工作。

朱晓平(1952—),四川泸州人,作家、编剧。曾插队农村,应征入伍,后复员当工人。中央戏剧学院毕业后留校工作,1985年调至中国作家协会,1991年调北京电影制片厂,国家一级编剧。话剧《桑树坪纪事》就是以其桑树坪系列小说改编而成。

★作品导读

话剧《桑树坪纪事》改编自朱晓平的桑树坪系列小说,该剧以西北一个封闭落后的农村——桑树坪为载体,通过一系列颇具象征意味的故事,刻画了村落里形形色色的农民形象,时间跨度之长、内容之广泛丰富,以及与现代艺术表现手法的结合,使得该剧呈现出史诗的风貌。导演徐晓钟以开放的视野、深刻的哲思,将情与理、写意与写实、表现与再现、舞蹈与歌队巧妙地融为一体,取得了很好的戏剧效果。该剧也被视为中国话剧迈向新征程的标志之一。

《桑树坪纪事》以其对"人的本体"的把握和对舞台语言等方面的

探索，为 20 世纪 80 年代兴起的探索剧赢得重大声誉。桑树坪村与桑树坪人仿佛是历史的活化石，呈现出现实的沉重与历史的反思。主人公李金斗身为领导，有情义有担当，又狡诈又圆滑。他巧妙地利用这种生存哲学为村民争利，甚至不顾危险只身冲进行将垮塌的窑洞救村民，最终致残，令人感佩。但他也欺压妇女、逼走外乡人，包括话剧开场率村民"赶雨"，似乎又是一个愚昧无知且自私残忍的人，人性的矛盾在话剧中体现得淋漓尽致。剧中的女性角色——彩芳、青女、月娃，则共同演绎了巨大的女性悲剧。"奢侈"的爱情、买卖的婚姻，使女性沦为繁衍的工具、交易的"商品"。这是女性的悲剧，也是时代的悲剧。

《桑树坪纪事》是诗化意象和象征意味最为显著的一出当代话剧，导演徐晓钟对剧本的二度创作极富灵性和想象力。"围猎"是他在创作中确立的"形象种子"，是对当时中国农民愚昧、贫困生存状况的血泪控诉。祖先为生存开创的围猎，却成为当代桑树坪人的行为模式。文明与野蛮、人性与兽性、先进与愚昧交织共存，而前者往往都被围猎。这颗种子多次在舞台上演化成诸如"捉奸""侮辱青女"，特别是"杀牛"这样具有极强艺术效果的场面调度。在极度压抑的舞台氛围下，这些情节都升腾起动人心魄的诗意。加上歌队、音响的运用，使舞台呈现出立体感极强的诗化效果。而独具匠心的舞美配合演员们有意构筑的圆圈，隐喻着循环往复的时间，封闭阻塞的生存空间和不断重复的历史命运，凝聚着导演对历史魂灵的深层把握和对民族命运的深刻自省。

剧作最后的歌唱似乎道出了创作的宗旨，发出的一声声叩问便是对历史与民族反思的责问："走出了这五千年的梦魂，历史总是提出这样的疑问，东方的巨龙何时才能猛醒？"

★拓展延伸

《桑树坪纪事》是 20 世纪 80 年代"戏剧新时代"的首部改编剧，以往的研究者大多围绕徐晓钟"兼收并蓄"的戏剧美学观念和该剧在 80 年代的重要地位来阐述，关注点集中于舞台导演、表演。而且很多观点都受到徐晓钟发表在《戏剧报》1988 年第 4 期上的文章，即《在兼容与结合中嬗变——话剧〈桑树坪纪事〉实验报告》的影响。然而被人们忽视的是，从小说改编为话剧，编剧对宏观思路和细节处理的技术性和艺术性，也是这部话剧获得成功的前提。

西南交通大学的周珉佳指出：陈子度等人组成的编剧团队在徐晓钟戏剧美学观的影响下，在对朱晓平原著的共情中，对人物和情节进行了有机布排，获得了技术性和艺术性的双重成功。从小说改编为话剧，编剧重视在剧情推进过程中寻找人物与他人和时代的对应关系，把视点放到了更为广阔的社会生活中，以更大的容量包涵了生存的种种形态与方式，表现了作者对民族传统文化心理的冷峻审视。其合理的改编思路也体现了重要的经验价值，在当下具有重要的指导性。这种集体创作的景象，是否能帮助我们更深刻地理解作为综合艺术的话剧的特征呢？

★思考练习

1. 试分析徐晓钟在本剧中体现出的"导演构思"有哪些鲜明特征？
2. 对照小说与剧本，谈谈编剧在话剧改编中起到了怎样的作用？

暗恋桃花源
（十四场话剧）
赖声川

（文本略）

★作者简介

赖声川（1954— ），出生于美国华盛顿，祖籍江西。剧作家，导演，表演工作坊、上剧场创始人，毕业于美国加利福尼亚大学伯克利分校。曾任台北艺术大学戏剧学院院长。主要代表作有《我们都是这样长大的》（1984），《暗恋桃花源》（1986）——赖声川由此于1988年在台湾获得文学大奖。后于1992年编导了剧情片《暗恋桃花源》，借此获得了第29届台湾电影金马奖最佳改编剧本奖。2007年，赖声川入选中国话剧百年名人堂。

★作品导读

《暗恋桃花源》是赖声川与金士杰、李立群等演员集体即兴完成的。全剧共十四场，结构较为严密，象征意涵丰富。"暗恋"是描写现代人的恋爱悲剧，"桃花源"则是借古讽今的喜剧，两个剧组因争排表演场地，不得不现场"拼贴"演出。赖声川用戏中戏的形式，将饱含温情色彩的悲剧与充满悲怆意味的喜剧融合在一起，书写出人生苦乐交织的复杂感受。

整部剧作主要分为六个部分，分别为"暗恋"剧作、"暗恋"台前幕后的交织、"桃花源"剧作、"桃花源"台前幕后的交织、两个剧组之争以及神秘白衣女子寻找刘子骥，实则是两个故事加四条线索。这六个部分有着各自的主题，每一部分的主题都有不同角度、不同层面的阐释空间，各个部分又相互勾连，形成共同的主题，而在其背后，"追寻"与"失去"的母题也若隐若现。如此庞杂的剧作模式，使得整部剧的内涵意蕴极其丰富。

本剧正是"从剧场的黑暗中传出江滨柳高唱《追寻》一曲的声音"拉开帷幕的，戏里戏外每个人都有自己寻找的东西，追寻幸福，追寻理想，追寻真爱……最后大家都没有找到，但仍在追寻中失落，在失落中寻觅。他们作为生活的失意人代表着同一种精神共性，依靠不同审美范式下的书写体现了连接跨越千年的文本之间的绳线。从陶渊明到赖声川，生成了"追寻"的母题，对艺术的继承和创新透过创作者相通的精神气质发散开来。

　　赖声川认为悲喜是人生的一体两面。该剧便是在排戏的"戏"与人生的"戏"的交织中，用"暗恋"的两岸相思的故事去表达人们对桃花源的向往，用"桃花源"的虚幻故事去思考两岸的社会政治情形，又将戏中戏"拼贴"得颇具现代感，其特殊的艺术表现赋予了戏剧新的时空秩序。两剧剧情相互干扰，相异又相映衬，台词相互误接，无关又似有关，从而体现出作者对社会与人生的深沉思索。

　　《暗恋桃花源》的这种戏剧结构，受到了西方新潮的现代主义戏剧和后现代主义戏剧的影响。传统的"剧作家戏剧"的创作模式在这里被解构；西方前卫戏剧的"集体即兴创作"方法，"拼贴""戏中戏"等艺术表现，以及布莱希特史诗剧的"间离"效果等，在此剧创作中都有借鉴和体现。但对中国传统曲艺与西方传统话剧艺术审美的借鉴，又体现了创作者们将传统因素融入现代舞台的努力。这也使得该剧对中西雅俗做了较好的结合，并在传统与现代的融合方面进行了有益的探索。

★拓展延伸

　　有论者认为赖声川的话剧走的是"精致艺术"与"大众文化"结合的路子。剧团既满足了台湾地区对于较高层次的戏剧艺术的需求，也能让观众充分得到娱乐的满足，但有时太多止于嬉闹的笑料，会肤浅地处理深沉的命题，也会让观众忽略或抓不住戏剧所要表达的内涵。看来，雅俗之辨，自古皆难，我们又当持怎样的态度呢？

　　作为先锋戏剧，该剧对西方（尤其是后现代主义）戏剧理论多有借鉴，并且融入中国传统戏曲及古典文学元素，对中国戏剧进行了实验和重构，后来又完成从舞台到银幕的跨媒介叙事，为观众带来绝佳视听体验的同时也引发每个"现代人"的身份之疑、存在之思。

★思考练习

1. 试分析《暗恋桃花源》不同版本（包括话剧版与电影版）之间的差别。

2. "集体即兴"是否意味着"只要我高兴，演什么都可以"？请尝试以此手法完成一部短剧，并谈谈创作体会。

后　记

本书编写者均系高校中文专业教师，其中博士后2人，博士5人，省高校人文素质教指委委员1人。在书稿修改完善阶段，大家暂时放下手头的重要事务，加班加点，全力以赴，所有的努力都源于攻坚克难、提高质量、尊重教学和读者的编写初心。

感谢在立项、编写、修改、统稿、出版各环节付出真诚努力的参与者、助力者，感谢四川大学出版社编辑团队严谨、负责的工作，殷俊、于频、郑笑眉等学院领导班子，以及学校教务处、国际处、财务处、科研处、中文系的大力支持。

本教材属集体合作完成，含教学课件的制作；各部分第二合作者主要负责补充、补正或当代部分的编写工作，具体分工如下：

小说部分：曾妍、关琳琳

诗歌部分：欧婧、李松

散文部分：平瑶、郑升

戏剧部分（含戏剧概述、泛读篇目）：王清海

教材体例、前言、文体概述、泛读篇目：郑升

统稿校对：郑升（第一、二、五次统稿）；关琳琳（第三、四次统稿）

在编写中，本书借鉴了前贤和同仁的成果，在此致谢；同时，限于学识水平，本教材难免有挂一漏万处，请读者朋友们批评指正。

编者

2025.5.12